古閑章 著作集 第一巻

小説1 短篇集

子供の世界

―昭和四十年代記―

南方新社

古関　章　著作集　第一巻　小説１　短篇集『子供の世界―昭和四十年代記―』　――もくじ

蛇

一

六月にしてはからりと晴れた午後、精一たちは縁側に脚を伸ばしていた。その日久し振りに遊びに来たふたりの級友は、ふんわりと浮かんだ白い雲をぼんやりと眺めていた。そして精一もまた、青と白の対照に吸い込まれる嬉しさに、果てしなく広がる空の極みを見詰めたまま、まねき猫のようにおとなしい彼らとともに黙然としているのであった。

あの六月の晴天に似ず、午後の日差しはちっとも湿気《しめりけ》を含んでいなかった。もしそれを感じるとすれば、ふと流れる風のささやきに、温もりを含んだ土の匂いを呼吸する時であった。精一たちは、何かに魅せられたように、大空を行く雲を追い駆けていた。

その雲は、おそらく上空の風に吹かれながら、さまざまな形に身を変えつつ、精一たちの知らない世界へと変容して行くのであった。歴史や地理の教科書に登場する、きれいな湖のアルプス、真緑にけむるイングランド、冴え冴えとしたフィヨルドの国、針のように鋭いスウェーデン、大草原のロシア、玩具のようなフランス、太っちょおばさんのドイツ。——それらヨーロッパの国々のわずかな見聞による断片が、次から次へと流れては消える薄雲のように湧いて来るのだった。畑ひとつ隔てた真向かいの家と精一たちが寛いでいる縁側との間に浮かんだ白い雲は、まるで刷毛でならした水面を滑るかのように、すいすいと流れて行った。

二

蛇は軒端《のきば》近くの瓦の上を這っていた。その肢体は青蠅のように光っていた。そしてさも優雅そうに見えた。が、それは彼の錯覚に違いなかった。何故なら、蛇は、聖書以来、醜かったから。しかし蛇は、暢気そうに赤い舌をちらつかせながら、心地よい穴ぐらを物色しているらしかった。この先まさか危険にさいなまれるとは夢にも思わなかったろう。だが、狂気はこんな安呑な世界に、幼く見える世界に存在するものだ。この静かな時の流れは、たった一声《ひとこえ》で崩れ去った。

それは、あっという不用意な驚声だった。精一たちは遠い夢から醒めたように、しばらくは本来の敏捷《びんしょう》性から等閑《なおざり》にされていた。しかし物憂くはなかったから、次第に準備されつつあったものが頭を擡《もた》げ始めた。準備されつつあったもの？　それは空を眺めていた時から精一たちの心に宿っていたものかも知れない。声の主は精一の弟だった。

精一は、あきれた表情で一点を見詰める弟を批難するように「どうしたんだ？」と問いかけると、一緒にいた級友を思わせ振りの瞳で見た。ふたりが一様《いちよう》に興味深そうな表情でそれに応じたのは言うまでもない。

「兄ちゃん、あそこの屋根の軒端を見てよ。とても大きな蛇がいる」

「隣の軒端？」

なるほど弟が言うように、遠目にも馬鹿でかい蛇が、すでに真夏の午後を思わせる陽射しの中を、どこから来てどこへ行くのか解らない軀《からだ》を波打たせながら、熱いに違いない軒端近くの瓦の上を這っていた。その体軀《たいく》は少なく見積もっても二メートル以上はあっただろう。尻尾は余って宙に垂れていた。

三

そいつは実に見事な蛇だった。土気色《つちけいろ》をして、毒々しいほど重量感に溢れた奴だった。時おり軀をくねらした。その波紋が彼の豊かな胴体にこぶを作るのがはっきり解った。精一たちは、しばらくぽかんと見惚れていた。

しかし、徐々に衝き動かすものが蠢《うごめ》き出していたのである。それは興味本位と呼んでも、気まぐれと名づけても間違っていなかった。そしてそれが蛇でなかったなら、それは単なる驚声に終わってしまっていたであろう。が、蛇はあまりにも醜い容貌と肢体を持つとともに、恐怖心を掻き立て、少年の心を刺戟《しげき》し過ぎる要件を備えていた。その上、あまりにも穏やかな午後は、彼らの心に投げやりな残虐心を忍び込ませようとしていた。

そのとき精一たちの心に湧いた感情は、何て大きい奴なんだろうという驚きと、彼を逃がしてはならないという追跡心と、彼を見過ごした結果はきっと禍いに変容してふりかかって来るだろうという怖れとが絡み合ったものだった。それは一瞬たりとも精一たちを凝っとさせておかなかった。精一はふたりの友に目配せし、それから歪んだ表情を顔じゅうに漲《みなぎ》らせると、彼らもまた高慢ちきな目許に無邪気な狂気とでも呼びたい光を宿らせた。まさに今、子供の心と軀に、躍動感と活力と義侠心とを満喫させる惨劇の幕が上げられようとしていた。

四

そういう殺気立った空気とは無関係に、蛇は軒端伝いを這っていた。時どき鎌首をもたげ、突ッ付くように穴ぐらを物色した。宙に漂った鎌首の尖《さき》に赤い舌が毒気のように閃いた。それは何ともおぞましい感触を伝えるものだった。そして、自身の軀を波打たせ、しばらく動かずにいる時でさえ、彼の小さな瞳からは神経的な光沢が放たれていた。蛇は一刻も早くひんやりとした場所にありつきたかった。熱を含んだ瓦の膚《はだ》ざわりは火傷するくらいに熱く不快だったから。

けれども、なかなか適当な棲家《すみか》は見つからなかった。疲れと焦立ちで、蛇は自身の軀から湯気が立ち昇る錯覚に捉われたりした。実際、彼の周囲には腥《なまぐさ》い蒸気が発散しているように思われた。次第に募って来る焦燥感に、蛇の神経はかつてないほど過敏になっていた。

ちょうどそんな時、蛇は畑ひとつ隔てた横合いの家を覗き込んだのだった。ある不安を直感したのかも知れなかった。あるいは彼に授けられた鋭い本能の予感。――いずれにしろ、彼の小さな瞳が人間の姿を捉えたことに変わりはなかった。

すべては一瞬のうちに裏返った。ぼんやりとした不安は恐怖という二文字に取って代わった。贅沢はもう言っていられない。こうなった以上、何としてでも屋根瓦と桟の隙間に軀を封じ込める必要があった。鎌首を垂らすと、蛇は宙を泳いで桟の腐れ目に忍び込もうとした。だが、この田舎屋の屋根は意外に隙間なく構築されていた。もしこれが瓦拭きでなかったなら。藁屋根であったり、雨漏りに痛められた桟木の腐れ目があったりすれば。……蛇はこの時ほど自身の立派な体軀を呪ったことはない。日ごろ同輩にさえ誇っていた逞しい肉体を。

五

精一は弟の「蛇が逃げて行く！」という嘆声を聞いた。むろん、さっきから蛇の行動を観察していた精一は、弟の言葉は予期したように友だちを見やった。すると、彼らはすでに靴を履き終え、手近にあった棒切れをつかみ本格的に駆け出そうとしていた。

精一はひどく興奮していた。ましてや目の前の畑を突ッ切り、蛇の真下に立った時はなおさらその興奮の度合いは増していた。同様に、弟も級友も昂《たか》ぶっているようだった。棒切れを手にしていた友のひとりがさっそく蛇を引き摺り出そうと算段した。

けれども、棒切れは長くなく、また精一たちの背丈もそう高くなかったせいで、全身で抵抗する蛇の軀を引き摺り落とすことは難しかった。蛇の側に立てば必死なのだから、たやすく精一たちの思惑どおりに動かなかった。蛇は強力な吸盤でも持っているかのように軒端の桁《けた》に絡みついて抵抗した。

精一は腰掛台を持って来るために自宅に引き返した。それには弟は呆れたらしく「そこまでしなくてもいいのに。蛇が可哀そうだ」という非難の声を残すと、さっさと何処かへ行ってしまった。しかし、級友は一向に気にする風もなく、ふたたび腰掛台を手に舞い戻った精一を喜んで迎え入れた。ふたりは弟に水を注《さ》されたことなどまるで念頭にない様子で活発に動き回っていた。

級友のひとりが腰掛台に立った。彼は慎重に蛇を棒に絡ませると、斜にぐいと振り下ろした。ずるずるという耳障りな響きの後に、ボタリという重量感のある音が地面にした。精一はおぞましい感触に背筋を縮ませ、逆上した血潮で全身を包《くる》まれた次の瞬間には、軀全体がカーッと熱くなった。それを無理に怺えると、とぐろを巻いて一心に抵抗の構えを示す蛇の鎌首を睨み据えた。

蛇はもう逃げ出す素振りを見せなかった。鎌首を引きつけ、精一たちが僅かでも動くと、素早く牽制の攻撃をかけようとした。精一たちは必死に抗う彼奴《きやつ》をどうにかして対等の場所に引き摺り出そうと考えた。そこは雑草の生い茂った畑で、半ズボンから剥き出しになった脚にまとわりつく草の感触がとても不快であったのだ。精一は周囲を見回し、鬱蒼と茂った樹立の群がりを捜し当てた。そして級友を促すと、各自の工夫を凝らしながら蛇を追い立てた。

その畑は道路の脇にあったから、一段低まった畑から道路に出るには溝を越えねばならなかった。その重大な難関にもかかわらず、級友のひとりは蛇の尻尾を掴んで放り投げたのだが、精一はその勇気に驚異の目を瞠《みは》ったものであった!

アスファルトの道路の上を追い立てる時、蛇の湿った軀と乾いたアスファルトの擦過音は妙に精一たちの神経を刺戟した。それは嫌悪の悪臭を放つ雑音であった。その不協和音によって、精一たちの興奮はさらに高まった。

六月の午後の太陽は、まるで平常と異ならない光を精一たちの頭上に降り注いでいた。

六

そこは音のしない世界であった。精一たちと蛇のほかには何物も生動するものがなかった。三人は蛇を取り巻き、押し殺したような沈黙のなかでお互いの棒で突ッ付き合った。蛇は威嚇され追い立てられ、逃げ場を失った軀をあられもなく縮めていた。樹木の隙間から覗く六月の空は、潤いに満ちた刷毛でひと拭きしたように、水々しいブルーに輝いていた。三人は、頭上に被さる樹木の下で凄惨な饗宴を執行しようとしていた。

　本格的な攻撃に入る前段階として、三人は石ころや泥で攻撃した。蛇はまだ十分に元気であったから、力感に満ちたとぐろの格好や、シュッと鎌首をもたげて威嚇する動作が何とも薄気味悪かったのだ。精一たちは三手に別れ、その中心に据えた蛇めがけて小石を投げた。そして命中すると、わあーッと喚声のトキを上げ、倦むことを知らなかった。ものの十分も経たないうちに、蛇の周囲にはひと塊の泥や石ころで出来た小山が形作られていた。

　その頃から、三人の列は乱れ、蛇に近寄っては、至近距離から正確な礫《つぶて》を投げる大胆な行動を取るようになった。蛇は徐々に疲れ、とぐろを巻いた状態から、ぐにゃりと軀を伸ばした状態へと、全身を支配する神経が弛んで筋肉活動に支障を来した兆候が見え始めた。

　三人は次第に気力の失せて行くらしい蛇を取り巻き、お互いの意思を確認し合った。すでに皮膚の破れた傷口からは、鮮血に染んだ白色の肉が抉れ、周囲には血糊のついた飛礫《つぶて》が散乱していた。蛇は苦しそうに軀をよじり、打撲で膨れた部分がいびつに歪んで、無気味な不快感を催させた。精一は手ごろな棒切れを見つけて来ると蛇の頭部をめった打ちに敲《たた》いた。三角形をした相貌はその胴体と区別もつかない位に崩れてしまった。眼と口から鮮血がしたたり、どす黒く地面を汚した。蛇は頭を上げられなかった。

　それに反して、胴体は先ッきよりも活発に蠢《うごめ》き出していた。それは、めちゃくちゃに打ち砕かれた頭の傷を全身で悶え苦しむサマに見えた。精一は少なからず空恐ろしさを覚え、級友のひとりが抱えて来た大きな石を、もうひとりの友と一緒に頼もし気に見守った。

　おそらく彼は、蛇の真上から、頭部を目掛けて落とすに違いなかった。その高さ一メートル。重量を考えただけでも相当な威力のはずだった。彼は慎重に両手を放した。

が、次の瞬間、精一は思いも寄らない落胆に支配されねばならなかった。蛇は、下半身をのたくらせるのに十分な、余力というか生命力を失っていなかった。三人は興奮から醒める余裕などなく、絶望的な気力を振り絞らなければならない状況に追い込まれていた。

七

発作的な痙攣が蛇の軀を支配していた。それはいつまで経っても止みそうになかった。頭部は完璧に打ち砕かれ、赤い舌がぐにゃりとはみ出し、至る所に鮮血がこびり付いていた。それでも蛇の生命は保持されていた。いや、おそらくその霊は死んでいたのであろう。ただ肉体の痙攣が蛇の心身を捉えて離さなかったのに過ぎない。と、信じたかった。そうでなければ、これ以上蛇に付き合っていることは不可能だった。三人は蒼ざめ、残忍な心は急速に遠退こうとしていた。精一は級友の顔を眺め、同様の気分がふたりをも支配しているのを確認した。

このとき、蛇は最後まで殺せという不文律が精一の脳裡を掠めた。蛇を生殺しにした結果、翌朝目覚めると枕許にいたという風説を何度となく聞いていたからだ。精一はそれを想像するたびに、おぞましい背筋の寒気を味わっていた。そしていつまで経っても事切れそうにない蛇を凝視している精一の内部には、恐怖や戦慄という言葉をもってしても説明できない感情が生まれて来るのであった。

三人は最後の攻撃を敢行することにした。蛇の軀を三等分して、それぞれの分担を徹底的に受け持つことに決めたのだった。精一は戸惑い気味のふたりを促し、蛇を生殺しにしたら恨まれるという言葉を呪文のように口走った。もし恨まれるとしたら自分以外にはあり得ないと意識しながら。

精一たちは虚けたように立っていた。

蛇は、動かなかった。

その安堵感！

それがどれほどの罪悪感にまみれていようと、恐怖そのものから解放されたことはこの上ない喜びだった。蛇の執念から解放された精一たち。否、原初的な、みずからの後ろめたさから解放された精一たち。その証拠に、三人の貌はしばらく緊張の弛緩のなすがままであった。……

午後の陽射しは少しも変色していなかった。樹木の間から覗く蒼空も同様だった。ここで残忍な行為がなされたとは誰も想像できなかった。蛇の死骸がなかったら、精一たちでさえ否定し得たであろう。すでにそれは別の世界に変容してしまっていた。もはや興奮の覚めた尋常の世界には存在しなかった。

燦々と降り注ぐ太陽と強い若葉の匂いは、蛇の死骸を包んで穏やかに静止していた。

八

その夜、精一は一日の疲れでぐったりと軀を伸ばしていた。むろん蛇のことなど念頭になかった。

だが、翌朝、跳ね起きたのだった。おそろしい夢に魘《うな》されたためではなかった。強い自責の念に責め苛まれたためでもなかった。しかし咄嗟《とっさ》に枕許に眼を遣っていた。そしてほっと吐息をつくと、昨日のことが激しい悔いとなって襲って来た。

子供心にも、精一は何かに祈っていた。そうしなければ安心できなかったのである。どうか自分をお許し下さいと何度も心に呟いていた。そうしないと、一瞬も落ち着けなかったからである。

しばらくすると、精一にはあの蛇が見えるような気がした。大海原を泳ぐ蛇が見えるような気がしたのである。

精一はふたたび深い眠りに落ちて行った。

窓

悦ちゃんは、僕のアイドルだ。その餅のようにふっくらした頬には、いつも愛らしい笑くぼが小波《さざなみ》のように立っている。まだ小学三年生だけれど、大人然の態度がすごく愛らしい。

悦ちゃん家《ち》は、小高い丘の上にある。なだらかな起伏が北東に位置する低い山並みに続いている。傍らを流れる草の生い茂った清流は、その丘のうしろの小山に源を発し、南の方に蛇行している。小川という位だから決して大きな川ではないのだが、堤すれすれに弓なりに水を張って流れているんだね。

その横手にはまた可愛らしい道が並んでいる。ある所では小道が手前になり、またある所では小川が手前になったりして、お互いにふざけ合う小犬と小猫のように、いつ尽きるともない友だちぶりを発揮している。それらは四季の変化に敏感だ。兎が周囲の情報に目敏く両耳を立てるように、自然の摂理に忠実なのだ。華やかなものが数多く存在するわけではないけれど、猫柳とか枝垂れ柳、れんげやたんぽぽ、せり・なずな・はこべなどが、春の訪れをいち早く察知し、歓喜の表情で生きることの素晴らしさを歌っている。ほら、あそこには、れんげの可憐な花びらが萌し始めているよね。悦ちゃん家にも暖かい春が訪れたんだね。

今朝早く、僕は悦ちゃん家に出かけた。昨日悦ちゃんがこう言ったんだよ。

「精一君、明日は早く迎えに来るのよ。わたし、早く学校に行って、しなければならないことがあるんだから。お願いよ、きっと忘れないでね。忘れたら、精一君なんかおっぽり出して行ってしまうから」

僕は、彼女が真剣に話すのがおかしくてたまらなかったけれど、もちろん「はい」と返事するしかなかった。

しかし、悦ちゃん家に行くと、彼女はまだ眠りから醒めていなかった。お母さんがしきりに悦ちゃんを呼ぶ声が聞こえて来たからね。

「悦子、いつまで寝ているの？　今日はあなた早く出かけるんじゃやなかったの？　ぐずぐずしていると精一君を待たしてしまいますよ。本当にしょうがないんだから」

最後の方は落胆まじりの呟きだったけれど、僕には愛情に溢れたやさしい声にしか聞こえなかった。

それからだね、悦ちゃんの慌てふためく行動が開始されたのは。初め思案顔の悦ちゃんも、じきに気を取り直して準備を始めたようだった。

「今日は月曜日だからこれとあれがいるんだったわねえ」という独り言が洩れて来る。僕にはあんなに言っておきながら、時間割もまだだったのかと少し呆れたが、それでも彼女の困った様子が眼に浮かんだので、手伝ってやろうと思ったのさ。

「悦ちゃん。この窓を開けてくれないかい。手伝ってあげるから」

僕は陽気な声で何度か呼びかけた。一向に返事がないので、さらに大きな声で叫んだよ。

「悦ちゃん、開けてよ！」

すると「何よ、こんないそがしい時に。玄関で待っててよ。もう少ししたら行けるんだから」とつんとした声が返って来た。でも、悦ちゃんの言葉に従い向こうに行こうとすると、彼女はカーテンと窓を素早く開けて、にっこり笑顔をのぞかせ、哀願するようにさっきの僕の言葉を復唱したんだよ。

「さっき手伝ってくれると言ったでしょう？　早く手伝ってちょうだいな」

僕は毎度のことで面食らうこともなく、もちろん彼女の笑くぼに免じて許してあげたのさ。こんな時そっけない態度を取ったらどうするだろうと考えたりするけれど、結局、彼女の思惑どおりに動いてしまうのさ。悦ちゃんは僕のことを唯一の頼りにしているのだから、そうなったらきっと悲しむに違いないと納得しながら。

僕は開け放たれた窓から入ることにした。窓の前には大きな楠木があって、その枝を伝って入ることに慣れているんだよ。窓枠に手をかけてもぐり込んでもいいけれど、僕と悦ちゃんの力では一苦労なんだよね。それに較べてこちらの方は慣れているから、一分とかからない。

部屋に入ると、僕は、どうしてこんなに早く出かけるの？ と悦ちゃんに尋ねてみた。悦ちゃんは後のお楽しみといったふうで、一向にその謎を明かしてくれなかった。

大方の用意が済んで、悦ちゃんは食事をしに茶の間へ行った。「玄関で待っててちょうだい」と言い置き、あたふたと姿を消したのさ。

言われたとおりに玄関で待っていると、おばあさんの姿。このおばあさんは、毎朝、お天道さまに手を合わされる習慣なんだ。今日は僕のお迎えがいつもより早いものだから「精ちゃん、今朝はだいぶ早いね」と声をかけられ、それから、散歩がてらに近所の知り合いの家の方へ歩いて行かれたよ。

待つ間、僕はそこいらをぶらぶらしていた。手持ちぶさたに足で土をいじくった跡が湿った地面に残ったよ。時どき悦ちゃんの声が聞こえて来る。

「おかあさん。昨日わたしが頼んでおいたお花、ちゃんと用意してあるんでしょう？」

「そんなこと気にしないで、早くお上がんなさい。早くしないと、精一君、待ちくたびれてしまいますよ」

たしなめるお母さんの声。僕はもうじきだと心が逸《はや》った。

その時「おかあさん、早く、早く。早くあれをちょうだいな」と言うや否や、悦ちゃんは玄関の引き戸を威勢よく繰って躍り出て来た。

ランドセルをしっかり担いでいないので、片方が垂れ下がっている。それをかわいらしい腕で抱え込むように持っているんだよ。その後を追っかけて来たお母さん。手には新聞紙にくるんだ花束を持っている。まだ蕾の赤いバラやきんせん花などが寄り添うように束ねられ、それが新聞紙の端から覗いているのが印象的だった。お母さんはそれ

を悦ちゃんに手渡しながら、

「本当にごめんね。悦子ッたら、何度起こしても起きようとしないんだから」

と、心から気の毒そうに詫びられた。

悦ちゃんは、そんなことにはまるで無関心で、大事そうに花束を抱え持っていた。小さい悦ちゃんには、それが膝頭まで届くほどで、だぶだぶの洋服を引きずっているように見える。そしてそうこうしているうちに、とうとう我慢しきれなくなり、

「おかあさん、そんなことどうでもいいから、早く精一君を離してちょうだい」

と言ったんだよ。

これにはお母さんが、

「そんな言い方ッてありますか。まず、ごめんなさい、ッてあやまるのが先でしょう？」

と呆れて注意されたけれども、悦ちゃんはそれさえ無視して、

「わたし、もう行きますからね」

と、今にも門の外へ駆け出そうとしていたんだよ。待ちぼうけを食わされた挙句、まさかこんな破目に陥ろうとは夢にも思わなかったので、僕は慌てて悦ちゃんの後を追いかけたのさ。門を飛び出すとき悦ちゃんは、

「行って来ます」

僕も「行って来ます」と言い残し、その後を一目散に追い駆けていた。それは初めから予定されていた行動のようで、後には、心配とも微笑ともつかないお母さんの表情が頬に刻まれ、溜息まじりの言葉が呟かれていたに違いない。——「やれ、やれ。ほんとうにあの子ッたら！」

僕たちは太陽が家並みに出たり入ったりする道を、威勢よく歩いて行った。春とはいっても、風はまだ冷たく、お互いのはく息はちょっぴり白かった。殊に悦ちゃんは、頬に赤いリンゴをこしらえ、僕は少しジジむさいが、もみ手をしながら歩いていた。時どき悦ちゃんが話しかけて来た。

「今朝はごめんね。わたし、どうしても急がなければならないことがあるのよ。でも、もうじきその意味も分かるわ」

悦ちゃんは、ワクワクする気持ちを抑え切れないように話した。悦ちゃんの澄んだ瞳は輝き、例の頬には愛くるしい笑くぼがちょこんと覗いていたよ。僕はただ彼女の言葉にふんふんと頷いていたのさ。

僕たちはひとつ子ひとり出逢わなかった。道路脇の家々の門は開かれておらず、そこから子供たちが元気よく飛び出した形跡はなかった。悦ちゃんはそのことがとても満足らしく、風を切って歩く姿にも歓喜の表情が漲っていた。

「もうすぐ学校ね。あの角を曲がればすぐそこね」

彼女の声は凛とした大気に触れ、あたり一面に木霊した。僕の歩くリズムにも力がこもり、いつ知らず悦ちゃんの興奮に巻き込まれていたのさ。

校門が見えて来た。悦ちゃんも僕も、いつか小走りになっていた。

校庭には誰ひとりいなかった。悦ちゃんは改めてそのことを確認すると、安堵の溜息を洩らした。――あああ、よかった。

僕たちは広い校庭を元気いっぱいに歩いて行った。冷気に引き締まった運動場は、小気味よいふたりの足音を吸収し、きりッと澄んだ大気にふたたび反響させた。とうとう、悦ちゃんは校舎の一角を目指して駆け出していた。

「なんて気持ちがいいんでしょう。さあ、一緒に走ろうよ」

悦ちゃんに促されるまでもなかった。僕は一目散に教室に向かう悦ちゃんに従い、わくわくしながら追いかけていた。赤いランドセルと手に持った花束とが規則正しく揺れていた。まるでランドセルと花束とが悦ちゃんの心を駆り立てるとでも言うように。ひんやりとした風が肌を射し、それと一緒にさらさらの髪が靡いている。美しく、軽やかに、清々しく。

悦ちゃんの教室は二階の東側にある。階段を一直線に駆け上がって辿り着いた時には、ふたりとも息せき切っていたよ。はく息が白く熱く、悦ちゃんの頬はバラの花のよう。ちょっとためらった後、悦ちゃんは意を決してドアに手をかけたんだ。

ドアを開いた瞬間、僕たちは何ともいえない気持ちに支配された。今まで眠っていた静寂がどっと僕たちふたりに圧《の》しかかって来たからだよ。人の気持ちを引き締めずにはおかないこの静寂！　ふたりはしばらく身動き出来ずに立ちすくんでいた。

悦ちゃんは、感動にふるえる声で窓を開けてくれるように頼んだ。彼女自身は机と椅子の乱れを正すらしく、鞄と花束をそっと教卓に置く気配がした。

ひとつひとつ窓を開け始めると、どの窓からも、ガラガラッという響きとともに冷たい空気が流れ込んで来た。僕はその冷気に身を震わせながらも、陶然と、なんてすばらしい朝なんだと呟いていたのさ。二階から見下ろす校庭には朝日がほんのりと射し始め、輝かしい一日の始まりを予告していたからね。

悦ちゃんは、せっせと余念なく机と椅子を整頓していた。それらは昨日の出来事を物語るかのように、身動きせずに横たわっていた。みんなが帰ったあと、動けなくなったからに違いない。話し声ひとつ立てず、みんなが集まるまでおとなしくしていたわけさ。ちょうど体を洗って貰う赤ん坊のように、悦ちゃんにすべてを委ねながら。そしてようやく机と椅子が正しく直されたころ、悦ちゃんはとっておきの花束を手にしたのだった。

僕はその様子を見すまして水くみを買って出た。少しでも悦ちゃんの喜びに加わりたかったからだよ。新聞紙にくるまれた花花はどれもこれも可憐で、花たち自身が自分たちの美しさを囁き合っているように思われた。まして、一本ずつ花を取り出している悦ちゃんのあどけない仕草ときたら、思わず微笑ませずにはおかないのだから、それだけで教室じゅうが活気づく風情だったよ。

バラやきんせん花やかすみ草がきれいに花瓶に挿された。花花は紳士淑女然と取り澄ましている。そして僕たちもちょっぴりその気取った様子に当てられていた。

花瓶が教卓に置かれた。悦ちゃんも僕も、仕事を終えた悦びに、うっとりとしていたんだ。何という朝だろう。僕たちはこれまで経験しなかった朝のすばらしさを初めて教えてもらった気分になっていた。この感動を表現する言葉が思い浮かばず、僕はほっとひと息つくと、自分の教室に行くことも忘れて近くの椅子に腰を下ろしていた。

すると、悦ちゃんは黒板の前に立ち、小さな指で白墨をつまむと、かわいらしい文字でこう書き記したのさ。それは一日の始まりに新鮮な感動を添えながら級友に伝えるメッセージだったよ。クラスメートへの、悦ちゃんからの、ささやかな贈り物。どんな言葉かッて？　ホラ、朝一番に学校へ行った誰もが書きたくなる言葉。

「先生、おはよう。　皆さん、おはよう」

硬貨

僕はとんでもないことを言ってしまった。本当に後悔してるんだ。でも、あの場合、ああ言うより仕方がなかった。僕はもう上級生だし、みんなの前であんな言葉を投げかけられるのは、いくら相手にならないくらい小さいからって、やはり恥ずかしかった。だってあの場には、僕より年上の正一さんも同席してたもの。だから、僕は不本意にも口走ってしまったのさ。加代ちゃんなんか大嫌いって。その時の加代ちゃんの表情を思い出すと、本当に後悔してるんだ。ああ、僕はどうしてもっとやさしい言葉をかけられなかったのだろう。

　本当は、あんなことを言うつもりじゃなかった。だって、僕は彼女が好きだもの。お嫁さんにしたいくらいさ。嘘じゃない。僕は大きくなったら彼女と一緒に暮らそうなんて想像するんだ。でも、恥ずかしがり屋の僕は、心ならずも答えてしまったのさ。加代ちゃんなんか大嫌いって。

　あのとき、僕たちは正一さん家《ち》でトランプをしていた。正一さんや加代ちゃんのふたりの兄弟もいたんだ。そして、彼女はちょうど僕の隣にすわってた。そんなとき、正一さんが突然こんなことを訊《き》いたんだ。加代ちゃんは誰がいちばん好きかい？　って。僕は内心ドキリとした。何故って、僕には彼女の返事が分かっていたもの。そこで僕は、彼女がどうか僕以外の名前を挙げることを一心に祈ってたんだ。しかし、結果は僕の予想どおりで、彼女のあどけない素振りとは裏腹の、気まずさだけが残ることになったんだ。

それにしても、どうして正一さんはあんな気まぐれな質問なんかしたんだろう？　きっと僕を冷やかそうと考えたんだな。でも、それはちょっと意地悪すぎるよ。

もし僕に、もう少し勇気があったなら、あんなことにはならなかったんだね。笑って、僕も大好きだよって答えられたはずなんだ。けれど、実際の僕は、そういう恥ずかしさに耐える勇気に欠けていたのさ。それに僕は上級生だもの。女の子から好きだなんて言われたら、僕は嫌いだって胸を張らなきゃならないんだ。事実、みんなは僕が何て答えるだろうかって、聞き耳を立てていたんだよ。殊《こと》に年下の兄弟は、僕の答えは決まったものと言わんばかりの顔で見守っていた。あんなとき、加代ちゃんが好きだなんて応じていたら、きっとふたりは僕を軽蔑したにちがいない。その後で兄さんの方が言ったもの、加代子はもう家にお帰りって。僕はその場の雰囲気に負けてしまったけれど、むしょうに悲しかった。

加代ちゃんは泣き出しそうだった。僕は彼女が可哀そうでならなかったけれど、むしろそれを突っぱねる態度を取ったんだ。正一さんは、加代ちゃんの沈んだ表情を見て気まずそうな顔をしていた。

それからしばらくして、僕は黙って帰ったのさ。ひとりになると、頬の赤らむのが自分でも手に取るように分かった。それと同時に、悲しくてやるせない思いが胸いっぱいに込み上げて来た。別れしなの、加代ちゃんの当惑した顔、悲しそうな瞳、すんでのところでベソをかきそうな口もと。それらひとつひとつの表情が、僕に批難の矢を突き刺した。

だから、僕は毎日加代ちゃん家《ち》へ遊びに行くけれど、今日はあまり気が進まない。あれ以来とても気まずい思いなんだ。もう彼女は僕に眼もくれないかも知れない。そう思うと、我ながら大人気ないことをしたものだと後悔してるのは本当だよ。こんなことで可愛い加代ちゃんを失うなんて、まっぴらごめんさ。でも、やっぱり行きにくい。

だけど、僕は思いきって家を出たんだ。母さんが変な顔で僕を見る。毎日学校から帰ったら、すぐさま加代ちゃん家へ行く僕が、いつまでもぐずぐずしていることが不思議なんだね。これ以上、母さんの側にいると、何か訊かれそうだから、それから身をかわす意味でも家を出たんだよ。すると間もなく、向こうから加代ちゃんが歩いて来るのに気がついた。とっさにいい機会に出会えたと思ったさ。何気なく近づいて行ったのは分かるだろう？

彼女は二～三歩手前で僕を見た。そして僕はその視線にじっと耐えていた。すると何でもなくなったんだ。僕には、自分の笑みが顔じゅうに広がって行くのがよく分かった。

加代ちゃんはしばらく立ち止まっていたけれど、僕の笑顔を見ると嬉しくなったんだろうね、手にしていたものを誇らしげに示しながら、こう言ったのさ。

——わたし、すごいものを持ってるんだから。ホラね、すごいでしょう。

彼女はちっぽけな指で、一枚の硬貨をつまみ、それを嬉しそうにくるくる左右に振って見せた。そこで、僕はにっこりすると、今度は本心を言ったのさ。

——わあ、すごい大金を持っているんだねえ。どら、僕にも見せてごらん。

すると彼女は微笑み一杯になって、それを嬉しそうに僕に示したんだよ。その仕草はあどけない様子以外の何ものでもなく、僕は素直にその硬貨を受け取ると、自然に彼女を抱き上げていたんだ。

彼女は幸せそうだった。僕だってもちろんさ。そして僕を見つめる彼女の瞳は、あのとき見せた悲しそうな影をちっとも宿していなかった。僕は、彼女の重みに秘められた善美の象徴がこれから先もずっと続くことを願うとともに、この上ない大事な宝物を抱っこしているような気持ちに包まれたのさ。

思わず僕が、彼女のバラ色の頬に頬ずりしてたのは分かるだろう？

子供の日

一

　どんよりと曇った午前、今日は休みというわけで、精一と祐二はのんびりとした顔で寝床から這い出した。太陽はすでに十時の方向にあるらしく、いちめんに懸かった雲を透かしてそこだけ仄《ほの》明るく見えた。しかし兄弟は天気のことなどまるで眼中にない様子で、母親に急き立てられながら洗面に立った。家にいるのは母と祖母と兄弟の四人、父親は何故か留守のようであった。

　ふたりは物憂い顔つきで朝食を済ますと、近所の家へ出かけて行った。地区の役員が公民館に子供たちを集める運びになっていたのである。家を飛び出すとき、下の方はちょっと庭の隅に視線を走らせたが、面倒くさいと見え、軀《からだ》の向きも変えずに駆け出していた。祐二がこのとき気に留めたのは、ふた月ほどまえ友だちから貰い受け、彼が世話することになっていたニワトリであった。

　ここ二～三日、餌やりを怠けていたので、ちょっと気になったのである。遊ぶことに精一杯で、ニワトリの世話をする時間がなかった。それでも時どきは気になって、申しわけ程度の素振りを示しながら籠の傍に立って見た。そのつど元気そうなので、誰かが餌を与えているものと安心していた。祐二としては、そう考えることによって自分の責任から免れているつもりだった。兄や母や祖母のいずれかが餌を与えてくれているに違いない。祐二は自分の計算が決して間違っていないことを信じていた。このニワトリの様子から、まさかこいつがくたばるとは想像できなかったからである。少し痩せたとはいえ、ニワトリは大抵あっちこっちの草むらを跳ね回っていた。ただ、自分が世話しなければならない生きものを他人任せにしているひけめが、彼の良心をちくりちくりと刺し、それが苦みを伴う呵責《かしゃく》になっていることは確かだった。

しかしながら、祐二は家を飛び出すと同時にそのことを忘れかけていた。まして友だちの家に着いた時には、やがてもたらされる期待でふくれ上がった胸に痩せっぽちのニワトリが現象することはなかった。今日は子供の日で、ささやかなプレゼントが大人たちの手から贈られることになっていたのである。

兄弟は、十一時を回ったころ友だちと連れ立って公民館を目指したが、そのとき祐二は完全にニワトリのことを忘れていた。彼らは公民館に着き、広場を見回したが、そこにはすでに一年生から六年生までの男女が黄色い声を撒き散らしながら思い思いの遊びに没頭していた。祐二はそうした活動的な動きを目の当たりにした瞬間、急に逆上《のぼ》せたような忘我の境地に陥ってしまった。

広場全体のなかで、女の子が地面に向かっているのに対して、男の子は空間を利用している遊びが多かった。そして彼らは明らかにふたつの世界を分担し、安易には相手を進入させない一角を領有していた。男子と女子の世界はこういう公の場においてほとんど交わることがなかった。それは羞恥心による原因が大半であったが、それだけでない何か、彼らが同等にお互いを理解し合えない何かが存在するらしかった。そのため両者の交わりは、男子の悪戯からもたらされる、一方的に圧し付けられた言動から派生するほかなかった。

上級生と下級生もまた別々に遊んでいた。それは男子の方に多かった。兄弟は上級生たちの集まっている所へ近寄って行った。下の方はいかにも兄にくっ付いているというふうで、じきに同輩たちの所へ紛れ込んだ。彼にとって上級生は人なつこい対象であったが、同等の立場で何でも主張できる仲間が気安かった。時たま近所の親しい同輩と仲間に加えて貰えれば十分だった。満足できるものが得られれば、取り立てて選り好みするほどのことはなかった。

　祐二は今いる自分の世界にしか情熱を感じなかったのである。分別ですべてのものを裁量するほど利口ではなかったし、すべての基準は好き嫌いの感情であった。行く先々で形を変える無邪気な心が現実を宰領し、ひとつ所に悩んだり思いあぐねたりするよりは、何かに心を奪われ、自分のまわりに存在する雑多な事象のなかで過ごしていた。だから、先ほど脳裡を掠めた一件は彼の駆けて来たこの世界ではまったく閑却《かんきゃく》されていた。

　遊びに熱中している時間が少なからず流れ、もうすぐだという楽しみの声があちこちで聞かれ始めた頃、顔見知りの大人たちが現れた。子供たちは小さい順に整列させられたが、お互いにじゃれ合うことだけは一向に止めそうになかった。後ろを振り返る顔や横合いを覗き込む顔、それら静止することのない顔と顔が前後左右に入り乱れ、列は一時も静止することがなかった。

　ひとりの大人が前に進み出た。頭に白いものが混じり始めた、声のしわ太い、小柄な、優しい眼つきのおじさんである。

　おじさんは子供たちを前にすると、にこやかな笑みを満面に浮かべて純朴に喋り出した。子供たちのなかにはその顔を尊敬に満ちた眼差しで見守る者もあったが、大半は話をそっちのけにして同輩たちと戯《ざ》れ合っていた。そしてその戯れ合いの最中でも、ある期待感を持って待っていた。おじさんの背後にはパンや菓子の入った箱が二～三段積み重ねられ、その近くに近所のおばさん達がまっ白いエプロン姿で立っていた。彼らにはおじさんの話などどうでもよかったが、しかしその後の褒美となるとそんなわけに行かなかった。皆は早く終わってくれないかというふうに、手持ちぶさたな時間をめいめいの表情に紛らしながら、おじさんの話を聞き流していた。

「ですから、今日はめでたい子供の日であります。私たちは皆さんにひとつの贈り物を用意しました。これは皆さんがいい子でありますようにと私たち一同が切に願うところから贈るご褒美であります。ですから、私の話がすんだら、上級生の方はとどこおりなく全員に行き渡るように小さい人たちに手渡して下さいよ」

　おじさんの話し振りは実に丁寧だった。横に控えているおばさん達は小さい子供たちを相手に優しい笑みを投げていた。

やがて行事が終わり、贈り物はすべての子供たちに配られた。お菓子の詰まった袋が行き渡るまでの騒々しかったこと！

当の兄弟も、パンやお菓子の入った紙袋を手にしていた。下の方は近所の同輩とすでに中味を覗き込み、おいしそうにつまんでいた。兄はそれが馬鹿らしいという表情でさっさと公民館を引き上げた。兄は自分でもひねくれていると思いながら家へ帰った。広場には、まだ居残って遊んでいる子供たちの声がにぎやかに飛び交っていた。

ひとり帰りふたり帰りするうちに、いつのまにか誰もいなくなった。さっきまで兄の傍にいた小さい方は、彼の同輩と何処かへ行ってしまった。おそらく仲間うちで相談が成立していたのであろう。その様子では、日がとっぷり暮れる頃にならないと、我が家には戻りそうになかった。

二

公民館で兄と別れてから、祐二はずっと遊びほうけていた。まる半日何をしてそれだけの時間をつぶしたのか、今となっては不思議な気がする。軀を動かしているうちに、いつのまにか暗くなっていた。快い肉体の疲労感。走り過ぎたふくらはぎが怠《だる》かった。

祐二は転げ込むように我が家の門を潜った。細長い通路を抜けると玄関で、すでに茶の間の電灯はともり、父や母や祖母や兄の賑やかな声が聞こえて来るような気がした。温かい匂いが肌に触れて来た。そして一気に玄関の引き戸を開けて三和土《たたき》に立つと、思ったとおり、そこには明るい団欒が醸し出す安らぎの世界が広がっていた。

だが、不思議なこともあるものである。突然、祐二は今の今まで忘れていたことを想い出した。記憶の糸が何かの拍子にほぐれたのか。それとも単なる気まぐれか？祐二はおこりにでも襲われたように急速に心細い気持ちに囚われた。そこで、食事の準備に忙しい母親の様子をひそかに盗み見たが、何処といって変わった様子はなかった。気になるとすれば、帰宅した彼に何の挨拶もないことぐらい。しかしそれは、仕事にかまけて気づかない所作にも思えた。祐二は心のわだかまりを思い切って晴らそうとせず、こっそり茶の間にすべり込んだ。ようやく祐二の帰宅に気づいた母親の小言を背中に受けながら……どうして泥棒猫みたいに入って来るの？　今まで何処で遊んでいたの？

茶の間では、祖母がお膳の支度を整えていた。父親はすでに卓袱台《ちゃぶだい》の前にあぐらをかき、新聞に眼を通していた。祐二に気づいた祖母がまず「お帰り」と言い、それから父親がいま帰ったのかという眼つきをした。しかしそれが決して煙たい種類のものでないことは、次に父親がかけた「何処で遊んでいたんだ」という穏やかな声と顔の表情ですぐに分かった。父親はいつもの父親であり、祐二はここでも不安な胸のうちを打ち明けられずにしまった。どうしてもそれは兄の登場を待たなければならなかった。

祐二にしてみれば、何故かそのことには触れずに済ましたかった。が、そんなわがままが許されるはずはなかった。たとえ世話を怠けるようになったとはいえ、祐二の良心は自分にあてがわれた動物への愛情を黙殺できるほど横着ではなかった。

祐二はどうしたものだろうと当惑した。彼の小さな瞳は疑問にぶち当たった困惑で揺れていた。そんな時の祐二は、日頃のやんちゃさからは想像もつかない可憐な少年だった。ふだん瞑想的でない祐二ゆえに、その態度はしぜんに家人《かじん》の注目を集めずにはおかなかった。

それにしても、どうして祐二はすぐさまニワトリ小屋を覗くことをしなかったのだろうか？　玄関に駆け込んだ瞬間に訪れた不安は、ただちにその場に走らせてもいいはずだった。にもかかわらず、祐二はそれをしなかった。ニワトリの安否を気づかいながらもその存在の確かさを疑わない心理が交錯し、その場に立ち会わせる決断を鈍らせたのだろうか？　それとも、その情報は実地に調べるには及ばないものと判断されたのだろうか？　家人の誰かが教えてくれる？　しかしそんな当否に関わらず、実際には祐二の習慣が彼を家人の前に直行させたのであった。

そうこうするうちに、兄が顔を出す。意地の悪そうな微笑をひらめかせている精一のそれは大抵ちらつくものなので、それが自分の不安と関係があるのか分からない。祐二は前へ進もうにも後ろへ引こうにも、まったく身動きが出来なくなった。もはや所期の目的を精一の登場によっても達しえず、ますます貝のように口を噤んでしまったのである。

そして不思議なことは、これだけ待っても誰もあのことを咎めないのは何の異常もないからだと思い込もうとする自分が存在し始めていることだった。そうかも知れないしそうでないかも知れない。けれども、ニワトリのことなど眼中にないのだとしたら。彼のニワトリなど取るに足りない生きものだと思っているのだとしたら。——祐二はふたたび悩まなければならなかった。

祖母が「どうしたの?」と尋いた。祐二は黙っていた。父が「元気ないな」と追い打ちをかけた。困った。精一が不思議そうな顔をして眺めていた。

精一は、目の前の祐二にはぐらかされたような気分だった。いつもとは違うように思えた。気が抜けるとはこんな感じを言うのだろう。一緒にいる時は決まって喧嘩かじゃれ合いの連続なのが、そういうことをしてはいけない何かが祐二の様子に認められる、そんなふうに思うらしかった。そこで、柄になく心配になった。

いよいよ本格的に困って来た。家族の誰もが不思議そうに見守り出した。祐二はもじもじするばかりで坐ろうともしなかった。母親まで台所から茶の間へ入って来る。そうして、帰りしなの様子をみんなに報告する。父親が本腰で追及し始めた。それに応える適当な言葉が見つからなかった。

何を聞かれてもだんまりを決め込むことにした。いつも取る態度である。けれども、常の祐二がそうであるように、現在の彼もそういう自分に納得いかなかった。何故自分がこうまでみんなに問い詰められなければならないのか。本来の不安の根源からはどんどん遠ざかり、身に覚えのない事柄ばかりに矛先が向いて行く。そしてこんな時の兄ほど小憎らしいことはなかった。精一はいつも正当者の位置から祐二をこきおろす役を担っているのであり、父親の信頼を得ているぶん、それはより強固な圧迫であった。

そんななか、祖母はたいてい窮地に立った祐二を庇《かば》ってくれた。不満は、精一に対しても祖母が同じような愛情を注いでいることであったが。そして祐二自身は、兄の小憎らしさのなかに、わざと飼犬を苛めるような愛情の含まれていることを形勢不利な状況にあっても感じずにいられなかった。

父親が少し焦れたように言った。

「いいかげん、何があったのか言ったらどうだ。あんまり強情を張るもんじゃない」

「そうですよ。何があったの？」

「またへまをしでかしたんだろう。お前のやることはいつも決まっている」

毎度のことだが、自分の信用のなさがつくづく嫌になった。祐二にはそれが情なくて仕方がなかった。

すると祖母が取りなすように言った。

「それ位でいいでしょう。早く御飯にした方がいい。この子だってお腹がすいているだろうに」

腹はすいていなかった。みんなからやいのやいのと突き回されて、腹がすいたもないもんだ。しかし元はと言えば原因は自分にあるのだから、いくら責め立てられても、口答え出来ないだけでなく、なおさら情けなさが募るのだった。祐二は無性に悲しくなり、つい涙が零れそうになった。それを察してか、祖母と母親がその場を取り繕おうとした途端、祐二は耐えられずに声を上げて泣き出してしまった。後には、困った顔が四つ並んでいた。


兄弟は庭の一角に立っていた。無花果《いちじく》の葉蔭に据えられたニワトリ小屋が闇のなかにほの白く浮かんでいる。

弟はゆっくりと腰を下ろした。彼は眼を凝らして内部を窺った。それに気づいてか、幽かに白い塊が闇を背にごそごそと動いた。兄はそれに気づき、嬉しいような気恥ずかしいような心地になった。

小さい方はなかなか立ち上がらなかった。兄はそれに付き合っていても一向に構わなかった。

いよいよ闇が濃くなった。しゃがんでいる方が言った。

「おいクック、元気を出せ。明日からまた僕が餌をやるからな」

「そうだ。自分のニワトリだから自分で世話をしなくっちゃ。今日は僕が餌をやったんだ」

兄弟はそんな言葉を交わしながら、もう少しそこにいた。

初秋

涼しい風が頬を伝うころ、蒼天の谷間には、水面《みなも》を引っ掻いたような鰯雲が懸かる。その清新な空の蒼さと純白の雲がもたらす眺めは心地よく、ちょっと天にでも昇ってみたい郷愁の世界に誘われる。そしてこの時節になると、淋しい風が野面《のづら》を吹いて、夕暮れの淡い光を受けたすすきがひっそりと影を落としているのが遠望できる。秋は、昼間あんなにもはしゃいだ子供が黄昏《たそがれ》の侘しさにおのずと消えていなくなるように、物哀しい気分にさせるのである。

精一はその日の空を仰いで釣りに出かけたくなった。鮒の側線を思わせる鰯雲が空いちめんを蔽《おお》って、矢も楯も堪らない気持ちにさせた。絶好の釣り日和であり、釣りに行きたい、そう心が泡立つと、逸る心を抑え切れなくなり、釣り支度を始めた。近くの川に行くのであるから大げさな準備は要らない。ついでに弟を呼んだ。日ごろ苛めてばかりいるのでこんな時くらい優しい言葉をかけてやりたい。すると祐二はえもいわれぬ顔をして喜んだ。近所の圭一も連れて行こうと言うと、さらに浮き立って、準備もそこそこに圭一を誘いに行った。

しばらくすると、ふたりはふざけ合いながらやって来た。圭一は一本の竹竿と手籠《てご》を持っている。精一はふたりを迎えると、もう一度空を仰いだ。微風に撫でられたような絹雲の斜かいに、鰯雲がさざ波のように立っている。何と高い空だろう。精一はすうっと魂が昇って行きそうな心地よい気分を味わった。もともと鰯雲はそう高い空には懸からないのだが、この日はかなり高い所にうろこ状の斑点を並べていた。

まだ日中の陽の照り返しは厳しいが、それでも中秋が近いためか、夕暮れが近づくと翳《かげ》りは速い。三人が出発するとき太陽はわずかに中天を過ぎた頃合いだった。草の生い茂った田んぼ道には、ちらほらすすきの穂が眼に入る。雑草の青さも次第に褪せ始め、周囲の田んぼを埋めつくした稲穂が一斉に色づきながら頭を垂れる時期であった。

三人の行く手は淋しい場所だ。滅多に人は通らない。川岸には柳が何本も植わり、時どき風にそよぐ柳の枝がうら淋しい雰囲気を醸し出す。だが、三人にはちっともそんな気配は感じられない。ただ獲物を釣り上げた瞬間の手応えや光景だけが心を過《よ》ぎる。

途中、餌を取って行かねばならないので、道を外れたうずたかく積まれた堆肥小屋で、一心不乱に餌のみみずを取る。熟れた堆肥に手を突っ込むと、生温かい感触に混じって、にゅるにゅる動くみみずが指先にまといつく。良質な堆肥にはみみずが軀を寄せ合って肥え太っている。やがて団子状に丸まった多過ぎる量のみみずを手に入れると、足早に道を急いだ。路傍のすすきが風にそよいでいる。三人の軀《からだ》に触れる葉ずれの音が乾いた大気に漂う。もはや蒸れた感触はなかった。

いったい釣りの気分というものは好きでないと分からない。竿を解くまでの待ち遠しさと言ったら、言葉ではうまく言い表せない。連れの誰よりも早く釣り糸を抛《ほう》りたい願望。餌を針につけるちょっとした時間のもどかしさ。それは釣りならではの醍醐味であり、当の場所に辿り着くころには声さえ上ずっているものだ。

午後の陽差しは彼らに微笑みかけているようだった。まるで彼らを駆り立てるように、まるで彼らの夢を叶えてくれるように。事実、三人の心を泡立たせる期待だけでも、通常に倍する望みを抱かせるような好天に違いなかったのだ。

三人は、誰が一番乗りかを競うように竿を解いている。本来なら、年長の精一が一番乗りに違いないが、彼は思いのほか手間取っている。日頃のんびり屋の彼は、こんなとき手許がまめに動かない。あるいは一時も早くという焦りが先に立って、こと細かな準備が手際よく出来ないらしい。というより、精一の気持ちのなかではもはや浮きを放り投げた状態なのかも知れない。

　と、ポチャンという水しぶきが上がった。精一はそれに見惚れたように放心する。どうやら圭一のらしい。続いて祐二の浮きが放り込まれた。精一は、最後にようやく自分の番が回って来たのを確かめつつ、ゆっくりと釣糸を投げ入れたのである。

　これでやっと一定の間隔を置いて三人の竿が並んだことになる。ナイロン製の透き徹った糸が緩やかに流れる水に靡《なび》き、三人は言葉を惜しんで、ひっそりと川岸に佇んでいた。三人にとって沈黙はこの上ない悦びである。無駄な会話を交わす暇もないくらい、彼らはこの行為に満足しつつ胸を高鳴らせているのである。川の流れは適度にあって、浮きを見守る瞳を和ませていた。

　しばらく三人は無言であった。その沈黙の時間がどれくらい続いたであろうか。おそらく半時間ほどは経っていたろう。さすがに喋り声が洩れ始めた。祐二の声が一番大きく、それから圭一の声が。精一のそれは出し吝みをしているように小さく寡《すくな》い。いや、精一の期待はまだ続いているのだ。声を出す合間にも、傍に目を遣る一瞬間にも、魚が食らいつくかも知れない。そう思うと、いっときも浮きから眼が離せない。それにもうひとつ、精一は年長者なだけに、そうそう他愛なく宗旨替えをするわけにも行かないのだ。それに引き換え、祐二や圭一となると、凝っとしていること自体、我慢できない年頃なのである。すでにふたりはぴくりともしない浮きを見捨てたまま、ひとつ所に寄り添って、さかんにふざけ合っているのであった。

　それがどんな有様かというと、肩をくっ付け合って寝転がり、腋の下や首根ッ子を擽り合う小猫のじゃれ合いみたいに揉み合いながら、声をきゃっきゃっ言わせるおまけまでついていた。このおまけにはさすがの精一も食指をそそられずにはいられなかったようで、怺え切れずにふたりの傍へ行き同じ穴の狢《むじな》となった。半時間以上待って、ひと引きもなかったのだからもうどうでもよい。精一自身いつもに似ず忍耐力がなかったようだが、とにかく釣りは諦めたのである。

　三人は何処かへ消えてしまった。後にはきちんと並んだ三本の竿と浮きが浮かんでいるばかり。浮きは川の流れで伸び切った糸の先でゆらゆら揺れている。この川の様子からすると結構な大物がいそうだが、見かけばかりらしい。浮きは一揺れもしないのだ。……そう思って見ていると、精一の浮きがピクリと沈んで小さな波紋を作った。おや？　とさらに眼を凝らすと、今度はしばらく水中に潜って、最初あった位置から二メートルほど脇にポッカリ浮かんで、ピクピク動きながら流れとは逆方向へ引っぱられて行く。精一がいたらさぞや小躍りしそうな引きで、彼のいないのがはなはだ残念だ。獲物はそれをいいことに自由気儘な行動を取っている。が、それもじきに止んでしまった。精一の浮きが心もち動いたきりで、前にも増して静かになった。

　寝転がって空を仰ぐと清々する天気だ。さっきまでは鰯雲が懸かっていたが、今はそれが淡くぼやけて、雲らしい雲が霧消している。いったいこの空の極みには何があるのだろうかと勘繰りたくなるほどの清々しさだ。昇天したらさぞや心地よかろう。もしかしたら、ぽっかり天面に浮かび上がりでもして、そこには丸い輪を戴いた神様や翼の生えた天使が下界を見下ろしているかも知れない。あるいは、透明な水晶を覗く検察官が余念なく下界の善悪を値踏みしているかも知れない。

　三人は楽しい遊びにくたびれた様子で戻って来た。秋の陽も徐々に翳り、西の空が紅く染まり出した。精一はもはやここにいても仕方がないことを承知しており、帰り仕度を始めた。実を言うと、祐二や圭一の帰巣本能がそれとなく精一に反映された結果、帰宅時間が一気に早まった向きもあったのだけれど。

　とっくに諦めてはいたものの、竿を上げる瞬間には最後の期待で胸が高鳴った。知らぬ間に獲物が食い付いていないとも限らない。その証拠に、三人は、いっせいに、元気よく竿を上げた。結果は、針の先に見事に現れていた。ポタリポタリと落ちる雫が翳った水面を震わせ、出がけの気分とは裏腹な味気なさで一杯であった。この期に及んで竿の整理などどうでもよいといった心境が精一を捕まえた。精一は真ッ先に竿の整理を終えると、空罐のみみずを惜し気もなく川にばら撒き、さっさと田んぼ道を帰り始めた。慌てたのはふたりである。取り残されてはいけないとの焦りで手先が狂い、釣り糸や釣り針の始末がままならない。とうとう「待ってよ、兄ちゃん」と祐二が叫んだが、精一は面倒臭そうにその場に突っ立ったままであった。

夕闇が濃くなった。精一自身心細くなったが、幼いふたりはそれ以上に違いない。三人は小さく固まって歩き始めた。精一が先頭で、しんがりが圭一である。間に挟まれた祐二はいいが、圭一は時々うしろを振り返る。誰か自分の背後にいやしないかと気にかかるのだろう。精一はその心理を自分でも経験したことがある。そこでちょっと面白いことを思いついた。

突然「幽霊が出た！」と喚いたかと思うと、がむしゃらに駆け出したのである。するとその恐怖がふたりに感染し、今にも泣き出しそうな声を張り上げて、わあわあ言いながら随いて来る。そのうちに、精一自身、何ものかに追いかけられているような倒錯した気分に陥った。怖ろしいような、楽しいような、わくわくする気分である。そこで、ますます声を荒らげて、鞠のように軀を弾ませながら、ひたすら走り続けた。

もちろん、取り残されたふたりは心細いこと限りがなかった。祐二は兄を一生懸命追ったが、どんどん引き離されて姿を見失った。うしろに圭一がいるから助かっているようなものの、もしいなかったらと想像するだけで胴震いしそうになる。圭一の怖さはひとしおだろう。精一は見えなくなるし、頼りに思う祐二からも離れてしまった。もう自分を守ってくれる者は誰もいない。もしいるとしたらそれは怖いものである。そう考えると、心細さのあまり、急に涙が零れて来た。涙とともに声も出て来た。圭一は大声で泣きながら駆けていた。

ちょうどその時分、精一は自分だけの興味で駆けていることに気がついた。すると、興味本位におっぽり出したふたりが可哀想になった。それが自分の悪戯心からだと反省されると急にいじらしくなった。恐怖からはやく解放してやらねばならない。精一はそう思い、走りやめた。そうしてうしろを振り返ったが、ふたりの姿は何処にも見えなかった。

　精一は夕闇を背にして佇《た》っていた。田んぼの畦道の茅《ちがや》やすすきの穂が旅人のような影絵になって浮かんでいる。祐二や圭一が現れたのはそれから暫くしてからである。ふたりは走り疲れて一緒に歩いていた。そうして、精一がふたりに気づくと、ふたりも精一を捉えた様子で、互いに嬉しさを隠し切れぬというふうに駆けて来た。

　さっきまで声を上げて泣いていた圭一の涙は涸《か》れ、息せくように弾む声で喋っていた。その声はひんやりとした大気に響き、陽気な賑やかしい空気の塊が三人の上を舞っていた。三人の小さな拡声器から発散される無邪気という波は、この広い大地に拡がり、舞い上がり、果ては大空の極みに吸い込まれて行くようであった。陽は昏《く》れて、西の空は真紅な夕焼けであった。精一がそれを認めた時、三人の姿はこの自然に融け込んだ一幅の絵になっていた。

　三人はすごい夕焼けだと思った。温もりのある茜色が徐々にうすくなり、蒼白く澄んだ空色に融け込む情景は三人を圧倒せずにはおかなかった。


　しかし、夕焼けの下には、自家の明かりが灯っていたのである。それは幻燈のように三人の瞳に映じ、まるで夢のなかの幻燈のように輝いていた。それは温かい血のぬくもりで包み込むなつかしい光であった。

　三人は逸《はや》る心を制し切れずに、夕焼けを頼りに歩き出したのである。一段と高鳴る胸の鼓動に勇気づけられながら、なつかしい我が家へ帰って行ったのである。

知恵の実

一

　空には薄い雲が懸かっていた。そのせいか、かえって生暖かく、四月に入ったばかりの日曜の午後としてはまずまずの天気であった。今度五年生になる精一は、雑草がいっせいに芽を吹き始めた休閑地の畑を横切って、いつものように健治の家へ遊びに行った。

　精一はこの兄弟妹と仲がよかった。健治は一級下、弟の勉はこの春から二年生。その下に加代子という四歳の妹がいて、精一は彼女に肉親めいた愛情を感じていた。彼らは学校のある日もない日も顔を合わさぬ日はなかった。朝は決まって健治の家に立ち寄って行くのであり、さすがに下校時間は違ったが、家にランドセルを置いて遊びに出ると、いつの間にか顔を合わす具合になっていた。

　その日、兄弟妹は縁側で遊んでいた。精一は裏庭の方から顔を現したが、にこっと笑顔を作っただけで、これといった言葉も交わさずに仲間に入っていた。双六めいたサイコロゲームに加わって、番が来たのでサイコロを振る頃には、最初からそこにいたような按配になっていた。

　もともと精一は無口な子供であった。笑うと、右頬にえくぼの出来る、どちらかと言うと引っ込み思案な性質であった。しかし、子供うちではなかなか人気があって、小さい時から上級生でも手出しをする者はいなかった。

重厚な雰囲気、と言ってよいのかどうかは分からないが、とにかくみんなから信頼されている、そしてそのことを意識もせずにこなしているという按配であった。

　ひとしきりゲームに興じていた時間が途切れると、健治は奥の方へ引っ込んだ。後には勉と加代子が残されて、精一はふたりを相手に遊ぶことになった。なにしろ加代子はまだ四つの女の子だから相手が難しい。いつも精一の側にくっついて、自由な行動を妨げる。内心はそれが嬉しいのだが、兄弟の手前気恥ずかしく、まともにそんな顔は出来なかった。

　けれども、サイコロを振りながら、十が出たと言っては喜ぶ加代子を見ていると、心なごまぬはずはない。いつもなら、加代子はあっちへ行きなよと素っ気ない勉も、健治が抜けたので、何も言わずにゲームに加えていた。

　——加代子の馬鹿。六つ進むんじゃないでしょ。2と3だから5、五つしか進めないんだから。

　勉が横やりを入れても、加代子には何のことか分からない。きょとんとした表情で、ようやく自分の駒がひとつ下げられてはじめてその意味に気がついた様子だ。しかし、一度進んだ駒が下がるということには納得いかないものがあるらしい。勉の顔を不服そうに見上げると、すばやく駒をもとの位置に押し返した。ふたりの間にひと悶着が起きるのは仕方がなかった。

　——さっき駄目だと言っただろう。加代子が振ったサイコロは2と3だったじゃないか。ね、加代子、2と3を足したら5でしょう。1、2、3、4、5でここまでしか来られないんだよ。いいかげん、あきらめないかってば！

　勉は口を尖《とが》らせて説得するけれども、加代子は猛然と自己主張をし始めた。それも実力行使といういささか荒っぽいやり方で、くりくりしたもみじッ葉のような掌で押し返された駒を差し戻し、勉が怒って取り上げようとするのをかたくなに拒むと、

　——いやあ、勉にいちゃんのいじわる！

と声を大にして叫んだのである。

　こうなると、兄より短気な勉がおとなしくしているわけがない。必死に握りしめた加代子の手から無理やり駒をもぎとろうと痛々しいくらいに邪険に扱うので、精一も穏やかな顔ばかりもしていられず、ふたりの間に

割って入った。

――勉君、そんなに怒らなくてもいいじゃないか。加代ちゃんはまだ訳が分からないんだし、許してあげなよ。たったひとつだろう？　それくらいすぐ追いつけるさ。

実を言うと、勉はビリッけつなのである。負けず嫌いの勉は、そのこともあって癇癪玉が破裂しそうになっていた。

――そんなこと言ったって、加代子はいつもこうなんだから腹が立つんだよ。加代子、もうお前は仲間に入れてあげないから、あっちへ行けってば！

すると彼女はイーッと口を歪めて精一の背後に隠れた。あぐらをかいて坐っていた精一の肩に手を置いて、手を上げそうな勉の難からいつでも逃げられる態勢を取っている。その様子は、精一からすれば可愛い仕草に過ぎないが、勉にとっては生意気な加代子をのさばらせては、兄としての沽券に関わるとでも判断したのか、

――このままじゃ、ただですまないぞッ。

と、歳に似合わぬタンカを切って見せたのである。それがかえって加代子には面白い。手に握った駒をパッと投げると、歓声を上げて座敷の方へ逃げて行く。間髪を入れず、勉も追いかける。そして奥の方でキンキン声がした。しばらくすると、今度は加代子が縁側に現れ、上気した頬を懸命に前に突き出しながら、コロコロ駆け回る。加代子の側からすれば、追い駆けっこをしているようであり、兄妹喧嘩というよりは小犬のじゃれあいに等しかった。勉の方は、そんな加代子に初めは釣られていたのだが、どこでどうこんがらかったのか、いつの間にか本気で追いかけている自分自身に気付くのだった。

それは一種の倒錯に似た感情で、追う者の愉しさと追われる者の愉しさとがごっちゃになった気分であった。ついつい、面白半分の悪ふざけが弱い者いじめの心理に似通っていたりする。加代子の柔らかい腕や脚を押さえつけて、つねったり叩いたりしたくなって来るのだ。もうそろそろ止めようか。と、そんなふうに省みながら、いつしかエスカレートしていた。

精一はその間ふたりの行動を黙って見ていた。もうじき終わるだろう。――と、縁側から正面に展けた畑を眺めている精一は、すこぶる長閑な気分であった。麦が

四～五十センチに伸びている。モンシロチョウが畑の隅に植えられた菜の花の、花から花へと舞っている。

と、茶の間の方で加代子の泣き声がした。勉の「だからやめろと言ったのに」という少し慌てた声。続いて「お母さあん、勉にいちゃんがねぇ……」と、エプロンの裾に顔を寄せて行く気配がする。それから、ひとしきりくぐもった切なそうな泣き声。

　精一はとっさに奥の方に顔を向けたが、「勉、あんた加代子をいじめて何が面白いのね」とたしなめる母親の声にドキリとした。たちまち、それに応じるように「もともと加代子がインチキするからいけないんだ」と勉の声。続いて「インチキなんかしてないもん」

　精一は、こうした一連の騒動に、平和な家庭の匂いを嗅ぎ取った。そして泣き声が収まると、そこにふたたび怒った顔つきの勉が現れるのを見たのである。

二

それから半時間後、精一はひとり縁側に坐っていた。勝手知った家のこと、兄弟妹が奥へ引っ込んでも特に気にする必要はなかった。古風な造りの日本家屋で、沓を履いた足は地面に届かない回り縁であった。精一は両腕で軀を支え、脚を揺らしながら、ぼちぼち家に帰ろうかと考えていた。

　穏やかな午後であった。家を出て来る時は薄曇りであったが、時間の経過につれ水っぽい青空があちこちに拡がっていた。精一はそれを見ていると、心がもの哀しいような気分になって来た。それは少年の心に隠された未知への憧れから生じる気分であり、その郷愁に近い感情が精一をセンチメンタルにしていた。

　しかし、精一はじきに現実の世界へ引き戻された。春の空から間近の景物に眼をやると、そこに珍しい代物が現前したのである。それは水道の蛇口にぶら下がったセロハンテープであった。水に濡れたらしいセロハンテープが無造作に蛇口に引っかけられていたのである。水道の蛇口の横に掘ってある小さな池に誰かがあやまって落としたのか、仕舞い忘れて昨夜の雨で濡れたのを、これまた誰かが乾かしているのかも知れなかった。たっぷり水気を含んだテープは、台紙の部分が膨れ上がっていたが、それでも充分まだ役に立ちそうであった。そいつが精一の眼に飛び込んで来て、内奥に眠る欲望を刺激し、それまで静かであった心の湖に隠微な小波を立て始めた。

精一の欲望の食指に媚びるそれは、思わず欲しいと直覚させる要素を隠し持っていた。そして同時にそれは、この邪悪な感情がみずからの内奥に湧いた事実さえ分からなくするほど自然な食指でもあった。それゆえ、精一の倫理観は一時的に死んだも同前の状態になった。かりに人間の意識に真空状態があるのなら、精一の眼はちょうどその状態でセロハンテープを捉えたことになる。格別の悪気はなく欲求の矛先が伸びたような、あたかも魔が差した心理状態と言ってよかった。

しかし、その欲求を実際行動に移すに当たっては少し事情が変わっていた。無邪気さだけでは処理しきれない、周到さや慎重さが隠されていたのである。すばやく周囲を窺い、誰も見ていないことを確認してから、わくわくする昂ぶりを押さえながら、そっとセロハンテープに手を伸ばしたのであった。その後は一目散にわが家に駆け込み、その昂ぶりが鎮まるのを待ってから、ふたたび健治の家に引き返したのである。それはなんと犯罪者の行動原理に似通うものであったろうか。

三

精一が自分の行動を激しく後悔したのは健治が発した声と同時であった。

それまで精一は、色んなものがふんだんにあるこの家で、セロハンテープなど高が知れていると錯覚していたのである。たとえ失くなったとしても、それほど問題になるとは思えなかった。

しかし事態はまったく逆であったのだ。このセロハンテープは健治の工作材料の必需品として、これから利用されるべき機会をじっと水道の蛇口で待っていたのである。

——勉、ここにあったセロハンテープを知らないか？ さっきまであったんだけど、お前またどっかへ隠したな。すぐいるんだから、早く出せよ。

——兄ちゃん。ぼくそんなもん知らないよ。触った覚えもないよ。加代子がなんでもいじくるから、加代子がまた持ち出したんだよ。……加代子、加代子、ちょっとこへ来てごらん。

――なあに？

――ここにあったセロハンテープ、ほら、まあるいワッカのすきとおったやつ、知らないか。兄ちゃんがこの蛇口にかけといたんだけどねえ、見なかった？

――ううん。わたし知らない。かよこ、そんなもん、見ないもん。

――おかしいなあ。加代子も知らないとすると、やっぱり、勉、おまえがどこかへ持って行ったんだろう？　なあ、ほんとに困るんだから出してくれよ。工作するのにぜひいるんだから。頼むよ。

――そんなこといったって、知らないものは知らないよ。いつもぼくのせいにしようたって、そうはいかないぞ。今度はぜったいに違うんだから。

――でも、この前だってそう言っときながら、ぼくの独楽を持ち出していたのは勉だったじゃないか。おこらないから、すなおに出してくれよ。

――あのねえ、けんじにいちゃん、つとむにいちゃんがねえ、さっきねえ……

――加代子、あんまりいいかげんなこと言うじゃないぞ。泣かされたからッて、こんなところで仕返しするのはきたないぞ。

――そうじゃないもん、かよこ、つとむにいちゃんが、さわっているとこ、見たもん。

――それ、いつのことだ？

――もう、ずっとまえ。

――勉、やっぱりお前、隠しているんじゃないか！

――違うッてば！　たしかにさわったけど、取りはしなかったよ。それは精一ちゃんと遊ぶ前のことだよ。そのときは、兄ちゃんだっていたじゃないか。まだあそこにあっただろう？

――しかし、もうここにはないじゃないか。いいかげんなこと言って、ごまかそうたって、兄ちゃんは加代子みたいにはごまかされないぞ。

――そんなこと言ったって、それはあんまりだよ。ぼくは知らないのに。おかあさん、健治兄ちゃんは、なんでもかでも、ぼくのせいばツかりにして、いつもいつも、ぼくのせいにして……

勉はなかばベソをかきながら台所の母親のところへ訴えに行ったので、続いて加代子も健治も台所の方へ消えた。

その間、精一はひと言も喋ることなく身を堅くしていた。これはえらいことになったという驚きに全身を掴まれ、ガタガタと震えが来た。まして、自分の出来心によって、事態がこれほど急に、深刻に、進展しようとは予想さえしていなかった。どうしよう、何とかしなければ、困ったことになった、と慌てふためく焦燥感が重く圧しかかり、自分のやったことは夢の中の出来事のようにしか思えなくなるのであった。泣きたい、泣けるものなら声を限りに泣きたい。そのため、逃げるように自宅に舞い戻り、セロハンテープを持ち帰る算段しか思い浮かばなかった。

精一としては、兄弟妹にとってセロハンテープは重要でないというのが、このような行為に及んだ最大の理由であった。消えて失くなったとしても、誰も気に留める者はいないだろう。気に留める者があったとしても、それは咎め立てられる前に立ち消えになるはずだ。いつものように、彼らはそのことを忘れ、何もなかったように、興味が別の対象に移って行く。それはかなり可能性の高い予測だ。

ということは、精一の行為は、半ば、というより全面的に意識的に行われたものであったと判断されても仕方がない。しかし、実際には精一にもその核心部分は分からないのである。けれども、こういう事態になってみれば、ただちに返すことだけが自分の立場を守る方法であった。自分が張本人であると見破られる前に、すみやかに健治の手に返さなければならない。

しかし、一体どうやったらそれは可能か。行きがかり上、自分が盗ったと言える状況ではないし、そんな立場に身をさらすことは出来ない。精一はみんなから一目置かれている子供であり、長年そういう役を演じ続けて来たからには、いまさら身の破滅に等しい悪事の張本人になりたくないのだ。正直に名のり出ることが道徳的に正しく、それこそまず実行に移すべき行為だとしても、そういう立場に身を堕とすことは羞恥心や慙愧《ざんき》の念に照らすと、とても堪えられそうにないのである。軀の芯が熱くなり、咎めるような視線に晒される自分自身を想像するだけで眩暈《めまい》がする。それは身の毛のよだつ嫌悪感を強いる想像であり、そんな事態は死んでも避けなければならない。

精一はあらん限りの知恵を絞って考えた。そうしてようやく案出したのが、みずから恥とすべき次のような企みであった。

セロハンテープを水道の蛇口からあまり離れていない場所に置く。池のまわりには躑躅が植えられているから、その根元か枝に引っかける。それから兄弟妹を集め、みんなで捜すことを提案し、何気なくその場所へ導く。そして兄弟妹の誰かが発見したら、どうしてそんなところにあったのかを考えるように仕向け、誰かの思い違いでこんな結果になったようにする。日頃の行動パターンから、勉か加代子のどちらかが悪意なく放ったように健治に思わせられれば願ってもない。ふたりはまだ幼いから、思いのほか簡単に丸め込むことが出来るのではないか。

精一は胃の痛みを怺えながらわが家に立ち返り、健治の家へ舞い戻った。そして誰も見ていないことを確認し、雑草が伸びている躑躅の根元の地面に何かの弾みで落ちたように細工し終えると、取りあえずいったん自宅へ引き上げることにした。

畑を横切る瞬間、細長い茶色と黒の縞模様の生き物が視界に入り、血が逆流し、全身が火照った。蛇！　と思わず跳び退いて、心臓を高鳴らせながら熟視すると、それは単なる棒切れであった。精一はイヤな予感に心が重く沈んで行った。胸騒ぎ——精一が苦しめられているのは、迷信に近い胸騒ぎであった。

四

一時間ほど経ってから、精一は兄弟妹の前に現れた。三人はそれぞれ独立して遊んでいた。精一はさりげなく尋いてみた。

——さっきのセロハンテープ見つかった？

すると、意外なほどあっけらかんとした健治の声が返って来た。

――もうあれはいいの。どうせそのうちに、そこら辺から出て来るよ。それに今のところ必要ないしね。工作はセメダインで接着することに決めたんだ。

なるほど、健治の言葉どおり、のりしろを備えた画用紙やボール紙があちこちに散乱し、健治はその一部であるエントツを工場の敷地内に建てようとしている最中だった。ふーんといった顔を精一が寄せると、目ざとく加代子があどけない笑顔を見せて寄って来た。精一はその邪気のない笑顔に心が痛み、あらぬことを口走って逃げ出したくなった。

一方、勉はふたりから離れて、プラモデルをいじくっていた。別にいじけた様子もなく、しごく熱心に組み立てに余念がなかった。戦車の、砲台を除いた車体の部分がほぼ完成しかかっている。精一は勉の側に近寄って、

――手伝ってあげようか。

と取り入ろうとした。

精一は無性に悲しかった。自分が誰よりも醜い心の持主であることを激しい悲しみとともに意識せざるを得なかった。無邪気な三人に接していると、邪気にまみれた自分が非道に思えた。穏やかな表情に隠れて見えない心奥《しんおう》に、他人に言えない滓《おり》のようなものが蟠《わだかま》っている。精一はいっきにそれを晴らしたかった。その結果、今よりもっと惨めな状況に陥ることになろうとも、カタルシスを欲する精神が精一を矢も楯も堪らぬ心境に追い込んで行った。

とうとう精一は、身を断崖絶壁に晒すような抵抗感を覚えながら、次の一句を発してしまった。

――あのセロハンテープを捜してみようか。

この発問が極めて危険な要素に充ちていることを、この瞬間の精一は悟っていたろうか。呼び水になる惧《おそ》れが多分にあったのだ。事実、健治は怪訝《けげん》そうな表情で精一の顔を窺い、

――どうしたの？　もしかするとその場所知ってるんじゃないの？　精一ちゃん。

と、素朴な疑問を投げて来たのである。

精一はとっさに及び腰になった。本心では「話があるんだけど……」と切り出したいと願いながらも、本能的にそれとは裏腹の行動で身をよじった結果、話はややこ

しくなったのである。告白への欲求と包み隠したい防衛本能とが渦巻き、嘘の上塗りをする破目に陥るとともに、まるで瘡蓋《かさぶた》をはがすような快感を招き寄せてしまったのであった。

自分でも信じられない嘘が口を衝いて出たのである。すらすらと、他人の口でみずからの非を取り繕う言葉を、精一は何かに憑かれたように喋り散らしていた。

——そうじゃないんだよ。そうじゃなくて、ああいうものはみんなで力を合わせて捜したら、意外に簡単に見つかる気がするんだよ。誰だって思い違いとか、置き忘れとかあるだろう？　そして、思いも寄らないところに転がっているものさ。みんなで協力して心あたりの場所を捜してみたら、手もなく見つけ出せる気がするのさ。

——健ちゃんは蛇口のところに置いてたんだろう？　手はじめに、そこら辺から手をつけてみたら。まさかそんなことはないだろうけど、加代ちゃんなんか悪気なく放っておかないとも限らないしね。

——なあに？　わたしのこと？

——加代ちゃん。こっちのことだよ、気にしなくていいんだよ。

——ふうん。

——加代子はしばらく黙っていろよ。……それで精一ちゃん。みんなで手わけするんなら、どの辺から始めるの？

——そりゃあ、池のまわりに決まってるさ。だって、まぎれ込むとしたらあの辺が一番だろうからね。木や花があって、ごちゃごちゃしているから。

——でも、さっき、その辺は捜したんだけど、何も出て来なかったよ。

——もう一度、丁寧にやってみよう。万が一とも限らないからね。

——うん。まあ、やってみてもいいけど、でも、さっきよく捜したんだから、出て来るとは思えないなあ。

——とにかく、見つからなかった時はまた考えるさ。……ね、勉君もプラモデルを組み立てるの、しばらくよして、セロハンテープを見つけようぜ。さあ、加代ちゃんもおいで。

——勉、加代子、兄ちゃんについて来いよ。池のまわりから始めるんだ。いいか、注意ぶかく見て回るんだぞ。

――ああ、わかった。わかった。

四人は縁側から庭に下りて、いっせいにセロハンテープを捜し始めた。このとき精一の頭には、セロハンテープは意外に早く見つかるだろうという目算があった。彼の視野には、見ようとしなくても捕捉できるほどだから、自分はなるべくそこに近づかないようにして、勉か加代子に発見させるように仕向ければいい。注意深く捜すふりをしていれば、やがてどちらかが「見つけた！」と叫ぶだろう。

精一はなかば瞑想に耽っている状態に陥っていた。自分だけの考えに取り憑かれていて、まわりの状況から浮いた存在になっていた。そのことに精一自身気づいていなかった。また他の三人――なかでも健治は捜すことに精一杯で、それに気づくゆとりがなかった。四人は同じ目的に身をやつしながら、お互いの関係においては真空状態に置かれていた。とりわけ精一は、みずからの敷いたレールにすべてがうまく嵌《はま》って進行するかどうかに心を奪われ、前後左右の関連性にはまるで無頓着になっていた。

すると突然「あった！」という勉の声が発せられると同時に、拇指《おやゆび》と人差指の間につままれた現物が誇らしげに四人の前に示された。このとき勉は興奮していて、加代子はそういう勉の動きに遅れまいと、必死に手許を覗き込もうとしていた。

精一は計画どおりに行ったと思った。しかし実際は、あまりにもうまく運びすぎて健治が不審に思い始めていたのだった。健治は自分が捜した時には確かになかったという現実を正しいものと見なし、その自分の判断は間違っていない、と疑い始めていたのである。いったい、何が不自然なのか？　けれども、その疑いは精一を猜疑《さいぎ》する事態には発展しなかった。その理由は、言うまでもなく日頃の精一の評判に関係していただろう。何といっても、精一は真面目な人間として信頼されていたからである。その精一が嘘を吐いたり物を盗ったりするわけがない。たとえこの状況が、それまでの全幅の信頼に罅《ひび》を入れる結果になったとしても、健治の猜疑心が精一を窮地に追い込むことはなかった。

だから、精一が最後の仕上げに汲々としている隙に浮かべた笑いの意味を本当に理解した者は、当人のほかには誰もいなかったことになる。もしかすると、精一自身でさえ自分がこぼした笑いの現出に無意識だったかも知れない。しかし頬の筋肉がひきつれる感触だけは無視しようにも無視できない不快感として後々まで残った。

精一は勉の側に寄って行くと、努めてにこにこしながら言ったものだ。

――わあ、すごいなあ。こんな所に紛れ込んでいるのをよくも見つけたもんだなあ。ひょっとすると、勉君は自分でそこに置き忘れていたんじゃないのかな。でも、まさかそんなことはないよね。何かの原因でそこに動いただけなんだろうな。そんなことはよくあることだよ。

すると、勉はとても奇妙な表情で精一を見上げた。何が何だか分からない、まるで狐につままれたような顔つきだった。そしてそう言った当の精一も、いびつなうすら笑いを浮かべて立っていた。それは泣きべそを怺《こら》えた子供の表情のようで、困惑と不安を掻いた顔貌《かお》であった。

しかし、それはお互いの本能的な知覚が捉えた一瞬の違和感と評すべきものであった。生唾を呑み込む時のように、その瞬間を遣り過ごしてしまえば、ふたたび以前と同じ平静な状態に戻っていたのである。

精一は、新学期が近づくと決まって想い起こされることの出来事からいまだに解放されずにいる。何十年も前の、三兄弟妹の無邪気な仕草や表情を思い浮かべるたびに、自分の皮膚に張り付いた罪悪感で強張った泣き笑いの触感をありありと反芻せずにはいられないのである。

愛玩

一

　精一と同級の英雄の家に仔犬が産まれたのは、四月中旬のことだった。春先の交尾期に種を宿したクロは、つい最近まで、たぷたぷした腹を地面にこすりつけ縁側の床下から這い出して来たが、精一たちはそういうクロが一時も早く仔犬を産んでほしいとわが事のように気を揉み、その日を待ち暮らしていた。

　精一は動物好きで、小さい時から実にいろいろな生きものを飼って来た。兎も飼ったし、鳩も飼った。鶏や猫や小鳥類、人間の近くにいる動物で蛇以外のものはたいてい飼ったものだ。無花果の幹を這っている蟻に砂糖を与えて一日じゅう飽かず眺めているほどの精一である。でんでん虫を梅雨時に飼って、それが近所のおばさんの耳に入り、娘の理科の教材に所望されたほどの精一である。あげは蝶のさなぎや甲虫の幼虫を捜しに行く精一であるから、仔犬の誕生をただ黙って見ていられるわけがない。毎日学校から帰ると、ランドセルを置く間もそこそこに、英雄の家に覗きに行くのが日課になっていた。

　ある日、いつものように英雄の家に行くと、すでに三〜四人の子供たちが集まり騒いでいた。精一にはピンと来た。案のじょう、床下にごそごそ動くものがあり、昨夜クロが五匹の仔犬を産んだことが分かったのである。まだ眼の開かない、十センチばかりの仔犬がミイミイ腹のまわりにくっ付いている。英雄がしっかり監督をしていて、誰にも触らせてくれないのである。精一は何度か手を差し伸べようとしたが、そのつど英雄の制止にあって果たせなかった。英雄によれば、このまま二〜三日はそっとしておく必要があるそうだ。おそらく父親の言葉を鸚鵡返しに復唱しているのであろう。仕方がないので、その日はよく見えない床下に頭を突っ込んでおとなしく眺めるだけにして帰って来た。けれども、禁が解け、よたよた歩きの仔犬の姿を眺められる頃になると、英雄兄弟と精一兄弟との間に仔犬の争奪戦が繰り広げられることになった。

それというのも、禁が解けたとなれば誰しも自分の専有物にしたがるのは当然で、そうなると、これまた自分の好みに応じて仔犬を独占したい欲望が芽生えて来るのは自然の情であろう。英雄には英介という弟がおり、精一にも祐二という弟がいれば、彼ら四人の間で仔犬の争奪戦が始まるのは眼に見えていた。しかし条件的には持主の英雄兄弟に最初の選択権があるので、精一は残った三匹の中から好みの犬を選ぶしかなかったのである。

精一は毎日学校から帰ると仔犬のもとへ通いつめた。彼が選んだ仔犬は、白っぽい地肌に赤茶色の斑のあるチビであった。チビという命名であるからには五匹の仔犬の中で一番小さそうだが、実際には必ずしもそうではなく、ただ呼びやすかったからに過ぎない。まだ生まれて十日ばかりにしかならないから、この先どう変化していくか分かるはずもなく、親犬のタネもハッキリしないので、これらの仔犬は海のものとも山のものとも知れなかった。仔犬の時には実に可愛いかったのが、二〜三カ月後には呆れ果てるような駄犬であったという事実に落胆したことは一度や二度のことではない。その経験に照らし合わせると、生まれたての時から大き過ぎるのは駄犬のようである。鯉の稚魚なども、稚魚選びの際には出来るだけ小さいのを選ぶのが得策のようだし、赤ん坊にしたって――赤ん坊のことは精一には分からないはずだが――精一の推測は単なる当て推量とばかりは言えない経験則があった。実際のところ、チビは英雄兄弟のお余りだったから、そんな理屈を捏《こ》ね回す余地などなかったのであるが。

精一の理想を言えば、英雄の選んだシロの方がよかった。しかしクロが英雄の家の飼い犬である以上、仔犬の専有権も英雄に一歩を譲らざるを得ない。そしてこんな時の英雄はひどく強情で、譲ってくれと頼めば頼むほどツムジを曲げてしまうので、ほどほどにしておかないとチビすら宛がって貰えなくなる怖れがあった。また、英雄の気まぐれで期せずしてシロが転がり込むことだってあり得る。そんなこんなで、精一はどうしてもチビに心を寄せるしかなかったのである。

仔犬は日数を経るに随ってしっかりして来た。愛情をかける人間に対して示す反応にもそれなりの情緒が感じられるようになった。精一は時間の許すかぎり英雄の家に出向いてはチビを抱き上げ、その成長の証しを量った。生きとし生けるものの常として、変化の跡の辿れないことはなかった。チビは日ごとに大きくなり、前肢《まえあし》を把って抱き上げる際に垂れ下がる後肢のたるみにも、柔い脂肪層が着実についている様子が窺われた。少なくともチビは、他の四匹に較べて見劣りのする仔犬ではなかった。そしてこのことは、英雄が時どきチビとシロを見較べながら、心なし確認するような視線を自分のシロに注ぐ仕草に端的に現れているようであった。

二

爽やかな日曜の朝である。

精一は朝食を済ますと、十時ちょっと前に英雄の家に行った。仔犬が生まれたひと月前の精一ではなかったとしても、英雄たちのそれに較べると、まだ一向に衰えを知らないと言ってよかった。すでに仔犬は胸に抱きかかえると持ち重りがするほどに成長していた。クロもいちち我が子に構っていられぬ素振りを見せるようになっていて、産み立ての頃の神経質な眼つき――たとえば、仔犬を抱き上げる精一たちの顔を不安気に見守るかつてのそれには遠く及ばない気のない風を示すことが多かった。仔犬たちが勝手に歩き回っても、親犬としての厳重な監視を徹底しない今日この頃だったのである。

そのことは単に親犬ばかりに関係する事柄ではなかった。英雄などはとっくに飽きが来て、初めの熱烈な愛情は今や無関心という少年特有の酷薄さに移ろい始めていた。というのも、近ごろの英雄は、学校で流行り始めたプラモデル作りに熱中し、その度合いは次の流行が彼の頭を領するまではそれに没頭するくらいの熱の入れようだったのである。

それは精一にとっては都合のいいことであった。何の気兼ねもなしに好みの犬を選べたからである。その上、仔犬が誕生した頃の情熱はちょっと薄れたにしても、精一には自分の感情に執着する傾向があって、一度注いだ愛情をその対象から容易に逸らすことが出来なかった。精一は徐々に自己愛の感情に溺れ始めた。——という意味は、精一が注ぐ愛情に見合う代償を求め始めたということである。仔犬に注ぐ愛情と同等の反応を、精一はペットに期待するようになっていたのである。

英雄の家に行くと、英雄はすでに縁側に出て新たなプラモデル作りに専念していた。今日は戦車である。この前までは戦艦の組み立てに余念がなかったが、もうその船は完成してしまったと見える。瞳を輝かせて小さな部品をセメダインでくっ付けている。今のところ三分の一ほど完成しており、精一が来たのに気づいても、お愛想程度の顔を向けただけで、すぐさま組み立てに熱中した。むろん精一にしたって、そんな英雄にこだわる理由などない。目的は仔犬以外にないのだから。しかし、一応は声をかけることにした。

——英雄君、今度は戦車を組み立てているんだね。ふうん、この戦車の種類なんていうの?

英雄の傍にはいかにも子供の関心を引きそうな戦車の全貌を描いた外箱があって、精一はその極彩色の絵を見ながら尋いたのである。それを確認すれば戦車の名前くらいは分かるのだが、そこが友だちのよしみである。単に機嫌を取るための媚びからでなく、一生懸命の英雄の無邪気さを擽《くすぐ》る気配りでもあった。

すると英雄は俄然わが意を得たように、この戦車がいかに優秀で、第二次世界大戦における花形であったかを話したのである。

——これはねえ、ドイツのキングタイガー戦車ッて言うんだよ。ヨーロッパ戦線ではこの戦車は敵なしだったんだ。だいいち88ミリ砲の威力はものすごかったんだ。こいつが出てくると他の戦車はいちころさ。ソビエトのスターリン型戦車だってまるで歯が立たなかったんだ。重量が重いわりにスピードがすごくてね、いったい精一君、どのくらい出たと思う？　……時速41キロで走ったんだよ。キャタピラのちょっとした改良で、I型よりもぐんと性能がよくなって、当時の科学技術の粋を集めた戦車だったんだよ。ただ燃料不足で使えなかったのが残念だったけど。およそ三百五十両造られたのかな。コンバットに出て来る型は、このキングタイガーより古いI型なんだ。ホラ、全体的に四角ばった戦車がいるでしょう？　あれよりさらに性能がいい奴さ。エジプト戦線で活躍したロンメル将軍がこれに乗ってたんだよ。とにかく、すごい戦車さ。何といったって、この格好が魅力なんだよなあ。……

英雄は、堰を切ったように、仕入れた知識を喋り散らしたのである。これには精一も度肝を抜かれてしまったが、いつまでも英雄の弁に付き合ってもいられない。こういった知識が皆無に等しい精一には英雄の話はあまり呑み込めないので、適当なところでやめさせる必要があった。そのためには……と頭を捻ったけれども言葉が見つからないので、行き当たりばったりに「しかし」と口を差し挿んだのである。けれども、「しかし」と横槍は入れたものの、後に続く言葉が出て来ない。口をもぐもぐさせるわけにも行かず、かといって話の腰を折った繕いはしなければならずで、照れ笑いをする以外になかったのだが、実はそんな気づかいをする必要はまったくなかったのである。英雄は少し喋りすぎて口がまわらなくなるほどだったからである。最後に付け加えた言葉がふるっていた。

――精一君、なかなか詳しい説明だったろう？　誰かに喋って実地にためす必要があったんだ。まあ、これくらい喋れれば覚えた甲斐があったというものだね。我ながら上々の出来というところかな。

そしてにっこり笑うと、ふたたび組み立てに余念がなくなったのである。ほっとするやら、呆れるやら、精一は何と返答していいか、しばらく黙っているしかなかった。

そこへちょうど、シロが床下から地面を嗅ぎながら現れた。シロはくるりと巻いた尻尾をアンテナのように立てながら、コロコロ精一の足許までやって来ると、二～三度嗅いで離れて行こうとした。そこで精一はすかさずシロの躯を抱き上げたのだ。

——ちょっとこのシロを貸してね。

こう言った時には、精一はすでに田んぼの方へ足を向けていたが、幸い——というより当然か——英雄は「ああ」と気のない返事をしただけだった。精一は英雄の気が変わらないうちにそそくさとシロを連れ出した。わくわくした気分とともに、喜びそのものに駆り立てられながら。

三

シロはチビに較べると賢い犬だった。人間を見る眼があるらしい。動物本来の嗅覚が他の雌雄よりも鋭く、また人間ほどには発達してない知能を補う能力が備わっているようなのだ。下心がある人間の人品はただちに嗅ぎ分けられてしまう。具体的に言えば、愛情の押し売りの口笛を吹いてもすぐには反応せず、申しわけ程度に貌《かお》を向ける程度だったり、抱き上げようと傍《そば》に近寄っても凝っとしているどころか、意識的にすり抜けて逃げてしまう。気長な性格なら家康流に懐柔できるのだろうが、性急《せっかち》であったり我がままであったりすると、ついには信長流の癇癪を起こさずにはいられない犬であった。

ということは、精一にとっては厄介な仔犬であったということになる。見かけによらず、精一は愛情面での利己主義者だったからである。エゴイスト——年齢と関係なく、この一点にかけて人間は誰しもそういう側面を持っている。とりわけ、精一の場合、仔犬にかける愛情が深いだけ、そのエゴイストぶりにも徹底したものが見受けられたのである。

しかし今日は、そんな心理的な葛藤に苦しまなくてもいい気がした。シロは精一に柔順だったからである。縁側の前の畑を抜けて、麦の穂が色づき始めた田んぼに向かって、精一とシロは仲良く駆けた。精一が先導する後を、シロが楽しそうに従いて来る。それは息の合った主従関係そのものであり、この時の両者の間に愛情の駆け引きや隙間風が吹く気配はなかった。シロは三十センチにも満たない背丈を波打たせて駆けており、陽を浴びてきらめく麦畑の脇の、柔らかい雑草で蔽われた畦道を毬のように弾ませて走る白い毛並みの躍動感は心和む風趣に溢れていた。そうして精一自身、シロが自分の後を随いて来る気配に満足しきっていた。

けれども、実際にはどうであったろうか。英雄の興味がシロを離れてプラモデルに移っていたにしろ、シロやチビが英雄の家に飼われている――すなわち、餌を与えられているという厳然たる事実に目を向ければ、餌が貰えるというだけで仔犬たちは英雄の方に深い親近感を抱いていたのではなかろうか。精一が家族という範疇から脱出できないように、彼らもこの場合精一の許へ直結しているとは考えられないのだ。犬は家に付くのではなく人に付くと言う。そうであるなら、シロが精一自身を信頼している証拠を何で確認したらいいだろうか。これまでの経験から推測すると、シロが精一でなく英雄の生活圏に属していることは明白であり、そういう事実を背景に英雄がシロを支配するとともに、シロも英雄に従っている、と考える方が理に適っているのではなかったろうか。事実、それを明示するように、ひとつの変化が現れ始めていた。それは、精一とシロが英雄の家から、つまりは、母犬や英雄が象徴する生活圏から遠ざかるに従って出来し始めた兆候であった。

精一が気持ちよく駆けて、シロもまたすぐ後ろを駆けて来るものと信じて振り向くと、意外に離れた場所にシロは立ち止まり、うら淋しそうに来た道を振り返っていたのである。口笛を吹くと貌を向けたが、初めのようには反応しなかった。シロは英雄を恋しがっている、と精一は直感した。この事実は、精一に少なからぬ悲哀感を味わわせるのに十分で、愛情とは裏腹の憎しみを急速に増殖させることになった。

この時点における、これがシロでなくチビであったならという比較論は無意味だったとしても、この落差のある感情の変容をもって精一を責めるのは酷であったかも知れない。精一はこの時シロの態度は自分に対する愛情の稀薄さが原因なのだと理解していたからである。実際にはそうでないことが精一には分からなかった。そしてそれは当のシロ自身には意味のない人間の反応でしかなかったであろう。シロはおそらく生活圏から遠ざかることに不安を覚えていたのに過ぎなかったのだから。

もしチビであったならこんな悲しみは与えられずに済んだのにと精一は継子いじめに似た負の欲望を湧き上がらせた。シロは自分に懐いていない。これまでのシロへの接し方に足りないものがあったのは事実だが、しかしこれほどの愛情を理解できないとは何ということであろう。英雄よりも自分の愛情が深いことは分かりきったことではないか。――にもかかわらず……

このように思い詰めると、口笛を吹いても一向に動こうとしないシロを邪見に扱おうとする自分を制し切れなくなった。シロ、シロと呼んでも貌を向けない。というよりむしろ、いま来た道を後戻りしようとするではないか。精一はそれを目の当たりにする悲しさから、小さな前肢の一方を引きずってでも先へ進ませようとした。しかし手荒に扱えば扱うほど、シロは精一から離れて行こうとする。シロは引っぱられる前肢を後肢で踏ん張りながら、それと同時に、クウン、クウンという小さな悲鳴を抗議として挙げ始めたのである。そして精一がシロの後肢までも根こそぎにしようと一段と手に力を入れた瞬間、シロの悲鳴は明らかにキャンキャンという悲痛な鳴き声となって周囲に反響した。精一はますます悲鳴を上げるシロを邪見に扱い続けた。

この倒錯した愛憎劇は、ひとつの破局を迎えるまでエスカレートした。両肢を引っ張るだけならまだしも、上下の顎を両掌で締め付け呼吸困難でもがき苦しむまで緩めなかったり、柔らかい後肢の付け根を抓ったり叩いたり、耳を引っ張ったり尻尾を握って吊り下げたり。これらはむろん意識的な行為で、シロの生命に関わる深刻さは持ち合わせていなかったが、サディスティックな快感が備わっていたことは事実であった。それは、惨劇に転落する嗜虐性を秘めていた。精一は痛々しい個々の行為を積み重ねて行くうちに、みずからでは制御のつかない地点まで追い込まれていたのである。やめようと思っても止められない、坂道を転げ落ちる石ころに等しい状態であった。倒錯した愛憎の火が消えないかぎり、精一の行為は終わらないであろう。それはシロが徹底的に傷つき、火の付くような悲鳴が上がるまで止まなかった。それほど精一は収拾のつかない激情に見舞われていたのである。

思い余って振り回したシロが二～三メートル先の地面

に投げ出され、落ちた瞬間に挙げた悲鳴がようやく精一の憑きものを振り払った。この時やっと精一は自身の行為を悔い始めたのである。何ゆえわたしはこんなひどい仕打ちを受けねばならないのであろうと、怯え切った震えを伴いながら見開かれたシロの両眼。恐怖そのものを見る、というよりは空虚そのものに向かって見開かれているシロの眼に接したとき初めて、精一は烈しい後悔に苛まれた。慌てて駆け寄るや、投げ飛ばされた瞬間にいためた前肢を震わせている箇所を優しくさすり、頬ずりしたのである。そうした償いの虚しさをどれほど反省しようと、つい直前の憎悪が裏返った愛情に身を任せる以外になかった。

シロは精一がどんなにやさしく愛撫してもいつまでも震えを止めなかった。そして精一は、シロの震えが止まらないことを痛恨の思いで受け止めた。

――シロ、ごめんよ、本当にごめんよ。

いくら謝っても、取り返しはつかなかった。シロの眼差しは、理不尽な虚の一点に注がれているようであった。

四

その日からというもの、精一の気持ちは弾まなくなった。自身の内奥に眠っている狂暴なもの、それ以前には気づくことのなかった醜い感情の渦巻きが激しく精一を揺さぶり、憂鬱な気分に陥らせるのであった。これまでそんな感情を味わったことはない。たとえ一時的に気の晴れないことはあっても、それが永続することなどあり得なかった。だが、今度の場合は何処かが今までとは違っていた。心に残った傷が生々しく、その痕は容易に消えなかった。自分が空恐ろしいというのではない。その感情は稀薄で、ただ漠然たる嫌悪感が心を沈ませて行くのであった。精一の内部にぶつぶつ燻《くすぶ》っている醜い滓《おり》のようなものが沈澱しつつある。それはなぜか不安で不快だった。そしてこのような経験をした精一の未来は、少なくともそれ以前とは根本的に違うものに染められていた。

この出来事から二～三日たった午後、精一が帰宅すると、家の横の空地から子供たちのはしゃぐ声が聞こえて来た。精一は何気なくそこへ行ってみた。すると英介や祐二やその同輩たちが仔犬を囲んで口笛を吹いていた。誰の口笛に寄って来るかを競っているのであった。それぞれの口笛が飛び交い、子供たちの輪の中に入った仔犬が明らかに戸惑った様子で右往左往していた。

ついこの間までは、精一も好みの犬が尻尾を振って駆け寄って来るのを愛情の徴《しるし》として誇りに思っていた。自己愛は、相手の媚びを手にすることで完成する。しかし、今の精一はそれを目撃した瞬間、身内に生理的な反発が湧き立って来るのをどうしようもなかった。愛玩動物の宿命を、精一は理屈抜きに理解したのである。精一の憂鬱の度合が深まることはあっても、決して軽くなることはないだろう。

交尾

一

近ごろ夕暮れ時になると、シロが決まって物哀しい遠吠えをする。天の一角に貌《かお》を仰向け、まるでおのれの運命を嘆くような声で、激しく啼くのである。それは交尾期に入って雌を求める若犬の、切なげな遠吠えだった。そして精一はそれを聞くたびに、自分が責められているような、胸苦しくてやる瀬ない、腹の底から突き上げて来る哀しさに浸された。

シロは鎖に繋《つな》がれている。放してやればいいのだが、放せない理由があった。啼き声に負けて放せば必ず噛まれて帰って来たからである。シロはスピッツと柴犬の雑種で、まっ白い毛並みとスピッツに似合わぬ脚長の体型であった。喧嘩とは無縁の人懐こく優しい性質で、そのためこのような交尾期に入ったシロはみじめであった。この一帯を支配するタロウが雌を独占してしまい、まったくお零れにもあずかれない状況に置かれていたからである。思い余ってちょっかいを出せば、たちまち噛まれる結果になるのであった。

ある日、数匹の雌を随えたタロウが悠々と野原を駆けていた。その場にシロはいなかったが、やがて聞き覚えのある悲痛な声が耳を掠めた。とっさに戸外に飛び出すと、案の定シロがタロウに押さえ込まれて啼き叫んでいた。

精一は矢も楯もたまらず駆けつけ、怖さも忘れ、近くにあった棒でタロウを叩いた。幸いタロウは精一に反抗しなかったけれども、後で考えると、タロウが襲いかかって来たらどうなったであろうと背筋が寒気立った。タロウは体軀の立派な紀州犬で、後肢で立つと精一ほどの背丈があった。

シロの首輪に手を添え連れ帰りながら、精一は首筋を血で滲ませ、逸《はや》る心だけは制し切れないシロが不憫でならなかった。シロが眺める方向には、雌と戯れるタロウの姿がちょうど力と欲望を誇示するように望まれ、それは精一にとっても忌々しさや諦めを強いる光景であった。

そんなことがあってからは、精一はシロを放そうにも放せなかったのである。軀を駆り立てる狂気に憑かれたシロを制するのは辛かったが、それでも学校から帰ると、シロを慰めるためにその首筋を抱くのがせめてもの心遣りだった。シロもそういう精一に応じはする。けれども、いつものように自分からじゃれつくことはなく、すぐさま野原の方向に貌を背けて気のない素振りを示した。精一はそういう仕草が残念でならなかった。いつもは小うるさいほど精一にまとわりつくシロであるだけに、精一を完全に無視した態度は情けなかった。シロの変節のような気がして邪見に扱わずにはいられなかった。

——シロ、お手！　お代わり！

しかし、シロは最初のお手に応えるだけで、後の方は一向に気乗りがしない風なのだ。すると、精一の方も焦れて来て、首根っ子を押さえて無理強いしようとする。シロはシロでそれに逆らおうとする。ここに奇妙に捩れた愛情交換の図が展開されるのだった。そしてどうしても自分の手に余るシロと分かった時、精一はそれとなく母親に尋いたのだ。

——母さん、どうしてシロはこんなになってしまったんだろう？　今までは、僕の言うことなら何でも聞いたのに。

——そのうちに本に戻るのよ。シロも人間でいえば男盛りの年頃だから、この時期になると盛りがつくんだよ。正常なことなんだから、じきに直るよ。ただシロはタロウに較べると貧弱だからねぇ。お母さんも放してあげたいんだけど、放すと負けるに決まっているから不憫なの。でも、あんなに啼くんだから放した方がいいのかも知れないねえ。

　母親はこう言って、憐れみの表情を泛《うか》べた。精一は盛りがついたという言葉を聞き、じっとしていられないような、はにかみ以上の羞恥心を覚えた。同級生の中にもその言い回しを聞きかじり、女の子の胸がふくらみ始めたのがそうだと吹聴《ふいちょう》する者がいた。精一は五年生にしては奥手だったから、この時むず痒いような気恥ずかしさに襲われただけだった。

　けれども、実際にはそういう光景は随所で目撃されていたのであった。犬や猫、鳩や鶏など、精一の周囲にはその材料に事欠かなかった。平常はその交尾をツルムと呼んで、卑猥さの象徴としていた。ただ精一には、そうした交尾期の犬や猫の切迫感が呑み込めなかったので、シロがこのように変容してしまった現実を不思議に思うしかなかった。

　ひとつには、精一がまだ性欲を感じることがなかったせいもあろう。女子が自分と性的に異なっていると理解はしても、それがシロの問題に関連しているという実感的な想像までは行き着かなかった。疼くような性欲の衝動が形成されていなかったからである。ということは、シロに備わっているそういう本能的な交尾期の生理じたい、何かしら悲愴感をそそるものとして映し出されていたに過ぎない。精一には性欲がいかなるものであるか、頭では勿論のこと、感覚的にも了解されていなかった。

　季節は、立春が過ぎて、冬ごもりの虫たちが大地から這い出る啓蟄《けいちつ》の頃であった。まだ寒くはあったが、田んぼや畑のあちこちには、冬枯れた雑草の間から小さな草花の芽が顔を覗かせる時期になっていた。

二

　学校から帰ると、精一は英雄の家に行った。そろそろ水がぬるみ始めたので、近くの川で釣りをしようという話になったのである。鮒が釣れる釣れないは別にして、久し振りに釣り竿を手にするのが楽しみだった。

　途中、堆肥小屋で餌を準備した。昨年の稲刈り後に仕込まれた堆肥の熟したにおいが鼻を撲ち、手を差し込むと、腐ってなま温い藁の感触が指先を掩《おお》った。両手で堆肥をほじくり出し、掻き分けると、たっぷり栄養を吸い込んだミミズが次々に現れ、精一と英雄は用意した餌箱に矢継早に放り込んだ。ものの十分もたたないうちに、餌箱は赤褐色のミミズで一杯になり、急に外気に触れたからか、ミミズは互いの軀のなかに身を隠そうとして、ほぐれた毛糸玉のように搦み合っていた。精一は一掬いの堆肥をその上に被せると蓋をして立ち上がった。目指す川はすぐそこにあり、精一の胸は竿を解く前からすでに獲物に対する期待感で膨れ上がっていた。

　最近天気がよかったので、土手は乾いていた。川岸に下りると、普段はぬかるむ堤も、今日は自由に好みの場所を択べた。用意した竿を解いて針をつけ、ウキをつけ、餌をつける。久し振りにミミズを手にするので始めは手先が震えてうまく行かなかった。痛みがあるのかどうか分からないが、ミミズは針を逃れようとして、身をくねらし、二～三ヶ所プツプツと突き出た。そして釣り糸を投げ入れ、初めはふたりとも同じポイントにいたが、そのうち精一は英雄の傍を離れた。精一は川藻が岸を埋めている、適度に流れのある一角を択んで、ウキを流しては本の位置に戻す動作を繰り返し始めた。球形のウキがすいすい流れに流されて行く。獲物が食いつけば、右か左にぷくんと揺れ、獲物の大きさに比例して深く浅く沈む動作を繰り返すに違いない。精一は、出来るだけ早くその瞬間が来てほしいと念じながら、待った。

　なかなか引きが来ない。精一は針が大きくはみ出してでもいるのかと怪しみ、竿を上げて手許に引き寄せ眺めた。活きのよかったミミズの膚がつややかに水に洗われている。ぷっと唾をはきかけ、また景気よく水に投げ込んだ。しかし、一向に引きは来なかった。

　英雄は、頑なに最初の位置にへばりついていた。精一に言わせれば、あまり獲物がいそうに見えない場所である。水も淀み、淀みの前には枯萱の茂みがあるので釣り針が投げ入れにくい。うっかりすると、針を引っかけ糸を切りそうな怖れがある。にもかかわらず、そこを離れなかった。どうやら釣りには人間の性格が反映されるらしい。英雄はまるで川に挑みかかるような面構えで一心に引きが来るのを待っていた。日頃の忍耐強さと頑固さがその相貌に堪《たた》えられているようであった。

と、ウキが揺れたのだ。何かが釣り針のミミズを突ッ付いているその余波と思われる振幅であった。波紋がウキを中心に拡がる。素早く竿を手にした。第二の引きが来るのを待たなければならない。……静止した沈黙の時が流れて行く。今度はゆっくりと横に流れ始めた。球形のぽんぽんウキがかぶりを振るように引っぱられて行く。精一は慎重に竿を上げる瞬間を待った。今だ！　心の中で叫んで竿を合わせると、手許に快い振動が伝わって来た。竿の先が獲物の引きにたわんで、糸が弛みなく張っている。

十五センチほどの鮒が握られていた。そして掌には予想外になま温い生きものの体温が伝わって来た。手籠は用意して来なかったので、川縁《かわべり》の柳の小枝を小刀で切ってえらに通す。銀鱗の鮒の腹と、さ青の柳の対照が鮮やかで、精一は思わず瞳を輝かせた。ふたたびミミズを付けて元の場所に仕掛けたのである。そうしておいて、英雄の方に視線を投げると、ちょうど竿を上げる姿が眼に入った。糸が宙に引き揚げられ、ここでも獲物が竿の先で躍っていたのである。

……あれからどれくらい経ったであろう。出かけるとき高かった陽光は、今はひんやりとした夕影に変わろうとしていた。殊《こと》に、水際に近い土手は夕暮れの気韻が漂い始めていた。精一と英雄は、どちらからともなく声を掛け合い、竿を仕舞うことにした。その瞬間、精一は颯爽と野原を駆けるタロウを認めたのであった。

タロウは三匹の仲間を従え、精一たちのいる土手の二〜三百メートル先を駆けていた。尻尾をすっくと立てて雄々しく駆けながら、時折うしろを振り返る。あとに続く仲間に声をかけているのだろうか。見たところ、三匹の犬はいずれも雌犬らしく、その中の一匹はクロであった。

——あそこをタロウが走ってるよ。あのタロウの奴め、近頃のさばり過ぎてるね。今度出会ったら石をぶつけてやる。それくらいのことをしてやらないと、気が収まりそうにないや。あんな格好を見ているだけで、ムカッ腹が立つよ。

強い憎しみの気持ちの底にはシロの件があったので、タロウが雌犬を従えて闊歩している様子に、吐き捨てるような反発心が湧いたのだ。それは性的なものへの意識せざる牽引力を裏返しに表明した気味もあったかも知れない。精一は何がなしそのことに不潔感と好奇心の入り混じった感情を抱いていたからである。

　すると、そういう精一の心情を知るよしもない英雄はまるで無頓着に言い放った。

――あれでいて、タロウは意外に臆病な犬なんだ。この前一匹で日向ぼっこをしていたから、たまたま近くにあった石ころを投げつけたら、それが見事に命中して、尻尾を巻いて逃げて行ったよ。二〜三メートル逃げてから、こっちを振り返って見るんだよ。それが怖る怖るッて感じで、僕はガッカリしたな。

――へえ、そんなことがあったの、いい気味だ。けど、僕は、自分でタロウを苛めてやらないと気がすまないな。いつかやってやるんだ、今に見ていろ！

――多分、それは簡単に出来るよ。……さあ、帰ろう。暗くなった。あんまり遅くなるとまずいから。

――そうだね。帰ろうか。

ふたりは帰り仕度もそこそこに家路を急いだ。柳の枝にはそれぞれ十匹ほどの鮒が下がっていて、持ち重りがした。それがまたお互いの心を励ますとともに、両手を撓《しな》わせる軽やかな律動が足取りを軽くした。

　やがて精一と英雄は別れた。来る時は一緒に来たが、帰りは途中で別れた方が早く家に辿り着く。ちょっと淋しい道だが、まだ真っ暗というわけではないから怖くはない。小さな木橋が途中にある。両側に柳の樹が植わっている。遠くから見ると、それが人間の形をした幽霊に思える時間帯もあるが、今日はまだ大丈夫だ。

　木橋の畔で気がついたが、二十メートルほど先に何か黒いものが蹲っている。そんなに大きいものではない。ゆっくりと動いているようでもある。うす暗いからハッキリしない。精一は橋の半ばで立ち止まってじっと見た。すると、向こうでも静止してこちらを覗《うかが》う様子である。うす暗闇の中で眼と眼がかち合い、眼が徐々に慣れて来るにつれ、それは犬様の形を取って来た。

　そのとき怖いと思ったわけではない。タロウかも知れないと漠然と感じただけである。しかしそう直感すると、むらむらと憎しみが湧いて来た。とっさに石ころを捜し、しっかりと握り締めていた。そして狙いもつけずに、やみくもに投げつけた。もちろん当たるとは考えていなかった。けれども、投げた瞬間、石ころが掌に残した感触には確固とした手応えがあった。二～三秒後、けたたましいタロウの啼き声と、毬のように弾んで逃げる残像とが余韻となって後を引いた。

精一は奇妙な感慨に打たれた。悪いことをしてしまった、済まなかった、という申し訳なさに似た心の揺らぎであった。精一は橋の上に佇み、悲鳴を上げて遁走《とんそう》する惨めな姿を想像しながら、タロウが消え去ったうす暗闇に視線を投げていた。

三

昼休み時間の校庭の片隅を、五～六人の男子児童がひそひそ話をしながら裏門の方へ歩いて行く。彼らは互いに接近して、話が外に洩れるのを防ごうとしている。ひとりが何かを言えば、すぐさま顔を寄せ合って中身を聞き逃すまいとする。よほど興味津々たる内容らしい。裏門の方へ来るのも、おそらくこっそり目立たずその話題に没頭していたいのかも知れない。平常、裏門は児童の影も疎らで、日当たりもよくないから、秘密を要する話し合いには打ってつけだ。また、三階建てのコンクリート校舎の、ゴミ焼却炉とか水洗便所の浄化槽近くの死角に紛れてしまえば、午後からの始業チャイムが鳴るまでは話していられるし、うるさい女子の邪魔も入らない。男子同志でなければしにくい話もある。どうやら子供たちが打ち興じているのはその類いの話のようだ。

児童のひとりが言う。

——みんな、赤ちゃんがどこから生まれるか知ってるかい？　この間からそれが気になって仕方ないんだけど。

するとひとりが即座に答えた。

——それはお腹からじゃないの。決まってるよ。お腹の中から生まれるんだよ。

——それじゃあ、赤ちゃんが生まれるときにはお腹を切るんだね。だけど、そうだったら手術しなけりゃいけないじゃないか。家のお母さんのお腹にはそんな手術の痕はないよ。

——でも、その傷は小さいから目立たないんじゃないの？

別の子が主張する。

——僕も清ちゃんの言うとおりだと思う。先生がきのう話してたじゃないか。赤ちゃんが生まれる時のお母さんのお腹は随分大きいから、ちょっと切れば、それがふくらんで赤ちゃんを取り出す位の穴はすぐ出来るッて。あれからすると、赤ちゃんは胃袋か腸のあたりに入ってるんだよ。だからさ、その辺を切ればいいような気がするけどな。

——ふうん、やっぱりそうなのかなあ。

初めに質問した子供は、感慨深げに語尾に力を入れた。そしてここで一応の決着はついたように見えたが、しかし意外な言葉が今まで黙っていた子供の口から飛び出した。この少しませた少年は、いよいよ自分の出番が来たと言いたげな顔つきで、やおら話し始めたのである。

——なあんだ、みんなそれ位のことしか知らないのか？　赤ん坊がお腹の中から生まれて来るなんてことがあるものか。赤ん坊はね、女の子のあそこから生まれて来るんだぜ。あそこッて分かるかい？

——あそこッて、どこさ。

——知りたいかい？

——そりゃ、もちろんさ。みんなも知りたいに決まってるさ。だから、そんなにもったいつけるなよ。

——じゃあ、教えてあげる。びっくりするなよ。実に意外なところなんだから。それはね、それは女の子の割れ目から生まれて来るんだよ。

——え？　まさか！

——そうだよ、そんなところから生まれるわけがないよ。

——まあた、三郎君はウソ言ってらあ。そんなことがあるもんか、バカバカしい。第一あんな小さいところから、子犬より大きい赤ちゃんが生まれるわけないじゃないか。ねえ、みんなそう思うだろう？

——そうだよ。

——また、三郎のホラが始まったな。知ったかぶりもいいかげんにしないといけないぜ。

——待てよ、みんな。これは本当のことなんだ。中学生の兄ちゃんから教えて貰ったんだから。僕も初めは信じられなかったけど、でも、これが本当のことなんだよ。

——じゃあ、その根拠が示せるかい?

——根拠ッて何さ。意味がよく分からないんだけど。

——具体的な証拠のことさ。赤ちゃんが女の子の割れ目から生まれるッていう証拠が示せるかい?

——う〜ん。そんなもの示せないよ。示せないけど、でも、これは事実なんだッて!

——示せなけりゃ、信じられないな。そんな馬鹿な話があるもんか。

——僕も信じられないね。

——僕も信じられない。

——同じく僕も。

結局、この意外な事実はみんなに一蹴されてしまった。けれども、実際にこの三郎の発言が与えた心理的なショックは相当なものだった。あまりにも衝撃が大き過ぎた、というより、彼らの強烈な反発心を買うほどにグロテスクな心象を触発する内容であっただけに、子供たちは容易に承認することが出来なかったのである。その証拠に、彼らの顔色はみな一様に赤味を帯びていた。言い出しッぺの三郎を除いた子供たちの顔は、何らかの欲望に侵食された色に染まっていたのである。

とりわけ、精一のダメージは小さくなかった。少なくとも三郎の指摘は否定されたものの、軀の芯に食い入る楔に等しかったのである。表面では三郎を茶化しながら、心の底ではかなり動揺していた。それは疼くような性の目覚めに通じるものだったかも知れない。

その日の放課後、精一たちはちょっとした手伝いをすることになった。嫌いな先生ではないので、ちょうど手頃な運動であった。一階の宿直室へ先生の荷物を取りに行くのである。三郎と清と精一の三人が手伝うことになった。三人はそれほどでもないのに、さもがっかりした素振りを見せながら、先生の後に従いて行った。

荷物は大きなダンボール箱に麻縄の細紐が十字に掛けられた、見るからに重そうな代物だった。先生が僕らを呼び止めるのも無理はないと精一は思った。上書きを見ると宛名住所が記されているだけで、中身が分からない。「扱い方注意」と朱印が捺されている。三郎が「先

生、何なの、これ?」と尋ねたのも不思議ではなかった。するとこの年若い女教師は、

——これはね、あなた達の図工の教材に使うビーズ玉や石膏なんかが入っているのよ。一度に注文したらこんなに大きい荷物になっちゃった。ちょっと重たいだろうけど、みんな頑張ってね。

——ねえ、先生、先生。今度の図工にこれ使うの? 何を作るの?

三郎が矢継早にせきこんで尋く。

——そうね、これを使ってもいいけど、でも、この前の絵、まだ描きかけでしょう? あれが完成してから、これを使った方がいいわね。

——なあんだ。僕、絵は嫌いなんだ。ものを作るのが好きなんだよ。

——わああ。また三郎の十八番《おはこ》が始まった。

——何だよ、その言い方。僕は本当に好きなんだからね、ものを作るのは。

——三郎君の本当はもう当てにならないよ。

精一は黙って聞いていたが、当てにならないという清の口吻には、昼休みの余韻が残っているのを感じた。

女教師は、三郎と清のやりとりを軽く捌《さば》きながら、教室まで運ばせた。五年生は三階なので途中で三度休んだ。運び終わった時には大概くたびれていた。

——みんな、ご苦労さま。ごほうびに鉛筆を一本ずつあげる。誰にも内緒よ。はい、三郎君、清君、精一君。

彼女は、若くほっそりとした指に鉛筆を一本ずつ摘んで三人に手渡した。そのとき幽かな女性の体臭が鼻を撲った。精一も清も三郎も、はにかみながら「ありがとう」と言った。そして教室を出る時に、先生、さようならと挨拶して、はしゃぎながら階段を駆け下りた。

校庭に出た時、陽はまだ高かった。しかし、遊んでいる級友の姿はなかったので、裏門の方から帰ることにした。三人は、集落は違ったが、途中までの道順は同じだった。いつものように、雑談に興じながら、田んぼ道を帰った。

こうして、彼らが道草を食う水門の所までやって来ると、誰からともなく鞄を置いて腰を下ろした。そうしてどうにも気になって仕方がない、三郎が昼休みに話した事柄に話題を転じて行った。

――三郎君、君が言った昼休みの話、あれは本当に嘘じゃないのかい？

精一は口にするのが気恥ずかしい一線をあえて踏み越える気分を味わいながら、それでも尋ねずにいられなかった。すると精一と同様に清も、疑問に溢れた瞳を三郎に向けた。三郎は知っている情報をふたりに示さなければならなかった。

――兄ちゃんが確かにそう言ったんだ。そして、赤ん坊が生まれる前に変なことするんだって。犬が尻と尻をくっ付けているだろう？　あれと同じようなことだって。僕にはピンと来ないんだけど、赤ん坊が女の子のあそこから生まれるのは間違いないらしい。

――ふうん。僕にもピンと来ないなあ。この前テレビを見ていたら、ある場面で、男と女がもつれるようなイヤらしい場面があって、その後で女の人のお腹が大きくなったから、きっとあれが赤ちゃんの出来る原因だろうけど、でもあの場面はとてもイヤらしかったよ。想い出すだけで気持ちが悪くなる。あんなことしなけりゃ赤ちゃんが生まれないなんて、ぞっとするな。ああ、やっぱりこんな話やめようよ。三郎君、精一君、ねえ、ホントにもうやめようよ。

清はなるべく見たくないものに蓋をするように、だんだん拒否反応を示し始めた。一方精一にとっては、軀の芯から萌え出す青白い炎を僅かでも感覚するいい機会でもあった。とはいえ、三人はまだ子供の域を出なかった。肉体的にも幼かったし、深刻な話題であっても忘れようと思えばじきに忘れられた。性欲の妄想に取り憑かれるほど成熟していなかったし、道草を食う時間が長くなり、もう帰宅しなければならないと感じた時点で、今日の話題の中心はぼやけてしまっていた。

三人は下ろしていた腰を上げ、尻をバタバタはたき、ランドセルを背負い直した。各自の家までまだ一キロ以上の道のりが残っていた。三人は夕闇が迫るまでのんびりし過ぎたことに驚いたが、ふたたび歩き出した時には、もはやそのことさえ忘れていた。少なくとも屈託という病に冒されていない三人は、万事を思い煩うほど老いてはいなかったのである。

四

日曜日の午後、空はうす曇りにくもり、うら淋しい日和であった。昨日までは日一日と春の徴候が萌していたのに、今日は花冷えの冬に逆戻りしたような肌寒さである。

昼食を済ませて家を出た精一は、近所の友だちと野原で遊んだ。数人の同輩たちが集まるだけで成立する遊びで、何か目的があるというより、あちこちをぶらつき回る遊歩であった。もぐらが掘った穴を棒きれで突《つつ》いたり、二～三メートル幅の溝を跳び越えたり、一メートルほどに伸びた雑草を薙ぎ倒したり。傍で見ていると、気のなさそうな行為をそれなりに楽しみながら、漫然と時を過ごした。

精一はひとり離れて地面に腹這いながら、麦の若芽に見入っていた。そこには麦踏みを終えた二十センチばかりの麦が、一斉に伸び始めていた。精一には五月中旬の麦の穂が眼に浮かんだ。学校帰りに、クロンボと呼ばれる出来そこないの黒い穂を抜き取り顔にいたずら描きをする長閑《のどか》さや、長袖のシャツを着て歩くと汗ばむ日和が想起される。実際、この麦が一メートルほどに伸びる頃には雲雀が上がり、畦のあちこちには雲雀の巣が設けられるのだ。葉尖のとがった青麦を眺めているだけで、精一には季節のめぐりが想像される。陽が照っていれば、乾いた土の匂いが嗅覚を刺激したはずだが、肌寒いので発酵した匂いがせず、しかしひと月後の期待が持てそうな勢いで成長している。近くには目白や鶯の摺餌になるハコベのひと群れが萌え出していた。小さな蕾はまだ固くても、萼《がく》のあたりはすでに丸く膨らみ始めていた。

徐々に、地面に接する精一の腹部が冷えて来た。精一から少し離れて遊んでいた仲間が呼ぶ声がしたので、そちらに顔を向け起き上がった。けれども、彼らの姿はあいにく積み藁の陰に隠れて見えなかった。そこで精一は小走りに駆けて、声の原因を突き止めようとした。

英介が泥を掴み、何のためにそんなことをするのか不審に思い周囲を眺めると、十四～五メートル先に、もつれたように尻と尻をくっ付け合うタロウとクロの姿があった。

その瞬間、精一は見てはならない現場を目撃した人間の激情に駆られてしまったようであった。その底には、静観できない兇暴なものが隠されていた。というのは、今しも英介はタロウを目がけて泥を投げつけようとしていたが、精一はそれを制止することなく、むしろ嗜虐的な感情に打ち震えながら、自分も一緒に加担しようとしていたからである。ましてクロの痛々しい悲鳴を耳にすると、タロウに対する憎々しさが倍加した。クロはおとなしい雌犬で、精一が口笛を吹けば、人なつこい瞳を向け、尻尾を振り振り近寄って来るお馴染みの犬。そんなクロが苦しそうな呻き声を上げているのだから、黙視することなど出来なかった。

　飼い主の英雄や英介が憎々しげな瞳をきらつかせ吉男と束になって泥をぶつけ出したのは当然であった。その結果、二匹の犬はしどけなく縺《もつ》れ合う。クロの悲鳴は痛ましさを超えて狂的な激しさで周囲を震わせた。

　一方、タロウは牙を剝いて唸っていた。遠くからだとクロに当たる懼《おそ》れがあるので、四人は至近距離から泥を投げ始めた。タロウは、挑戦的に牙を剝き出し、ウウッという底力のある声で威嚇した。しかし衆を頼んだ四人の攻撃はすさまじかった。とりわけ、精一は何かを踏みにじる気色《けしき》で唇を青ずませ、必死に泥を投げつけていた。

　しばらくすると、タロウとクロの密着した形が崩れて来た。どういう具合に交接しているのか、それがよく分からない。お互いの性器が、腰の、尻尾の下あたりに存在するとして、どうして尻と尻が密着した状態になるのか？　その有様がとても卑猥で、見ている方が嫌でも歪んだ気分に襲われる。まして、いよいよふたつの軀が離れる瞬間、タロウの赤く爛れた性器が引き抜かれるのを目の当たりにした精一は、一気に逆上し、大きな泥の塊を猛然と投げつけていた。

　タロウは悲鳴を上げながら逃げ去った。尻尾を股間に丸め一目散に逃げる格好はブザマであった。対照的に、クロは二〜三歩動くと、横になり、みずからの疲れを癒やすように股間を中心に舐め、毛繕《けづくろ》いを始めた。

　四人は泥を棄て、ようやくひと安心という表情でお互いの顔を見合った。しかし、ひとり、精一の顔だけは暗く沈んでいた。

性に関する陰陽二面の激情が精一を訪れた最初の徴候ではなかったろうか。

スプリングボード

一

　カライモの収穫後ぽくぽくと乾いた畑の周辺から、ワアーッという喚声とも鬨《とき》の声ともつかないどよめきが聞こえて来る。畑は集落の墓地に接していて、その中には抜きん出て立派な「戦没者合同慰霊碑」と刻まれた石塔が建っている。音源はどうやらその一郭から湧き上がる子供たちの声らしい。慰霊碑にはおよそ五～六人の子供たちが立てこもり、石垣で固めた蔭にも四～五人は潜んでいる模様だ。畑のあちこちに散らばる十数人の敵方の眼を盗んでは素早く移動する影が眼に入るのである。

　十一月初旬の、青々と澄み渡った日曜の午後である。二十人ばかりの子供たちが二手に分かれ、泥合戦をしている最中なのである。子供たちの中には、児童の域を抜け出て少年の体軀《たいく》を備えた者も混じっているが、そうした中学一～二年生の連中が指揮を執り、小学校低学年から高学年に至る配下の者たちを二分して喚き散らしている。いずれ利かん気の者たちばかりで、おたおたしている子供には、たとえ味方であっても、いぎたない叱声《しっせい》や怒声が飛ばされる。めったやたらに手近な泥を投げている者がいるかと思えば、ひと抱えもありそうな奴を胸と腹に掻い込みながら、せっせと上級生のもとへ運ぶ者もいる。小さいので、自分で投げても届かない。時どき思い出したように放り投げるが、ひょろひょろと力のない弾《たま》がむなしく土台石に辿り着くばかりである。

　何かに憑かれたように泥を投げ合っているさまは、活力的で、小気味がよい。今のところ、両派の力が拮抗しているので、なおさらその感が深い。投げ合う泥の量もさることながら、それが点々と石垣に砕け散り、無邪気な乱暴狼藉の激しさを物語っている。一方、至近距離から投げつける子供たちの形相には、みずからの不安や恐怖や勇気を楽しむ表情が露骨である。小心翼々とした気分を背中に負いながら、狙い澄ました敵弾をかわして行動する子供たちの口許に浮かんだ不敵な笑み。お互いに、命中しそうで命中しないスリルを味わっているとしか形容できないのである。

　威勢よく泥を投げつけ、立ちどころに逃げ返る行為を支えているのは、怖いもの見たさの心理以外の何ものでもない。飛び交う泥の真っ只なかで弾に当たるか当たらないかは、いわゆる運命と呼ばれるものの範疇に属している。運命に身を晒しながら、同時に不幸な運命から免れたい気持ち！　子供たちが味わっているのはまさにそのようなアンビバレントな愉悦であり、賭博者の心理に似通う何かであった。

　泥合戦が始まって三十分も経たないうちは両派の勢力は拮抗していたが、やがて籠城組の旗色が悪くなり始めた。どうしても至近距離から投げ込まれる泥の量は多く、またそれに応戦する弾が必ずしも命中するわけではない事実が判明すれば、行動が自由な側に軍配が上がるのは当然だろう。しかもこの場合、目下の者にとって故意に的を外さねばならない大将の存在は重要で、心理的にもっとも怖い上級生が存在する側に勝利の女神が微笑むのは致し方なかった。

　畑側には邦彦という中学二年のガキ大将がいて、体力においても意地の悪さにおいても群を抜く存在だったので、最初の小競り合い程度では大した差はつかなかったが、弾が間違いなく邦彦を素通りして行く様子が明らかになるにつれて、もはや勝負はついたも同然だった。慰霊碑に陣取った連中に投げ込まれる泥の量が半端でなく、応戦するどころではなくなったからである。とぼけていると、頭ほどの泥の塊が降って来たりする。すでに相手方は石垣の根方に立って、石塔めがけて投げつけていたのである。ということは、慰霊碑は落ちたということで、そこに立て籠もっている連中はいささか狼狽せざるを得なかった。

「どうしよう？　精一ちゃん」

　籠城組の宏が言った。彼は小学五年生で、精一と同級生である。他に吉男と明という三年生がいて、こちらの方はこそこそ逃げ出す準備を始めている。さっきまではもう二~三人いたはずだが、いつの間にかいなくなっている。精一と宏の不安は一気に高まった。

　邦彦の性格を考えた場合、吉男や明は別として、宏と精一の方はとても穏便に済みそうになかったからである。こんな時の邦彦は執拗で、簡単に降参しようものなら、かえって怒り出す始末だから、ある程度いじられた後でないとお役御免にならない。

「どうしよう？」

　今度は精一の困惑した声が洩らされた。もはや慰霊碑の正面階段から逃れる術はない。かといって、慰霊碑の石垣からコンクリートの犬走りまでは少なくとも二メートルはあり、そんな高さから飛び下りる勇気はまだ出て来ない。コンクリで固められた犬走りに飛び降りるのと畑の土の上に着地するのとはまるで違う。ジーンと痺れる足首の痛みを押し殺して無理矢理それを実行するにはかなりの覚悟が必要である。それは着地した瞬間の疼痛をはるかに超える恐怖心がふたりを呑み尽くす時を待たねばならないのかも知れない。

　精一は、ただ不安になって、そっと石塔の蔭から動静を窺った。すると精一の眼に入ったのは、すべて敵の顔をした者たちばかりであった。最前《さっき》まで味方だったのに、今は敵方に与《くみ》している者もある。邦彦を筆頭に、精一たちの大将であった裕《ゆたか》までが石塔に近づいて来るのだから話にならない。たとえ邦彦と裕が敵同志であっても、彼らの間には黙契《もっけい》があり、決して批難しあったり、差し出がましい口を利き合ったりすることがないから、精一は暗然とした思いを飛び越えて絶体絶命の心境に陥ってしまった。

「宏君、大へんなことになってしまったよ。彦や裕さんがあそこにいるよ」

この時点の精一は、完全にガタガタする気分に冒されていた。唇が震えて、歯の根も合わず、うまく喋れない。そして気がついた時には、吉男と明もいなくなっていた。傍の宏は背後に林立する石塔を眺めている。それにしても、他の者たちは何処へ行ってしまったのだろうか？　先ほどまでは、慰霊碑の周辺には下級生の高や一級上の美信《よしのぶ》もいたはずなのに。精一の頭は、これからの不安では ち切れんばかりであった。

「逃げようか。逃げる以外にないよ。他の者も逃げたんだ。こうなったら、もうどうしようもないよ。吉男たちが全部ばらしてしまうだろうから、そうなったら彦は何をするか分からない。吉男はきっと、彦、彦ツて呼び捨てにするのを聞いていたはずだから」

「あ、あそこを高と美信ちゃんが走っている」

精一の相談とは関係ない言葉を宏が発し、精一がその声に引かれて背後を振り返ると、宏は一心に墓地の尽きる一角を凝視していた。精一も宏の指差す方向を見た。そこには背を屈めて走っている高と美信の姿があった。精一には四～五十メートルほど先の、溝ひとつ距てた田圃の土手《どて》を、見つからないようにこそこそ逃げ出しているふたりの背中が、羨望の二文字を背負ってまぶしく輝いているように思えた。

「よし、逃げよう」

精一は声を震わせて言った。するとそのような精一の怖れが宏にも伝染するのか、返って来る宏の声も唇が震えて吃っているようであった。

「うん、そうだね」

そして、慰霊碑の石垣の周囲に巡らされた石の欄干に足をかけて飛び下りようと身構えた瞬間、邦彦の怒鳴り声が響いたのである。

「おい、精一！　宏！　早く出て来い！　お前たちがそこにいることは分かっているぞ。早く出て来ないとただじゃ済まないぞ！」

もはや飛んで来る泥はなく、代わりにこれとは別の弾が投げつけられていた。ふたりは、その威嚇にぴくりと身を震わすと同時に、何かがふっ切れたのか、ただちに欄干から飛び下りていた。事ここに至っては、捕まらないように逃げるだけだ。そういうどん詰まりの心境が火事場の勇気を与えたものらしかった。着地した瞬間の、鼻の奥をきゅんと刺激する足音の痛みすら感じなかったのである。そしてこの遁走《とんそう》によって、新たな子供の世界の幕が切って落とされたのである。

二

精一や宏にとって、今回の遁走は絶対に成功させなければならなかった。捕まったら最後、一巻の終わりである。

吉男や明が邦彦に脅されて名前を呼び捨てにした事実を白状したり、小さい者にありがちな誇張癖に委せありもしない尾鰭をつけて吹聴する結果を招いたりすれば、とんでもない難儀が降りかからないとも限らない。単なる言いがかりですめばよいが、最悪の場合、襟首をつかまれ二～三発こづかれる事態さえ予想され、もしそのようなことになったら、それこそ恐怖のどん底だ。そうならないためには、この際必死に走らねばならなかった。幸い、ふたりとも足には自信があって、並の中学生では太刀打ち出来ないほど速かったので、何とかなりそうであった。

ふたりは着地すると、身を隠すためにまず墓地内に逃げ込んだ。慰霊碑は墓地の一番外側に位置しており、邦彦たちの陣取った畑に接していた。集落の墓所は慰霊碑の背後に広がる形で、およそ二百基の石塔や卒塔婆《そとば》が林立しており、中には樹木の植えられた一郭も存在した。うまくそれらを目隠しに使えば、ちょっとした迷宮の観があった。

ふたりは墓地内を突っ切り、火葬場に出て、その裏手の土手伝いを逃げる目算だった。さすがに火葬場の裏手は髪の毛や脂が焦げたような臭いがしたが、選り好みをしている場合ではなかった。この遁走を成功させるためには、出来るだけ多くの距離を稼いでおかねばならず、そのためにはどうしても焼場の裏手を通る必要があった。

結果的には、このような判断は正しくて、邦彦と彼の子分たちがふたりを認めた時には両者の間にはかなりの距離が生まれていた。精一が後方を振り返って慰霊碑を望むと、邦彦たちはまだふたりを追跡する態勢には入っていなかった。それは慰霊碑から周囲を見はるかす彼らがとっさに遁走者を確認できない様子に明らかだったが、やがて邦彦がふたりを認めて追跡を命じたらしいことが察せられた。精一が慰霊碑を振り返りしばらく立ち停まって注視した時、邦彦がふたりを指差してもの言う仕草がパントマイムのように確認されたからである。その瞬間、精一はぞくぞくッと背中を震わすと、宏に「もっと速く走ろう」と声をかけていた。そして自分ではそう言いながら、眼は慰霊碑の邦彦から離すことが出来ず、やがて欄干から跳び下りる邦彦の姿を目撃してからは、無我夢中に走り続けた。

それがものの四〜五分も続いて太鼓橋に差しかかった時のこと。ふたりは前方に高と美信が小走りに走っているのに気がついた。なぜ今まで気づかなかったかと言えば、太鼓橋に至る田圃道は上りになっていて、美信たちはその弧状に盛り上がった下の方を歩いていたからである。そこで、ひと息つきながら太鼓橋の中央部から前後左右を見渡すと、行く手には逃亡者の美信たちがおり、後方には邦彦の指図を受けた追跡者の先陣が彼らを目指して駆けて来るのが眼に入った。ふたりは、後方の追手から眼を外らし、前方にだけ希望を見出しながら「おーい」と呼びかけた。

背中で声を受け止めたふたりは瞬間ぎくりとしたようであった。とりわけ、高の方にそれが顕著で、思わず後ろを振り返ると、次の瞬間には全速力で駆け出そうとしていた。しかし美信が味方だと教えたのか、もう一度ゆっくり後返り、今度は打って変わった仕草で、駆け寄る精一や宏に眩しげな笑みを投げかけた。

四人は一緒にかたまって歩き出し、宏が最初に口を切った。

「美信ちゃん、彦さんが追ッかけて来るから、こんなにゆっくり歩いていたら追いつかれるよ。走りながら話そうよ」

すると、高は息を弾ませ「つかまったらどうしよう」と顔を強ばらせるのだった。

「やっぱりそうか。あの彦はクソ根性の悪い奴だからな。でも、逃げて見せるさ」と美信は昂然と言い放った。四人はさんざんに邦彦の悪態を吐きながら、走った。美信がいることで、精一と宏はにわかに力を得、邦彦が追跡を諦めるまで走り続ける勇気が湧いて来た。

しかし、邦彦の執念深さを考えると、陽はまだ高いし、そう楽観的なタカを括ってばかりもいられなかった。日暮れ時になり、帰宅時間が子供たち全員を我が家に引き戻すまでにどれ位の距離を走らねばならないのか見当がつかない。追手の眼を眩ますといっても、周囲が田圃ばかりでは隠れる場所がない。そういった一郭はこの近辺には見当たらないのである。勢い、合流した時点で上がった意気も、徐々に消沈して行く。殊に気弱で体力の劣る高は、疲れも手伝って泣きベソを掻きながら言ったものである。

「もう僕は逃げないよ。逃げたって仕方ないもん。それに疲れた。疲れてこれ以上走れない」

事実、高は走るのをやめて歩き始めた。残る三人もそれに合わせたが、次に歩くのもやめてへたり込んだ時にはいささか持て余し気味だった。それは太鼓橋の頂点に、追手の一団が姿を見せた頃であった。追う方はともかく、追われる方のストレスが鬱積し限界点に達しつつあったのである。


そんな高でありながら、追手の姿を認めると、思わず腰を浮かせて逃げ出そうとした。が、それはほんの一瞬のことで、すぐにまた地面に尻を据えてしまった。そしてその状態で、草を毟《むし》り始めたのである。もはやどうにでもなれといった心境なのか。三人は高を見捨てることにした。「幼いぶんだけ、苛められる率も少ないだろう」と判断したのであった。三人はますます自分たちが高のように我が身を遺棄する状況にないことを思い知らされた。追手の勢いに、邦彦の怒りが乗り移っているような気がしたからである。

三

三人は走りながら相談した。この田圃道の吸い込まれる先に集落がある。そこまで逃げ伸び、家々の間を迷路のように走る路地を擦り抜けて、追手を巻こうというのだ。

「この先に大きな竹籔があるのを知ってるかい？　集落の南はずれにあるんだけど、そこにいっとき身を隠すんだ。

そうすれば、きっと大丈夫だよ」

精一は少し疲れて来たので、実は休みたかった。こんな提案をしたのもそんな理由からで、しかし言っているうちにひどく名案のように思われて来た。やりすごし方さえ間違わなければ問題ない。籔に逃げ込む所を目撃されたら話にならないが、追手との距離はかなりある。人家の路地に紛れて竹籔に忍び込めば、内から外は見えても、その逆のことはありそうにない、と精一は美信と宏に語ったのである。すると、ふたりもこの案に賛成した。三人は後方との距離を保ちながら、集落の内部に突き進んだ。


ふだん精一たちは別の集落の子供たちと遊ぶことが稀であった。精一たちの集落は、二百戸前後の家がひとつの共同体を構成する単位となっており、日頃自分たちの集落を離れて別の集落に遠征して行くことは少なかった。たとえ学校で言葉を交わすことはあっても、学年が違ったり学校を離れたりすると他人の間柄と言ってよかった。逆に言えば、最悪の場合、隣集落の子供たちに威嚇される可能性があるということになる。子供は外敵の侵入に敏感で、集団行動をしている時ならまだしも、相手がたった三人と分かれば、攻撃をしかけられないとも限らない。


「誰にも会わないといいけどな。ここにはちょっと怖い奴がいるんだよ」

宏は声を低めて耳打ちする。学年は下なんだけど、でっかい軀なんだ。乱暴で性悪な奴だよ。宏は根がやさしい性質なので、粗暴な人間に生理的な嫌悪感を持っている。実は、精一もそいつを知っていた。

「ああ、眼つきの悪い奴だろう？　僕も見たことがある。いかにも喧嘩の強そうな奴だろう？」

精一もまた不安を感じていたのである。相手に地の利はあるし、衆を頼んで来られたらたまったものじゃない。しかし、美信は「そいつなら大丈夫だ。あいつは僕の同級生の弟だから。それに、見かけによらず胆が小さいんだ」とあっさり断言した。美信は、敵は後方にしかいないと言いたげであり、それ以外のことは一切気にする必要はないと強調したのであった。美信にしてみれば、邦彦に捕まってとっちめられるのは自分以外にないと覚悟していたのかも知れない。学校の成績はよくないが、馬鹿でかい体格と、天下一品の意地の悪さの持ち主だから、捕まってただで済むはずがない。

まったく喧嘩する気のない者同士を引っぱり出し、威して喧嘩させるような悪辣で野蛮な中学二年生なのだ。宏や精一を撲れと強要された挙句に、きっと自分も撲られるに決まっている。ただ撲られるだけならまだしも、無力な相手に暴力を振るうなんて考えられない。あの苦痛を味わうくらいならまだ無抵抗の方がいい。しかし、そうなると、邦彦はまた別の手を考えるだろうから、逃げおおす以外に道はなかった。

「それならよかったね。何だかほっとするね」

この宏の言葉に、すべては尽くされていた。それは精一も同じことで、心が広々とした海原に出、やっと不安の二文字を肩から下ろし、安心の世界に辿り着いた気分であった。三人は吸い込まれるように竹藪の中に消えて行った。

竹藪の中はたくさんの落ち葉が散り敷いていた。三人は外部を透かし見られる場所に身を潜めたが、肌に触れる落ち葉の感触が快く膝や両肱をうるおした。じかに地肌に接する葉っぱはすでに朽ちていたけれども、その上に新たに積もった葉っぱは乾いていて、それらを下敷きにして腹這いになると心地よかった。高ぶった心が徐々に鎮まって来る。ただ、背後からの不安は消えなくて、時を置いては入り口の方を透かし見た。そしてそこに何の変化も認められないと、お互いの顔を守り合って、ふたたび竹藪の隙から追手の動静を窺うのであった。

やがて追手の一団が集落の入口に現れた。その先陣を切っていたのは中学一年の健一であった。この健一という中学生はなかなか小狡いおべっか者で、ふだん邦彦の下につき従って権力を振りかざす太鼓持ちの少年であった。それを健一自身自覚していて、自覚することによってなおさら威張りたがる屈折した性向の持主であった。その健一が先頭に立って、さっき精一たちが逃げて来た道をゆっくり突き進むのが見えたのである。すぐ後ろを二〜三人が従いて行く。直線距離にしておよそ二百メートル。左右に家並みが迫る形なので、その姿はほんの数秒間しか捉えられなかったけれど、しかし三人は確実に危険が身近に迫っているのを意識した。もし彼らが二股に岐れた道を右手に折れたら三人の危険は高まるだろう。この竹籔は誰からも隔絶された安全地帯と信じていたのだが、それは錯覚に過ぎず、三人が思い込むほど安全ではない気がして来た。人の考えることはどれも似たり寄ったりだとすると、この場所は最も危険に充ちているのではないか。束の間の平安は急速に翳り始めた。わけても宏の不安は一気に募った。

「大丈夫だよね。すぐ見つかりそうな気がするんだけど。健一ちゃんはずるいから、こんな僕たちの気持ちなど見すかしてしまうんじゃないかしら」

精一は宏の懸念など即座に打ち消したかったが、そうする自信が持てなかった。美信がふたりを元気づけるように言った。

「そう簡単にここは見つけられないよ。第一ここに来る道順はややこしいし、ね。二股に岐《わか》れた道を右手に折れたとしても、右手に折れただけじゃここには辿り着けない。もう一度、道を折れなきゃならないだろう？　その折れる場所がむずかしいんだ」

確かにそういう気もする。しかし、この竹籔が人目に付きやすいのは事実ではないか。誰にでもこの竹籔は目に入る。とすれば、追手がここにやって来ないという保証はどこにもない。何故そのことに早く気がつかなかったのだろう？　精一の不安は急速に高まった。

「なんだか見つかりそうな気がするな。用心のために逃げ道を捜しとこうよ。見つかったら、すぐに逃げられるように、出口を確保しといた方がいいんじゃない？」

精一は中腰のままあちこち物色した。そしてそうした箇処を探すために動き出そうとした時、シッ！　と押し殺した美信の声が発せられた。

あまりにも咄嗟な制止で、精一の胸は衝かれた。いよいよ来るものが来たという衝撃であった。恐る怖る美信の方を見ると、宏も息を殺して籔の隙間を熟視していた。そこから何が見えるのか。健一たちが現れたのか。しかしその気配はなかった。と、次の瞬間、了解した。竹籔の隙間から前方を窺うふたりの息づかいは、無言のうちに邦彦が顕れた事実を物語っていたのである。

邦彦は横柄そうに周囲を見回しているようだった。むろん、横柄そうに、という形容は彼の性格から割り出された修辞に過ぎない。三人に、二百メートル先の邦彦の表情が捉えられるわけがない。にもかかわらず、邦彦なら何となく横柄そうな気がしたのである。悠然と手下の者を指図しながら歩いている。柳か何かの枝を鞭代わりに握っているらしい。それを振り回しながら、あれこれ指図している風なのだ。傍にちょこまか動き回る子供がいる。明や吉男ではないのか。三人は妙にむずむずし出した。しかし動くと発見されそうなので、邦彦の姿が家並みに隠れてしまうまで息を詰めてやり過ごそうとする防衛本能が滑稽であった。

三人が今いる場所は、竹籔の入口から少し入った外部との境目であった。入口から侵入された場合、もっと奥の方に抜け道を確保しておかないと万事休すだ。たとえ密生した真竹の籔が孟宗竹と違って足の踏み場もないくらいに厄介だとしても、それを掻き分けてでも逃げられる道を捜しておかねばならない。精一と美信は、宏を見張りに残し、その役に当たることにした。

すると、思いのほか簡単に籔の切れ目にぶつかった。宏の位置からはちょうど真裏手に当たる。しかも、二〜三メートル幅の小川が竹籔の裏手半分を廻っていて、精一たちの集落の方に流れている。精一は、この小川は太鼓橋の下に流れて行くのではないかと思ったから、「これは天降川《あもりがわ》につながっているのだろうか？」と尋ねると、「そうかも知れない」と気のない返事が返って来ただけだった。しかし抜け道があり、川土手ぞいの逃走経路が発見できたことは収穫であった。美信もそのことに心を奪われているらしく、「この土手伝いに逃げればいいよ。さあ、宏に知らせに行こう」と言った。

精一はどうせ一緒に行っても同じことだと判断したので、「僕はここで待っていようか」と返答したのだが、それに対して美信は異を唱えなかった。

美信が宏を呼んで来るまでの間、精一はワクワクしながら待っていた。こんな破目に陥ったのがとても不思議であった。かといって、自分の非運を今更かこつ気にもなれなかった。この先どうなるか分からないけれど、逃げられさえすればそれでいいのだ。そしてそれは案外うまくいくかも知れない。浮き足立っているのは事実だが、完全に絶望的な状況ではないのだから、発見された時には、捕まらないように逃げればいい。幸い少し休んだことでふたたび走れそうだし、まだこの竹藪じたいが発見されたわけではないのだから、そんなに悲観的になるにも及ばない。追い詰められた心境がすでに発見されたような境地に穽《おと》し入れているけれども、まだそれほど深刻ではないはずだ。希望はある。邦彦たちを巻いて逃げ帰る余地は十分に残されている。……

一種の堂々巡りの考えが待つ身の精一に去来し、そして何だかぞくぞくする気分に浸されていたその時である。突然、健一に似た声がとばぐちの方でしたかと思うと、騒々しい人声が圧《の》しかかって来たのであった。

精一はぎくりとした。まさかと思っていた、いや思いたかった、そのまさかの衝撃が思いのほかずしりと胸に響いて、後は何が何だか訳が分からなくなってしまった。これはやばい。そう思った時には自分ひとり駆け出していた。しばらく無心に駆け続け、少し疲れて振り返ってみたが、後ろにはまったく美信や宏の姿は認められなかった。声の主が健一だったのかさえ、今となってはハッキリしなかった。しかし臆病心が追手の幻影を作り出したと考えることは不可能だった。確かに精一は「ここにいたぞーッ」という健一の声を耳にしていたからである。続いて聞こえた複数の足音。そして次の瞬間に、精一は一目散に駆け出していたのだから、宏や美信がどうなったかは分からないけれど、健一たちが竹藪に踏み込んだことは間違いないように思えた。

しばらく精一は後方を振り返っていたが、諦めて小川の土手を走り始めた。さっきまでの気分とは打って変わった淋しさと後ろめたさを感じながら、逃げ続けるしかなかったのである。

四

その日の夕方、精一は家に帰り着いた。とうとう美信と宏の消息は分からずじまいで、翌日になるまで待たねばならなかった。精一には祐二という弟があったが、祐二は泥合戦には参加していず、その顚末を知るよしもなかった。

精一は漠然とした不安に心も晴れず寝床に就いた。そしてその気分は翌朝目覚めた時も続いていた。朝食もそこそこに家を出ると宏の家へ行きかけた。彼らの習慣として登校時は近くの者を誘って行くのであったが、この日は気が重く、なるべく誰にも顔を合わせたくなかった。しかし、すぐにも誰かに会って話を聞きたい気もする。ふたつの感情のはざまに逡巡する精一の足取りはしぜん鈍くなった。するとそこへ吉男が来合わせたのである。吉男を捕らえた精一が、昨日の一部始終を問い糺そうとしたのは自然であった。

「吉男、あれからどうなった？　お前たちはどうなったんだい？　誰か捕まって、わるさをされた者があるのかい？　それとも、そんなことはなかったのかい？」

精一は何の脈絡もつけずに尋ねていた。吉男が追手に加わっていたことは間違いないと確信している調子であった。事実そうだったから話は通じたようなものの、そうでなかったら「あれから」の設定から始めなければばならなかったであろう。

吉男は、この性急な問いかけに対し、心なしにんまりと微笑んだようだった。その笑みは胸に何か隠すものがあって、どうしようかなあと出し吝みをしているようにも見えた。また一時も早く吐き出してしまいたい風情も漂っていた。察するところ、吉男は確実に何かを握っており、それが精一の未知の情報に属することは疑いなかった。精一は矢も楯もたまらず、吉男を急き立てたのである。

「吉男、早く教えないか。あんまりもったいぶると、痛い目に合わせるぞ」

精一は早くも吉男の首根ッ子を押さえて白状させにかかったので、吉男はそれから逃れるために「分かったよ、精一ちゃん。話すから離してくれ」と喚いたのである。吉男の脇にぴったりくっ付いて聞き出した顚末は、精一の耳を聳《そばだ》たせるに十分な内容であった。

吉男と明は邦彦たちに降散した後、さんざん苛められるかと危ぶんだところ、予想に反して邦彦は無理難題をふっかけることもなく放免した。ただ、誰と誰がいたかを訊かれたので正直に答えると、それならお前たちもこっちの仲間に加えてやろうと言ったそうだ。そのとき周りにいる連中を数えてみると、いないのは精一たちの四人だけという有様であった。それが分かるとほっとして、秘かにうまい具合に降参したことを喜び合い、なるべく邦彦の側に近づかないようにしていた。ご機嫌伺いの健一が精一たちを追跡するために威勢よく駆け出したその機に乗じて邦彦の側をそれとなく離れたというのだから、なかなかなものである。おそらく精一が石塔から跳び下りる邦彦の姿を目撃した頃に違いない。それから精一と宏は美信と高に合流し、やがて高が脱落する事態になるのだが、そのとき一番心配していた高の処分はどうということもなく穏便に済んだ。完全に邦彦の爪牙《そうが》は精一たちに向けられていたことになる。

問題は、竹籔に隠れていた美信や宏が発見されて以後のことなのだが、この辺からの話になると、吉男はおかしくて堪らないという風に、にやけ始めた。その急変が精一を不安にしたが、心の片隅では初めから不吉な展開を予想していたのでもあった。しかしそんなことはおくびにも出さず、精一は吉男をどやしつけた。

「吉男、そんな笑い方をすると許さないぞ。さっさと話を続けるんだ」

「でも、そんなこと言ったって、やっぱりおかしいことはおかしいよ。だって、宏ちゃんは泣いたんだからね」

「え？　なんで宏君が泣くんだよ。あんまりいい加減なこと言うな。泣く理由なんかありゃしないじゃないか」

「でも、泣いたんだから、仕方ないもん。宏ちゃんは手を合わせて泣いたというんだから、少しだらしないような気がするけどなあ」

吉男の口吻には明らかに軽侮の念が籠められていた。三年生の吉男にすれば、上級生の宏が泣き喚く姿はみっともない光景であったろう。たとえどんな理由があろうと、人前で涙を流す失態を演じるのは恥なのである。そういう意識が吉男の顔つきや話し振りに露骨に示されていた。しかし、どうして宏がそんな破目に陥ったのか。吉男の口振りからすると、宏の災難に関する話は又聞きが大半であったのだが、それでも精一は根ほり葉ほりほじくり出す衝動を抑え切れなかった。

健一たちが籔に踏み込んだ時、美信と宏は逃げ場がなく、やみくもに竹籔を掻い潜って這い出すほかなかった。そしてふたりとも転げるように竹籔の外に逃れ出たものの、追手の数は多いし、両者の間には僅かな距離しかないので、とうてい逃げおおせる状況ではなかった。にもかかわらず、ふたりは必死に逃げて、ふたたび追い駆けッこが続行されることになった。精一が振り返って何も見えなかったのは、そこが竹籔の裏手に当たっていたからだろう。

そんな状態がしばらく続き、勢い熾《さか》んな子供たちが憑かれたように走り回っている頃、ひとつの水車小屋が見えて来た。田圃に水を汲み上げるための発動機やポンプが蔵ってある小屋で、さすがに人力の水車はついていない。けれども、ふたりぐらい隠れる余地は十分あるので、美信と宏は転げ込むように逃げ込んだ。中に籠もって開き戸の閂《かんぬき》を下ろせば何とかなると思ったのだろうか。だが、ふたりが隠れるところは見えていたから、健一たちはしめたとばかりに周りを囲んで、かえって追い詰められてしまったのだ。ただ、閂が下りているので押しても引いても開かない。内と外での舌戦が始まった。美信たちは沈黙し、健一たちは言葉の威嚇で臨んだのである。

「おい、こら！　美信、宏。すぐに出て来い。いつまでもそうしていると、許さんぞ。邦彦さんも怒っている。出て来て謝るんだ。いいな。十《じゅう》数えるうちに出て来い。出て来ないと堪忍しないぞ！」

こう怒鳴って、健一は数を算え始めた。五つ位まではいきり立って早口に算えていたが、出て来る気配が一向にないので、十に近づくにつれてゆっくりになった。そしてとうとう「じゅう！」と叫ぶ羽目に陥った時、健一の顔は怒りと屈辱に歪んで醜かったそうである。鳴りを潜めても音ひとつしない、息をしているのかさえ分からない黙止によって、健一の自尊心は大いに傷つけられたのだった。やっぱり健一には力がないんだ、人を恐れさせる威厳に欠けているんだ、という事実を改めて多くの子供たちの前に晒け出してしまったからである。健一の権威の失墜は惨憺たるものであった。吉男はそれを実見したわけではないが、後で耳打ちされた評言によると「忌々しさと口惜しさで泣きべそを掻いているように見えた」そうである。健一はその場の体裁を繕うためにぶつくさ小言を言いつつ指図をしたが、その指図がどうあろうと、押したって引いたって、小屋の開き戸はびくともしなかった。

子供たちは疲れた軀を休めようと地面に腰を下ろした。ちょうどいい按配に、道の片側の用水路には冷たい水が流れていた。沓を脱いで、水量豊かな流れに足をひたす者たちが出て来たのは自然だった。それを押し止めるだけの力が健一にはなかった。もはや所期の目的は忘れられたようになって、健一と小屋の中に立て籠もっているふたりの緊張感だけが対峙する構図となった。

けれども、このようなダルな空気はふたたび緊張を強いられる運命にあった。悠然と邦彦が現れたからである。一緒にいた裕は傍観者だとしても、邦彦はこの遊びの主宰者であり、このままで終わらないことは誰の眼にも明らかだった。用水路に足を浸していた子供たちも邦彦の登場によって緊張した。そして健一が事情を説明するのに耳を欹《そばだ》てたのである。

邦彦は顎をしゃくって健一を脇にどけると、小屋に向かって大声で怒鳴りつけた。

「こら！　早く出て来い！　いますぐ出て来ないと、火をつけて燃やしてしまうぞ！」

この威しの効果がどれ位のものであったか。子供たちの間で邦彦が絶対的暴君であることは言うまでもなく、あまつさえ彼はカンなしの異名を持つ中学生であった。本当は単なる威しに過ぎなかったとしても、脅された宏や美信には全然違った響きで伝わったに違いない。それまで我慢に我慢を重ねて張りつめていた神経が、邦彦の出現とこの威嚇の言葉で一気に崩れたとしても不思議はない。邦彦の怒鳴り声に付随して、どちらか一方の泣き声と「許してよ、邦彦さん」という哀願が同時に聞こえて来、その後ただちに閂を外して小屋の外に出る動作が完了してしまったらしい。

「あのねぇ、精一ちゃん。宏ちゃんはねぇ、拝みながら出て来たんだッてさ。頭を低くして、手を頭の上で組み合わせて、拝むようにしながら、わんわん泣きながら出て来たんだってさ。そのとき僕は邦彦さんより遅く着いたから、小屋から出て来るところは見なかったけど、着いた時はまだ泣いてたもんな。美信ちゃんはぜんぜん平気な顔をしてたけど、宏ちゃんは涙をいっぱい流してたんだから。それがおかしくてみんな笑ったよ。実は僕もおかしくてたまらなかったんだけどもねぇ」

吉男はその光景を追想するような表情を満面に浮かべて言った。そこには子供の邪気のない残酷さが垣間見えていた。むしろ邪気がないだけに、子供の持つ酷薄さの印象が覿面《てきめん》に現れていた。

精一は宏が哀れでならなかった。そして、それが自分の運命でなかったことを悦ぶよりも、明日は我が身の感を強くしたのである。吉男の無邪気な笑いと宏の絶望的な涙との間には、理屈では統御できない子供の世界の残酷さが生の形で横たわっていた。

子供の世界も、力と欲望の世界にほかならない。精一はそれらに踏みしだかれる怖れと不安を身体の一部に実感せざるを得なかった。その後しばらく、宏を見る精一の眼にある種の痛みが伴われていたのは、仕方がなかったかも知れない。

五

このような集団行動は、精一たちの集落ではごく当たり前のことであり、小学生から中学生までの児童・生徒を縦割りに序列化しながら、あらゆる遊びや儀式において習慣化されていた。たとえその行為に参加したくなくても、召集という形で駆り出され、それを無視すると、後で制裁が加えられるのが常であった。

毎朝、上級生の家に集まって集団登校する風習が煩わしくても、所属しているグループの意に背いてまで個人行動をする勇気は持てなかった。もし背けば、仲間はずれにされ、孤独の道を歩まなければならなくなる。子供にとって、孤独ほど辛く悲しい環境はない。その苦い薬を進んで飲む者などあり得ないわけで、精一の集落の子供たちが邦彦というガキ大将の絶対権力に媚を売ることを強要され、我慢のならない屈辱や恐怖に嫌々ながら付き従うことはあっても、それを理不尽だと糾明することなど出来なかった。

精一は、そんな状況にあって、集団行動に組み入れられることが否《いや》で苦手な子供であった。というより、邦彦のような人間を嫌っていた結果、ひとりになりたがっていたと言うべきかも知れない。以前はたいして苦痛でなかった、たとえばソフトボールや陣取り合戦でさえ、邦彦が仕切るものであれば嫌いになってしまったのである。しかし、邦彦のいない世界を望むことは無理であったし、一切の邦彦的な世界から免れることも不可能であった。この意に染まぬ現実が精一を腹立たしくした。精一はだんだん無口で、鬱陶しい眼つきの少年に変わって行った。邦彦を見詰める瞳のなかに、明らかな敵意と嫌悪の色を宿らせる少年に変容しつつあったのである。

泥合戦から二週間くらい後のこと、精一は宏の家でプラモデルの組み立てを手伝う機会があった。放課後、宏の家に立ち寄ると、ちょうど宏がそれに熱中していたので、そのまま手伝うことになったのである。ランドセルを縁側に下ろし、腕まくりをしてプラモデルに向かおうとすると、少し離れたところに先客がいた。あまり温順《おとな》しいのですぐには気づかなかったが、宏からわずかに距離を置いて、吉男が羨ましそうに眺めていたのである。吉男はまったく手出しを許されていないらしく、ただ見せてもらうだけという格好であった。

ところが、いま来た精一はすぐにプラモデルに触れさせて貰えるのだから、吉男の顔に不満の表情が顕れたのは当然であった。吉男の気持ちはすぐに精一に反射したが、この時はなぜか宏に口添えする気になれなかった。この間の一件で、宏を評した吉男の言葉や態度が心の奥に蟠《わだかま》っており、その反感がここでちょっと意地悪してやろうという態度に変容した形跡があった。けれども、吉男にはそんな精一の心理は読めないし、宏に対してもわざと自分を排除して触らせてくれないと僻んで受け取ったかも知れない。宏が吉男を引き入れなかったことに底意があったわけではなく、目下に対する普段どおりの態度を取っただけで、少しお預けを食わせたらそのうち声をかけようと思っていたところに、精一がたまたま来合わせて自然にこういう流れになったと見る方が正しかった。

そこへ、廊下の隅に置いてある掃除道具を取りに、宏の母親が現れた。彼女は田舎にしてはハイカラな女性で、町育ちの奥さんで通っていた。精一から見ても、自分の母親とは異なる雰囲気があり、声をかけられると自然に頑張りたくなる潤いが感じられた。その彼女が、宏の母親の立場としてはごく自然な言葉をかけて来た。

「今日は公民館には遊びに行かないの？　あなた達としては珍しいこともあるものね。久し振りに、お役ご免ということかしら。ふうん、うまい具合に出来つつあるのね」

ちょうど戦車の半分ほどが組み立てられたところであった。精一はこの気さくな問いに応じる気になった。目上の者に対して甘えるような、精一としても意外な言葉が口をついて出て来ようとは予測もしないで。

「あそこに行くと、ガキ大将の彦さんがいるからおもしろくないんです。あの人は、がさつでカンなしですから」

「そう。たまには解放されたいわけね」

「ええ。たまには彦さんの顔を見ないようにしたいですから、ね」

精一は調子づいて喋ってしまった。母親は含み笑いをしてその場を去ったが、後で振り返ると、はなはだ物騒な内容であった。その間、宏が無言であったことも気になった。

ふたたび組み立ての手伝いに取りかかった精一が、吉男の方を窺うと影も形もなかった。イヤな予感がしたが、あえて気にしないことにした。吉男が告げ口する可能性は十分に考えられることであったにもかかわらず、精一はそのことを無視しようと努めた。ふたりの会話を聞いていなかった、その時すでに吉男はいなかったと安心したかったのである。一種の防衛本能からもたらされる予断であった。

しかしながら、戦車がほぼ完成しかかった頃、精一は邦彦の召集を受けたのである。邦彦はなぜかクラブ活動をしていない早退組みであった。高学年の小学生が帰宅すると間もなく、彼も帰宅し、あちこち仲間を引き連れて遊び回るのが日課であった。使いに走らされて来たのは吉男と同級の明である。明は少しおどおどしながら、早口で精一に伝言した。

「そこの松林に来いと邦彦さんが言ったよ。すぐに来いということだったよ」

明はそれだけ伝えると、理由を聞く間も与えず立ち去った。邦彦の許へすばやく取って返さなければならないという具合に、いかにもそわそわしている様子で引き返した。

精一は、突如現前したこの召集が何を意味するのか、愕然とした思いで受け止めざるを得なかった。思考停止――いや、むしろ、実際は逆で、心の片隅ではこうした事態がきっと訪れるに違いないと怖れていたのであった。もしかすると吉男は、精一の意地悪を軀で感じ、間接的に抗議したんだろうと薄々感じながら、あえてそれに眼を瞑ろうとしていたツケがいま回って来たのだと納得するところもあったのである。

「僕がガキ大将と言ったのを吉男が告げ口したんだろうか？　お母さんと喋った時間はほんのちょっとだったけど、気づいた時にはもういなかったね。大丈夫だと思ったんだがなあ。やっぱり聞いてたのかなあ。どうしよう、本当にそうだったら、困ったことになってしまったなあ」

　精一は、話し振りとは裏腹に、唇のあたりがピクピク引きつるのが分かった。殴られるかも知れない。それは十分にあり得ることだ。そしてそんな精一の気分は宏にも伝わるようで、宏の顔色も蒼ざめていた。

「行かない方がいいんじゃない？　行ったらタダじゃすまない気がするけど」

「そうなんだけど、この前のこともあるし……ああ、困ったなあ」

　この前の一件では、精一の立場はうやむやのうちに黙認された形であった。今日の成り行き次第では、邦彦の怒りが一気に爆発しないとも限らなかった。何となく邦彦の眼に底意地の悪い光が走り、機会を狙っている素振りが認められたからである。吉男の告げ口が邦彦を怒らせる呼び水になっていないと判断する方が甘い認識であった。

　精一の脳裏には、手ぐすね引いて待っている邦彦がありありと浮かび、それが怒りの形相に変容するさまがハッキリと描き出された。たとえ行きたくなくても、行かねば手のほどこしようのない憎悪と威嚇の矛先が精一の未来を暗く不安なものに彩り続けるであろう。それは蛇に睨まれた蛙と同じだ。ふらふらと、おののく神経に突き動かされながら、精一は指定の場所に向かうしかなかった。

　松林の入口に辿り着いた精一は、気後れのため足が進まなくなった。ここは、かくれんぼや木登りが出来るため、日頃精一たちが集まる格好の遊び場であった。庭木になる松や躑躅や槇や紅葉や楓など、いろいろな種類の樹木が植えられていた。時どき必要な樹木をトラックに積み込む職人たちがやって来るくらいで、大人の眼の届かない空間が到る所に存在した。邦彦はきっと入口から二十メートルほど進んだ広場のようなところに陣取り、精一が来るのを待っているに違いない。邦彦のほかに、おそらく裕や健一や吉男や明たちがいるであろう。そうした光景が浮かぶにつれ、精一の足は本能的に止まってしまったのである。

そうした精一の怯えを断ち切る役目を担って、明がふたたび現れた。精一の来様《きよう》が遅いので、催促の使いに走らされたものらしかった。明は精一の姿を認めると、やっと自分の仕事から解放されると思ったのか、喜びと同情の入り混じった瞳の色をして駆け寄った。そして「早く行かないと邦彦さんの機嫌がよくないよ」と言い残すや、そのまま逃げるように樹林から外の世界へ走り去った。

精一はいよいよ来るものが来たと観念せずにはいられなかった。そして自分自身をなだめすかすように、明が逃れ去った世界を羨望の眼差しで眺め渡すのであった。精一は消え入りたい衝動に捉えられながらも、徐々に邦彦の方におびき寄せられるように歩んで行った。明が去って行った先には平安があり、自分が向かおうとしている場所には暗黒と恐怖が渦巻いている。どうしてこのような落差が生じてしまったのだろうか。むしろこんな残忍ともいえる明暗の対照は存在することじたい悪ではなかろうか。

六

邦彦は精一を睨みつけるとこう言った。

「おい、精一。お前、さっき、宏の家で俺の悪口を言ったんだってな。もう一度、俺の前でそれを繰り返してくれないか。本当に言ったのか、確かめたいからよ」

最早どうしようもなかった。怖れおののく肉体の震えが全身を貫き、あやうく精一は眩暈《めまい》がしてぶっ倒れそうになった。しかし、ようやくのことで踏みこたえ、邦彦の視線とかち合わぬように誰かの救いを求めるために周囲を窺った。裕や健一がニタニタ笑いながら、吉男を含む四

～五人の一団を従えて精一の青ざめた顔を注視していた。精一はもう駄目だと諦めないわけには行かなかった。ここに救いの手はなかった。

　するとどうだろう。まるで青天の霹靂のように、今まで足許から崩折れそうだった精一の心に、仕方がない、こうなればどうにでもなれという自暴自棄の力が芽生えて来たのである。開き直りの気持ちは勿論だが、ここにいる者たちへの怒りがたった今まで支配していた精一の恐怖心を忘れさせ、粉々にそれを打ち砕く方向に導いたらしかった。それは反逆精神の一種と見なせる感情であった。

　そのような気配は邦彦にも伝わるのだろうか？　精一を睨みつける瞳に一段と腹立たしげな光が宿り、邦彦はすごんだ声を響かせて精一を威しにかかった。

「いつまで黙っているんだよう。黙りとおしたら、誰か助けにでも来てくれるというのかよう。え？　精一。この前の態度といい、今日の態度といい、少し生意気すぎやしないか。いつからそんな態度が取れるようになったんだ？　ひとつ、ふたつ、ぶん殴ってやろうか、こいつ」

　邦彦の顔は怒りにふくらんでいた。その様子から、精一は本当に殴られると思った。途端に、ぐいと胸ぐらを掴まれ、邦彦の胸元に引き寄せられた。

「なんだって、え、俺がガキ大将だって？　乱暴者だって？　よくも言ってくれたじゃないか。それも宏のお袋さんの前で。俺の立場はどうなるんだい？　精一、そう言われた俺の立場はどうなるのか教えてくれねえかよう」

　言いながら、自分の言葉に煽られ興奮の度合いが増して来る邦彦は、力任せに精一を左右に振り回し、ついでに平手でほっぺたを張り倒した。精一の頬は電気が走ったように痺れるとともに、カッと熱を帯びて引きつった。

　泣きたくなくても痛みで涙がにじんで来て、このままだと不覚にも泣きそうなので、精一は必死に歯を食いしばって怺えた。声を上げては泣かないぞ。――精一はこの一点を拠り所にすることで踏み止まった。そしてそういう精一の必死な形相が邦彦には挑戦的に見えるらしく、ふだんにも増して邦彦の心は昂《たかぶ》って行くようだった。自分の権力が侵されているという意識が邦彦の頭のなかを駆け巡っていたのであろうか？　邦彦にとっては、日頃の絶対権力がたかが小学五年生に侵害されたというだけでも沽券に関わる事態であり、それがこの場面での怒りの本体だったのかも知れない。邦彦はそういう自己の力を無視するとどうなるかということを思い知らせるためにも、精一を血祭に上げる必要があったのだ。衆人環視のなかで制裁を受けた精一の噂はただちに集落の子供たちに伝わるだろう。そうなれば、精一に似た反旗が翻されることはまずあるまい。邦彦の責め方にはそのような露骨な意図が秘められていた。

けれども、精一の反抗的な態度が思わぬ波紋を投げていたのも事実である。これまでの例なら、大概の小学生は泣き出すか謝るのが普通で、精一のように敵意を含んだ眼つきを邦彦に向けることなど絶対になかった。それを精一が敢行していることが、この場に立ち会う者たちに意外な嘆息を洩れさせていた。心の底では邦彦に同調したくない者も存在していたから、精一の反抗はそういう者たちに訴える力を持っていた。精一への虐待が表向き効を奏しているように見えながら、必ずしも邦彦の思惑どおりには動いていない側面も生まれつつあったのだ。

邦彦はダメを押すように精一をこづき回すと、少しこわばった表情の仲間を見やり、ひときわ力を込めて言い放った。

「いいか。二度とこんな手間を取らせるんじゃないぞ。俺の蔭口を一言でも叩いてみろ。この次はこれくらいじゃ済まないからな。いいか、よおくそのことを覚えておくんだぞ」

邦彦は唾でも吐きかけんばかりの形相で睨みつけ、悠然と背中を見せて立ち去った。むろん、そこにいた連中も続いたが、動揺の色は隠せなかった。精一が一言も謝らなかったことと、声を上げて泣かなかったことのふたつは非常に重要であった。

邦彦が立ち去った松林は、精一ひとりを包み込んで静まり返っていた。精一の心には徐々に解放感が満ちて来た。この場に立ち会った最初の段階とは決定的に異なる感情であった。精一には否応なく膨らんで来る勝利感や、徐々に身内に浸透して行く安らかな気分が生まれ始めていた。邦彦に対する絶対服従の観念が崩壊する具体的な徴候であり、精一の胸先三寸に、自己という小さな塊が凝結する萌しでもあった。

そのことがあってから、精一はたまたま邦彦の家の庭先を通り抜けたことがある。他所《よそ》の家の庭であっても、田舎にあっては道路のような感覚で往き来する時代であるから、そうしたことは稀ではなかった。ちょうど薄暗くなりかけた頃合いで、黄昏色の庭先を横切って帰宅する途中であった。怒鳴り声に驚かされて聞き耳を立てると、怒りに任せて誰かを罵る声がする。

「この馬鹿野郎！　あれほど早く帰って来いと念を押したのに、今頃帰って、いったい何処をどうほっつき歩いていたんだ。この時期、家が忙しいのは分かっているだろうが。家族みんな、汗水たらして仕事に追われているというのに、ひとりだけのうのうと遊びくさりおって。お前なんか、もう帰って来んでもいい。さっさと出て行け！」

途端に、下駄が飛んで来た。と同時に、邦彦が家の中から玄関に躍り出て来たのであった。跣足で、ベソを掻いたような格好には日頃の威勢など見る影もなく、邦彦が精一たちを翻弄するのと同じ構図が露われていた。なんだ、邦彦は父親には反抗のカケラさえ示せないんだな。サマにならないもんだ。いい気味だ。——と、精一はほくそ笑まずにいられなかった。

初めは窺うような姿勢で玄関内の土間を覗き込む様子の邦彦であったが、軀の一部に感じるものでもあったのか、ギクリと肩をすぼめると、怯えたように背後を振り返った。その拍子に、薄闇のなかでふたりの視線がかち合った。邦彦はたじろぎ、全身に羞恥の色を走らせた。それでも瞬時に自分を立て直すと、「何を見ているんだ。さっさと行かねぇか」と威嚇の声を発し、大きく腕を振り上げる仕草をした。だが、その声にも動作にも、平常の威圧感や迫力が欠けていたのは紛れもなかった。

空にはちょうどさやかな三日月が懸かっており、精一は黄昏色に染まった家路をまっしぐらに駆け抜けた。

こば焼き

一

冬が来た。

子供の世界にもひとつの変化が訪れる。雪のめったに降らないこの地方にも、北風小僧はやって来る。こいつが現れると、やっぱり寒いのである。寒いと、外に出たくない。おのずから行動半径も狭まって、集団行動の機会が減るのだ。

しかし、所詮は南国の冬である。家のなかで過ごすといっても限度がある。どんなに寒くても、北国の冬のように吹雪いて出られないわけではないから、少々のカラッ風を我慢すれば、いつでも外に飛び出せるのだ。田圃に積まれた藁束の蔭にたむろして、仲間が集まるのをじっと待つ友だちの姿が家の窓から見えたりすると、炬燵に潜り込んでいた子供たちもそわそわしだし、やおら重い腰を上げることになる。何といっても、軀を動かす快感が身に染みついている連中ばかりなのだから。

この集落の子供たちの間には、こば焼きという冬ならではの風習がある。風習というより、大人の目を盗んだ遊びというべきだが、多分に慣習的な側面はある。川べりの茅《ちがや》や枯れ草を燃やす野焼きの一種で、寒さ凌《しの》ぎには格好の遊びと言えるし、焼いた跡には新鮮な芽が萌え出るのだから一石二鳥ということになる。火事の可能性のある人家近くや作物の植えてある畑の近くで火を付けさえしなければ、大人たちも大目に見てくれる遊びである。

ところが、その判断を誤ってどえらい事件の持ち上がったことがある。見事に茂った茅の誘惑に負けた子供たちが火を放ったのはいいが、風の強い日で、風向きも悪かったため、見る見る炎が人家近くまで押し寄せてしまったのだ。こば焼きに手を出した集団が小学生だけだったというのも間違いのもとで、最後には集落の消防団が出動し、ものものしいサイレンの音が鳴り渡り、肝が縮み上がってようやく事なきを得たという一件であった。たとえ一メートル以上の枯れた茅が山と茂っていようと、そしてそれに火を付ければ壮観なこば焼きが出来ると判断されても、近くに人家や麦畑や大根畑など冬の作物が植えてあれば、絶対に遠慮するのが常識というものである。こば焼きにはそんな不文律があった。

秋の一日、泥合戦の行われた畑には、今は麦が植えられている。その傍らには、大根畑もある。この大根は、冬場の子供たちの乾いた喉をうるおす格好の作物である。走り疲れて喉が乾けば、ちょっと隅っこの一本を引き抜き、藁などで泥をこすり落とし、歯で皮を剝きながら丸齧りすればこんなに瑞みずしく美味しいものはない。めったやたらにひっこ抜きさえしなければ、畑の持主もやかましいことは言わないし、この集落の大抵の子供たちは農家だから、その辺の勘どころは心得ている。時どき大人の目の前で実践した者だけが、後日みんなの失笑を買う失敗譚《だん》に収まっている。

今日は土曜日の午後で、例の慰霊碑の前にはこんなふたり連れがいた。背格好から判断すると、小学校三〜四年生で、一生懸命に取っ組み合いをしているのである。むろん、喧嘩をしているわけではない。ひとりが一方の頭に腕を巻きつけ、あらん限りの力を振り絞ってぐいぐい締め付けている。プロレス技のヘッドロックだ。締め付けられている方は痛いに決まっているから、何とか振りほどこうと懸命に身を捩《よじ》っている。あたかも真剣な取っ組み合いに見まがう勝負が展開されているわけで、頭を締め付けられていた方がようやく振り解《ほど》いた顔面を見ると、うっ血してまっかに上気し、その痛さを怺えにこらえた表情がある。そして今度は自分の番だと言わんばかりの、必死で真剣な眼差しに満ちた一途な顔。体格は同じくらいだし、根性だって同じくらいなら、半ば喧嘩と言えそうなじゃれあいが倦むことなく続けられるのは当然であろう。そして、あいたたあ、という声に引かれて注目するなら、右腕で頭を押さえ、左のこぶしをぐりぐり相手の脳天にこすりつけている図だって目に入るだろう。さっきまで苦しめられたお返しの得意満面な表情は生き生きと輝いている。確かに、動物的な活力に満ちた子供たちの行動には、大人の想像をはるかに超えた野蛮さがあった。

しかし、こんな烏合の衆も、邦彦が慰霊碑の階《きざはし》に立ち「集まれ！」と怒声を張り上げると、たちまちひとつの集団に纏まった。邦彦はものものしく宣言する。

「おい。今から天降川《あもりがわ》の川べりを北上するぞ。北上しながら、こば焼きをする。ただし、大根畑や麦畑の近く、モーター小屋の近くでは絶対に火は点けるなよ。そんなことをしたら、俺が承知しないからな。いいか、おっさん達に怒鳴られるようなことをしでかすんじゃないぞ」

集団はしばらくざわつき、それからゆっくり天降川の方に流れて行く。この川は幅十メートルにも満たない清流だが、土手の部分が広く、田圃や畑の間を流れているので、いろんな遊びの宝庫になっている。冬は、巣小屋と呼ばれる二～三メートル四方の空洞を土手ぎわに作って住み処にすることがある。具体的には、藁や茅を使って子供だましの隠れ家を作り、四～五人が思い思いの食べ物を持ち寄って飲み食いする空間なのだが、寒い冬場にあっては風よけ代わりの、北国のかまくらに相当するものだ。もしかすると、今日の集団のなかに、誰にも内緒の巣小屋を作った者があって、どうか見つかりませんようにと必死に祈っていたら気の毒には違いない。

だんだん先頭は太鼓橋に近づいている。おそらく隣集落の境界線を侵さないような地点からこば焼きを始めるようだが、こんなとき小さい連中はとても気楽である。マッチを持っていないので、上学年の連中を真似ていればよい。最初に火を点けた者に責任の大半は帰せられるし、それは間違いなく邦彦だから。とすれば、貰い火をしながら手の届く範囲の枯れ草を焼くだけで、ここら辺は大丈夫だろうか？　などと頭を悩ます必要もない。相手まかせ、他人まかせで事は運ぶのだ。ちょっとした材料でパイプを拵え、ちり紙で煙草を吹かすパフォーマンスだって可能になる。そのうちに火の手が上がるだろうから、枯れ枝に火を移すママゴト遊びをしてみよう。――と、気楽に考える連中のなかに、明と泰斗がいたのである。

明はすでに登場ずみだが、泰斗は美信の弟で、やんちゃな小学三年生である。ひといちばい我が強く、美信はもちろん、まわりの者はその我の強さに手を焼いている。怖いもの知らずの我が儘な性格で、大抵の同輩とは喧嘩している。ある時こんなことがあった。

ほんの些細なことから勇と悶着を起こした。勇は元来弱虫で、弱虫のくせに意地汚いちょっかいを出す癖がある。ちょうど泰斗と明がビー玉をしている場面にかち合った。それが面白そうなので仲間入りをしたかったのだろうが、その割り込み方にいやらしい挙動が付け加わっていたために、喧嘩が始まったのだ。

勇は買ったばかりのビー玉を持っていて、それが普通のビー玉より大きい代物だったのでひけらかしたかったらしい。熱心にビー玉を弾いていた泰斗の鼻先に落としたのまではよかったが、それが運悪く泰斗のビー玉に当たったので、それまで抑えていた癇癪玉を爆発させてしまった。勇としては故意に邪魔するつもりなどなかったはずだが、しまったと思った瞬間にはもう遅かった。泰斗の性格として、こういうひけらかしやお節介はもっとも虫の好かない行為であった。

「何をする。そんな目ざわりなビー玉なんか引っ込めろ。えええい、こんなもの！」と言い放つと、力任せに放り投げてしまったのだ。短気に放り投げた泰斗も泰斗だが、それに応じた勇の軽率なセリフが完全に泰斗の神経を逆撫でしてしまったのである。

「なあんだ。欠けたビー玉でしているのか。だからといって、僕のビー玉に当たらなくてもいいのに」

放り投げられたビー玉を拾いに行きながら、小声とは言うものの、聞こえよがしに吐かれた勇の捨て台詞に、泰斗は完全に切れてしまった。明が「やめなよ」と制止する手を振り切って、いきなりガツンと喰らわせたのだ。

こうなると、勝敗は初めからついているとはいえ、収まりがつくところまで行くしかない。いきなり拳固を貰った勇は、すでにその時点で泣きたくなっていたのだが、こうなると、泣き声の大きさと噛みつき戦法で武者ぶりつくしかなかったのである。しかし、勇がどうあがこうと、泰斗はせせら笑うようにそれを躱《かわ》しながら、泣き疲れるまでいたぶり続けた。そして通常なら、やがて決着がつき、泰斗と勇の取っ組み合いは終息したはずであったが、間の悪いことに、偶然そこに勇の兄が来合せたことで、他愛のない喧嘩は意外な方向に展開して行ったのだ。

こんな時の常として、兄は弟の加勢をしてはならないことになっている。少なくとも二学年以上離れた兄は、劣勢の弟を手助けしてはならない不文律があった。しかし、この時の状態は誰が見てもちょっと悲惨で、弱者が苛められているように見えたから、思い余った勇の兄は手を貸したくなったのかも知れない。

実を言うと、この兄弟は喧嘩となるとからきし意気地がないことで知られていたのである。そういう意味では、兄の猛も逆上していたのであろう。わざわざ喧嘩の助太刀などする猛ではなかったはずなのに「勇が苛められている。それも余りに無残に。これは助けなくちゃいけない。しかし相手は泰斗だ。負けるかも知れない」といった心理が働いたかどうかは別として、やおら泰斗に挑んで行ったのである。

驚いたのは泰斗である。ぼちぼちやめようかなと思っていた矢先、突然わきから飛び入りがあったのだから、泰斗は何がなんだか訳が分からなくなってしまった。いくら意気地がないとはいっても、二つ年上の猛に加勢されると、今までと同じ調子で戦えるはずがない。体格は猛の方がいいし、第一まだ全然疲れていないのだ。対して、泰斗はいささか嫌気が差していた。猛の戦意に比較すべくもない。にもかかわらず、新たな戦端が切って落とされた。勇も兄の参戦によって息を吹き返した。泰斗は嫌々ながらも喧嘩を続行せざるを得なかった。

それは真に壮観な二つ巴(こんな言葉はないが、三つ巴には見えなかった)であった。肉親の情に支えられた兄弟が腕白ざかりの泰斗に挑んでいる有様は、悲壮であるとともに滑稽であった。それに対する泰斗もまた、見事というほかない善戦をしていた。猛と勇のふたりを相手にしながら、学年差や体力差を感じさせない食いつきを見せていたのである。三人は組んずほぐれつの一進一退の攻防を続けた。

その間、明はあっけに取られて三人の攻防を眺めていた。人情からすると、泰斗に加勢すべきだろうが、何故かそれを思い止まらせるエネルギーが三人から立ち上っていた。それは三人の必死さから醸し出されるオーラであったかも知れない。明は事の成り行きを見届けるしかなかった。

それにしても、勇は相変わらず涙まじりの声を発しながら泰斗に向かっていた。この涙まじりの声は痛ましく響いた。この心理作用には、多分に猛をセンチメンタルな気分に陥れる要素が含まれていたに違いない。突然、猛までが泣き出し、ふたりして涙を手の甲で拭いながら泰斗に立ち向かう構図が現出したのであった。

それが泰斗にも感染した。兄弟が泣きながら自分に挑みかかって来る。そうでなくてさえ、やっとのこと猛に張り合っているのに、その猛が不意に泣き始めたのだから、泰斗の張りつめた気分が一気に弛んでしまったのは仕方がなかった。へなへなと力が抜けたようになって、景気よくぽかぽかと撲られているうちに、無性に泣きたくなったのだ。

泰斗は、挑みかかっていると同時に、挑みかかられている猛から手を放すと、二～三歩退いてから、大声で泣き返して見せたのである。本当はそうではなかったのだろうが、明にはそう見えた。なぜなら、三人一緒に泣いている光景は何処か故意《わざ》とらしい演技を匂わせるものだったからである。それはもの哀しい空気を際立たせるとともに、その底に微妙な滑稽感を醸し出す要素を隠し持っていた。

しきりに手の甲を目許に持って行く三人がいる。そこに存在するのは、遣る瀬なくもの哀しい泣き笑いの気分にほかならない。喧嘩とは哀しいものだと印象づける情景だったのである。

美信が現れたのはちょうどその頃である。明から事情を聴くと、柔らかな表情で「そんなことで泣く奴があるか。さあ、帰ろう」と促したので、この時ばかりは泰斗も黙って従った。

　それをしおに、勇も猛も寄り添うように帰って行った。広場にひとり残された明も、喧嘩の味気なさと夕暮れの寂しさに追われるようにいなくなっていた。

二

　この泰斗と明が肩を組んで歩いて行く。このふたりはウマが合う。一匹狼の泰斗にあって、明は気安く心を許せる唯一の同輩なのだ。人は誰しも友だちがいないと苦しくて堪らない。泰斗にとって明は、心に秘めたダイヤモンド位の値打ちがあった。

　さて、邦彦が最初のマッチを擦ったのは、予想どおり、太鼓橋のたもとの川土手であった。茅の燃え上がる乾いた音に続いて、煙が立ち昇り、そのなかに混じった火の粉や灰が確認できる。宙に舞い上がる様子から判断すると、火勢の強さはかなりなものである。今までゆっくり歩いていたふたりも、そうした情景に釣り込まれるように駆け出した。

　燃えているのは、橋の下手の川べりの茅である。健一たちが棒切れを持ってうろうろしており、邦彦自身はさらにその先で火の手を拡げるために付け火している。この一帯に物騒な場所はないし、天降川から引いた用水路を隣集落に向かって進めば、ちょっとした畑はあるものの、こば焼きの対象となる茅が茂っている方向とは逆なので関係がない。泰斗と明は太鼓橋からその光景を見下ろした時、身内に走る快感に全身が突き上げられた。

　それは軀全体が火照るような感覚である。恍惚と恐怖という相反する感情を綯い交ぜにしたような感興でもある。身内に蠢《うごめ》く欲望の食指を焼き尽くす快感と恐怖が泰斗を貫いて、無性に火を操ってみたくなったのだ。適当な木片《きぎれ》を見つけ、それに火を移して、枯れ草を焼いてみようか。欲望が燃え上がると、もはや消火は不可能で、やおら伐り落とされた柳の枝を拾い、下火になった火のなかに差し込んだ。

　本隊は徐々に付け火しながら、上流に向かって行く。天降川は隣集落を遠巻きにするように流れており、位置的には右斜め方向に集落がある。東南方向にかたまった集落と、北東に向かって流れる天降川。その流れに沿って邦彦たちは上って行くのだが、泰斗と明のふたりだけは太鼓橋付近に居残った。というより、燃え尽きたようで燃え尽きていない茅や枯れ草に新たな火を添えては勢いを吹き返す炎の色に魅せられているうちに、いつの間にかふたりは取り残されてしまったのである。気がついた時には邦彦たちは四～五百メートル以上も離れた場所におり、今さら追いつきたいとも思わなかった。

「みんなと離れたね。どうしようか。あそこまで走って追いつこうか。それともこの辺で待っていようか。ねえ、泰ちゃん、どうする?」

「またこっちに戻って来るよ。きついから、僕はここにいる。ね、それより、そこのカヤを焼いてみようか。きっとおもしろいだろうな」

「それはやめた方がいいと思うな。何だかこわいよ。彦さんたちも焼かなかったんだから」

「やっぱりそうかな。やめた方がいいかな。でも、つけてみたいな」

泰斗が物欲しそうな視線を投げている方向には茅の繁茂した水路が走っていた。先ほど説明した隣集落の方に伸びたクリークで、この時期はそれほど水を必要としないので手入れが行き届かず、溝水《どぶみず》のように淀んでいた。そこが一メートルほどの茅で蔽われているのだ。水路の尽きるあたりには大根畑と麦畑があるのだが、泰斗たちのいる角度からはよく見えない。おそらくこの茅に火が付けられなかったのは、いったん燃え始めると一面を焼き尽くすまでは消せないと判断したためだろう。しかし、泰斗にはそうした事情が呑み込めていない。

だから、泰斗が魅せられたように一茎の茅に付けた火しなのはまったくの衝動からであって、それ以外の意味はなかった。後先のことが頭に入っていなかったからこそ、茅の燃え立つさまが目に浮かび、思わずそれを見たい欲求に駆られたのであった。しかし、実情はそうだったとしても、燃え始めると手が付けられなくなるのが火の怖さである。ほんの少しと思って点けた火は、あっという間に二～三メートルの炎を吹き上げ燃え広がった。それは側に立っているのが薄気味悪いほどの火勢になった。張本人の泰斗自身、あまりの激しさにぽかんとして、しばらくの間はわなわなと唇を震わせているばかりであった。

最初、明は何が起こったのか呑み込めず、燃え広がる茅と慌てふためく泰斗の姿を交互に眺めるほかなかった。事態は極めて深刻であり、一時の猶予もならなかった。火の手はたちまち繁茂する茅を嘗め尽くす勢いに膨れ上がった。泰斗はどうにかして火を消そうと柳の枝で炎を叩き切ろうとしていたが、それくらいのことで収まる段階は過ぎていた。熱くて近づけないのだ。バチバチと音を立てながら燃え広がる茅の水路を、泰斗は顔面蒼白になり、茫然自失の態で眺めていた。

軀の震えが止まらないのか、泰斗は少し吃りながら言った。

「どうしよう。ねえ、どうしよう」

「僕は知らないよ。つけたのは泰ちゃんだろう。……僕は、知らないよ」

まさか火事になるとは思えないが、一向に収まる気配のない火勢に気圧されて、ふたりは凝っとしていられなかった。張本人の泰斗はもちろんだが、明の動転ぶりも尋常でなかった。何しろ、いまや炎は四〜五メートル四方を焼き尽くし、さらにクリーク伝いに隣集落に向かって進行しつつあった。煤煙も遠くからでも目に入りそうな高さに舞い上がっていたに違いない。

「僕、本当に知らないよ。僕は……もう帰るから……」

小声で言い捨てると、明は泰斗に背を向け、来た道を一散に駆け出した。その行動は薄情からというより、恐怖心の結果であった。明ならずとも、逃げ出したくなるような光景が現出していたからである。動揺の極まりが蛇の舌のように心を脅かす炎に変じ、遁走を強いたのであった。それに明の場合の救いは、この延焼の責任は自分にはないという言い訳が可能であったから。

しかし、泰斗にはそういう言い訳は成り立たなかった。逃げたいのは山々だが、逃げるのは逆に怖ろしかった。泰斗は、ただ右往左往するばかりであった。

とうとう泰斗は、最後のあがきとして、大きい柳の枝で周囲を叩き回ったが、手の施しようがなかった。万策つきた今となっては、声を振り絞って泣く以外なかった。しかし、涙さえ絞り出せない。余りにもおろおろし過ぎて、泣くのも儘ならない。泣くことが心の余裕の表明なら、この瞬間の泰斗にはわずかな安堵の隙間さえ見出せなかった。

泰斗は現場を放棄した。どす黒い不安と怖れと悔いに苛まれながら遁走したのである。

三

邦彦たちは、天降川に架かる水門のひとつに腰を下ろして休んでいた。こば焼きの痕跡が自分たちの辿って来た道のあちこちに点在している。と同様に、皆の顔もその名残を刻んで、汗を拭ったと見られる額や頬や首筋に灰黒色の煤をこびりつかせている。邦彦たちは、みずからの行為の跡を確認しながら、ある種の満足感に浸っていた。

すると、その目のひとつが捉えたものがある。その目は、こば焼きの始発点に当たる太鼓橋近くに移った時、紛れもなく焔を噴き上げる一点を捉えたのであった。捉えるや否や、その目は周囲を検証した。自分たちの点けた火の一部が飛び火したのであろうか？　いや、まさかそんなことがあるだろうか？　目の持主は確かな判断が下せなかった。そこで、ただちに邦彦に報告した。

「邦彦さん。大変だ。太鼓橋の下が燃えています。あの水路の茅の茂った一帯が燃えているみたいなんです」

「え？　そんなことはないはず……」

最後まで言い終わらないうちに、邦彦の表情はみるみる変化した。それと共に、その場に居合わせた七〜八人の者たちも一斉に指差される方向を注視した。間違いなく太鼓橋の下手が燃えている。これはまずいという思いが全員の脳裏を掠めるのと、邦彦が行動を起こすのとは同時であった。

「今からあそこに駆け戻って火を消さないと大変なことになるぞ。あの先には麦畑と大根畑があるからな。さあ、行くぞ。グズグズするなよ」

邦彦がまっさきに駆け出していた。声の調子も上ずっているせいか、ただならぬ気配が漂った。後に続く者たちも、無性にワクワクしながら駆けていた。

その場に着くと、当面の問題が火を消し止めることであるにもかかわらず、それはほとんど絶望的に思われた。

幅二～三メートルの水路を舐《な》め尽くした紅蓮《ぐれん》は、消すことはおろか、近寄ることさえ不可能な火勢をほしいままにしていたのである。こうなれば、自然鎮火を待つしかないのではないか？　火炎を茫然と眺めている邦彦たちの姿が赤々と照らし出されていた。

だが、この火の行く先には作物の植えられた畑があったのである。手を拱《こまね》いてはいられなかった。とりわけ、邦彦にすれば、上級生としてこば焼きを仕切っている以上どうにかしなければならないし、このまま家に帰ってタダで済まないことは目に見えていた。邦彦はない知恵を絞って必死に考えた。――火はどんどん上手から下手の方に移っているから、下手から茅を刈り払えば何とかなるだろうか？　あるいは、迎え火という手段を使えないか？しかし、この風向きでは不可能だ。とすれば、やはり大きな柳の枝で燃えていない茅を叩いて食い止めるしかない。同輩の裕や俊夫が一緒だったらいい知恵も浮かんだだろうに、生憎ふたりはいなかった。

「健一、お前は宏たちと少し大ぶりの柳の枝を切り落として持って来い。俺は向こうに回って、火を食い止める算段をするから」

邦彦は、五～六人を従えて畑の方に向かった。その表情は、消せなかったら面倒なことになると覚悟し、口元を引き締めた緊張感に溢れていた。そして向こう側に達し、いよいよ何らかの手を下そうとしたその時「コラーッ」という野太い呶鳴り声を聞いたのである。

その瞬間、邦彦はもちろんその他の連中も、みな一様に軀を震わせ、金縛りにあったような気分を味わった。なかには逃げの態勢に入っている者もあったが、邦彦はそういう者を制した。経験上、逃げると事態が紛糾し面倒になることを知っていたからである。いま呶鳴った親爺は邦彦たちが心配している畑の持主であり、それは取りも直さず隣集落の住人に違いなかった。たとえ親爺から逃げ伸びることが出来たとしても、親同士の情報交換がなされる以上、両親の追及を免れることは不可能に近い。たとえ親爺と邦彦たちの間に距離があるということで、親爺が邦彦たちを識別できないと考えることは浅薄である。隣集落の大人たちであっても、近隣の子供たちの動静を知らないことは稀なのだから。だから、逃げるより、この場をうまく取り繕う方が大事なのだ。邦彦の頭のなかは、そうした計算ではち切れそうになっていた。が、頭では分かっても、親爺の怒りがどれほどのものか想像できないだけに、実際の邦彦は恐れ戦《おのの》いていた。

「大目玉を食うだろうな。おっさんはおとろしいからね」

「それはそうだけど、僕たちよりも邦彦さんの方が叱られるに決まってるさ」

おずおずした宏の問いに、美信はこっそりと耳打ちした。その時点においても、邦彦は一向に収まる気配のない火勢を鎮めようと、必死に柳の枝を茅に向けて振り回していた。その慌てふためいた動作に、邦彦の動揺が浮き彫りにされていた。通常なら、自分から率先して手を出すような邦彦ではない。まるで当面の不安から遁れるように、せかせかと軀を動かし続けているのである。そしてもうこれ以上どうにもならないと言うように「早く枝を持って来ないか！」と絶望的な声を振り絞った時、

「誰がこんな悪さを仕出かしたのか！」というドスの利いた親爺の怒声が飛んで来たのである。

親爺は、労働に鍛えた五十がらみの鋭い目付きで、子供たちはその風貌に接しただけで震え上がった。

「お前たちの所業はなっとらん。もし同じことを仕出かしたら、わしは絶対に許さんからな」と言い放つと、こば焼きを仕切っているのは邦彦以外にないという確信に満ちた眼差しで鋭く睨んで、大きな拳《こぶし》を邦彦の額に振り下ろした。ガツンという鈍い音が響き、邦彦の顔が著しく歪んだ。顔面を蒼白にした邦彦は弁解することもなく、神妙に項垂れていた。

柳の枝を切り落とし担いで来た連中も親爺の一瞥《いちべつ》に縮み上がったが、親爺の訓戒がだらだらと続くことはなく、炎は親爺の指図で食い止められた。

親爺の脅し文句が効力を持っている間、子供の世界で発揮される邦彦の横着な態度は、心なしか減殺《げんさい》されているように見えたものである。

五月の光

一

ヒバリが空高く囀《さえず》る季節になると、自然も、その懐に抱かれた子供たちの世界にも、冬とは違った伸びやかさが醸し出される。麦の穂も、こば焼きをした頃に較べると、見違えるほど生育し、その畝を目がけてヒバリが巣をかけるのだ。シェリーの〝Lark〟や漱石の「草枕」を想起するまでもなく、ヒバリの啼き声は子供たちに活力を与える。花曇りの空から降って来る声に引かれ、羞明《しゅうめい》という言葉の含意する光の圧迫を受けながら振り仰ぐと、天の高みの一角に点と見まがうヒバリが浮いている。それがあちこちに点在し、空満つ声がかまびすしく四囲を引き立てるさまは、欣喜雀躍《きんきじゃくやく》の形容にふさわしい。ある日、一羽のヒバリが空に舞い上がり春の到来を印象づけてから、二羽、三羽と出現する頃には、麦の青さは一段と深みを増し、休閑地を埋めたレンゲの花が一斉にほころび始めるのだ。水がぬるみ、土手には新鮮な草が萌え、吹く風も軟らかさを増した。子供たちにとって、眼にするすべてが爽やかで心地よい春がやって来たのである。

その朝、精一は快い眠りのなかで夢を見た。自分が邦彦くらいの背丈になって、逆に小さくなった邦彦を苛めている。こら！　と呶鳴《どな》れば、あたかもそれが天からの声のように周囲を威圧し、邦彦を苛むのだ。邦彦は戦々恐々と震え慄いている。猫が鼠をいたぶるのと同然だ。精一はとても愉快になって、そうか、邦彦はこの気分を楽しんでいたんだな、と急所を押さえた嬉しさが込み上げて来た。そうか、そうだったのか。それならこうしてやれ。精一は指先で鼻の頭を弾くような気持ちで、

「やい、邦彦。今までよくも僕たちを苛め続けて来たな。そのお返しをみんなに代わってしてやるよ。泣いてみせたって駄目さ。僕たちが許してと頼んだ時、せせら笑って許してくれなかったように、そんなに泣いたからって許してあげないさ。今度はそっちの番さ。ああ、愉快だなあ」

精一は、今にも消え入らんばかりの邦彦を尻目にかけて、ひょいと胸ぐらに手を差し伸べようとした。ところがその拍子に、精一の軀はふわりと浮いたようになり、彼よりも更にでっかい何ものかに襟首を掴まれてこう一喝されたのである。

「精一。お前のようないじめっ子はこうしてやる。こうでもしないとお前は何も分からないだろうからな」

途端に、精一の軀は宙に高く舞い上がり、自分自身が精一であり、邦彦であるような感覚に捉えられ、すーッと奈落の底に落ち込むような息苦しさに思わずハッと目覚めたのである。そこには、自分自身や邦彦を含めた一切のものを一視同仁《いっしどうじん》に見詰める存在への怖れに似た予感が纏綿《てんめん》していた。しかし、明け方の夢に共通する儚《はかな》さから、改めて反芻しようと思った刹那にはもはや掴もうとしても把みきれない記憶の底に紛れていた。

同じ頃、泰斗もまた夢の世界の住人であった。うららかな陽差しの降り注ぐ野原をスキップしながら跳ね回っている。花が咲き、鳥は歌い、蝶さえも色とりどりの花から花へと伝い舞っているではないか。ほのぼのとした感じ。母親の愛情にすっぽりとくるまった温かみのある自然の愛を感じた。確かにこの感覚には思い当たるものがある。こんなとき何度も経験した過去の記憶が紡ぎ出されようとしているのだ。果たしてそれは何だっただろうか？何故かくすぐったい感じがする。こんなきれいな野原ですることと言えば……思わず、泰斗ははち切れんばかりの尿意を催したのである。

柔らかい陽差しと風のそよぎの中にチンポコを曝《さら》してしょんべんすることがいいような、いけないような、気恥ず

かしい気分である。本当はしてはいけないんだけど、やっぱり出してしまおうかなあ。このまま我慢は出来ないな。それに誰も見ていないんだから、今のうちに一気に出してしまおう。さあ、広々とした大地に、勢いよく出すぞ。……ああ、いい気持ち！

たちまち、泰斗は不快感で目覚めたのである。パンツがぐっしょり濡れている。しまったと気づいた時にはすでに放出し終わったあとだった。子供心にも、泰斗は深い慚愧《ざんき》の念に悶《もだ》えなければならなかった。

春の目覚めは甘くけだるい。精一と泰斗の穏やかな一日は、このようにして始まったのである。

二

精一は四月から六年生になる。美信が中学生になって、宏や英雄のほかに六年生はいなくなるので、いろんな意味で自覚的にならざるを得ない。それは下の者の面倒を見るということである。

精一と宏や英雄の立場は、最上級ということで、登校時はもちろん、ソフトボールや陣取り遊びにおいても召集がかけられる。美信の場合、同級生がいなかったためか、まったく理不尽な面を見せなかったが、小学生集団の長となった精一もそれに倣って民主的にやろうと思っている。何といっても仲良くやるのが一番よく、それは宏にしたって同じだろう。目には目をの精神は個人的に仕方がない時にのみ許されるのであって、集団行動において発揮され過ぎるのは好ましくない。リーダーシップはカリスマ的な人間だけが持ちうるものでもないからだ。むしろ、皆が顔見知りという集団内では、合意の精神こそ有効で望ましい選択だ。その点、三人とも暴力を好まぬ性格であり、精一は気の強い一面を持ってはいても、宏はいたって温順しいし、英雄はそれほど目立ちたがらない。つまり、邦彦たちのように専制的な力をひけらかす懸念《けねん》はまるでないのであった。

三月二十日過ぎの春休みに入った午後、精一たちはソフトボールをした。三角ベースという奴で、一チーム最低三人いれば出来る遊びだ。美信もいたので、総勢八人になった。ピッチャーは小さい者、キャッチャーは相手方に出させる決まり。冬の間はなかなか握る気のしなかったボールを久し振りにもてあそぶ皆の気分はやはり高ぶっていた。一面に咲き乱れるレンゲ畑でボールを投げたり拾ったり。またバットを振って芯を捉えた時の手応えのある感触。ただでさえ、ごろんと大の字になって空を見上げるだけでも心地よい天気である。やがて、ふんわりと浮かぶ雲が彼らの想像を刺激するさまざまな形に見えて来たりすれば、攻撃の番に手のすいた連中が空を見上げて陶然とした目付きをするのは決して不思議ではない。そしてそんな状態だから、互いに四～五回攻守を繰り返すと、小さい連中はもともとバットを振ったりボールを投げたりする力に乏しいから飽きが来て、気づいた時には自然消滅的に終わったも同然になっていた。遊びはソフトボールだけではないのだし、連中の好みそうなものはレンゲ畑ならいくらでもある。男子なら、相撲やプロレスごっこを好むのが、むしろ自然だ。

花の絨毯を素足で踏んづけることはこの上もなく心地よい。ひんやりとした草の感触が蹠《あしのうら》から伝わって来るのもそうだし、首筋や顔が雑草に埋もれ、土の匂いや青くさい植物の匂いがじかに肌身に浸透して感じられる瞬間など、ぞくぞくする快感を誘ってやまない。それは端的に肉体の陶酔に置き換えてよいものであり、やがては性欲に変容する類いのものかも知れない。事実、精一などはそれを味わうために、吉男や明を捕まえ、彼らのすべすべした手足の感触と植物のそれとを較べたりする。嫌がる彼らをきつく抱き締め、その頬が上気して行くのを自覚するさまは、近い将来精一を見舞うであろう性欲の発露を先取りする側面を秘めている。子供の青くさい肌は大人の熟成を感じさせない半面、清新な、それじたい植物に似た透明感がある。そして子供の肌の温みは、どぎつくない点において大人のそれに優るのである。

しかし、彼らはあくまでもそういう気分を味わっているに過ぎない。それは犬や猫がじゃれ合うのに似て、それ以上の行為に発展しない点と同工である。子供は人間的なつながりや接触に対して淡白であり、ある意味では大人ほど執着しないものである。彼らは母親に対するそれが著しく肥大しているのを例外にすれば、意識以前の幽かな肉体の陶酔を求めているのであろう。それが自覚されるようになるまでには、美信を初めとしてもう少し時間を必要とするに違いない。精一や宏にしたって、明や泰斗や勇たちを相手にプロレスごっこに興じていても、それに飽きればじきに離れてしまうものだ。彼らの肉体はまだ性欲の洗礼を受けていないので、軀の奥から突き上げる生理的な本能を感じることはないのである。揉み合いながらちょっと変な気分に陥った連中でも「おーい、今からヒバリの巣を探しに行くぞ」という美信の声に反応し、それまで熱中していた行為から一斉にその興味や関心を新たな方面に切り替えてしまうのであった。

皆《みんな》は美信の言葉に引かれ、そばに歩み寄って行った。ちょうど一羽のヒバリが向こうの麦畑の上空から威勢のよい啼き声を降らしている頃合いであった。美信の近くにいた宏が次のように質問した。

「ヒバリは巣を作っているかなあ。まだなような気がするけど」

「ヒバリはもう巣を作っていると思うよ。卵は孵《かえ》っていないだろうけど、うす斑《まだら》の卵があの麦畑の畝《うね》のどこかに隠れているはずさ。ヒバリはいま自分の巣を空から探しているところなんだ。ヒバリは頭がよくて、人目をくらますために、巣から離れたところに降りるんだ。だから、降りたところをよく確かめておかないといけない。そこを押さえれば巣の在り処が分かる。大事なのは、地面に降りたヒバリが、どの畝に駆け込むかを見つけることなんだ。それを見逃しさえしなければ絶対さ。後はその畝を丹念に探せばいいんだから」

美信は歩きながら自信たっぷりに説明した。精一と宏はその脇に付いていて、他の五人は後からぞろぞろ従った。目的の麦畑までは二百メートルほどあったが、あいにく周囲には遮蔽物《しゃへいぶつ》がない。あまり近づき過ぎるとヒバリが降りて来ない恐れがあるため少し距離を保っておかねばならないという美信の指示に従い、八人は麦畑の隣のレンゲ畑に腹ばい、頭だけ擡《もた》げていることにした。空から見下ろせば隠れたことにはならないが、そこは気の持ちよう、客観的には気休めの類いであったかも知れない。

待つ間、小さい連中は同輩と騒いでいた。泰斗と明が吉男や祐二を捕まえて擽《くすぐ》っている騒々しさといったらない。擽られる祐二や吉男は脚をばたつかせ、笑いの苦しさから逃れようと必死にあがいている。とうとう片足を股間に押し込まれチンポコを操る技を仕掛けられたふたりは、「やめてくれ！」と大声で叫んでいる。笑いの混じった悶え声で全身を痙攣させ、激しく波打たせている。それがあまりにも仰々しいので「少し静かにしろよ」と精一に注意されたほどである。しかし精一の窘《たしな》めくらいでは収まらず、ふたりの笑いの波はほかの連中にも伝染して行くのであった。……

　ヒバリはようやく高さを低め始めた。もはや十メートルにも満たない。今に啼き声が歇《や》んで舞い降りるに違いない。一心に羽ばたき囀《さえず》っていた忙《せわ》しさが減じたようである。と、「もうすぐだぞ」と注意する美信の声を待つまでもなく、ヒバリはみるみる地上に近づき、着地する間際にさっと弧を描くように舞い降りた。

　この時、美信と精一と宏の三人は背を屈めて麦畑に近づきつつあったが、先頭の美信が運よくヒバリの舞い降りた場所とそこから畝に踊り込んだ場所とを目撃していた。畑の端近くに着地したヒバリは目的の畝の入口近くに駆け寄り、誰かが見ている事態を警戒してか、二〜三度首を左右に振って周囲の様子を窺い畝の内部に紛れ込んだらしい。その畝の見当は付いたから、たとえヒバリが危険を察知して飛び立っても構わない。その飛び立つ箇所を見逃しさえしなければいいのだから。

　美信は少し離れた地点にいた泰斗たちを低声《こごえ》で呼び集め、簡単な指示をした。それから自分はあらかじめ目星を付けておいた畝をどんどん進んで行った。精一と宏がそれに続く。麦の丈はまだ三十センチほどだから、お互いの姿はよく見える。みんな顔を俯けて歩いている。美信が先頭を切り、その左右に精一と宏が続き、残りはてんでんばらばらに末広がりに広がっている。ちょっとだらしない船団の航海にたとえられないこともない。先頭の三人がひどく熱心な割に、後ろの方は完全に出鱈目なのであった。

　ヒバリは麦の根方に直径七〜八センチの藁くずや枯れ草を編んだ巣を作り、褐色のまだら模様の親指くらいの卵を二〜三個産む。いま美信たちが実践している確認作業を怠りなく貫徹すれば決して見落とさないはずだが、何しろ、この麦畑の広さは五〜六段《たん》はあるのだから、それこそ隅から隅まで捜すとなると大仕事に違いない。まさかそんなことはあるまいが、ヒバリが気まぐれな稚気を起こしてひとつ散歩でもしてやれとか、あるいは人間どもを籠絡《ろうらく》するために舞い降りたとするなら、それに乗せられた子供たちは大いなる無駄骨を折ることになる。

しかし、実際にはそんなことはないだろう。三月下旬頃から六月初旬にかけては、ヒバリにしたって一年の書き入れ時であり、子供たちに目くらましの遊び心を振り撒く余裕などないはずだ。産卵期の彼らにとって、この時期は猫の手も借りたい繁忙期なのだから。ということは、子供たちの足音に気圧されたヒバリがこの畑の一郭から飛び立たちその場を押さえられる瞬間は遠からず訪れよう。

美信を先頭にした総勢八人が麦畑の中央部に達した頃である。ヒバリが飛び立つ辺りと見当を付けていた方角とはまるで異なる地点から、親ヒバリが舞い上がった。それは美信が歩いていた畝から三畝横手、精一や宏の歩いていた畝とも距離があった。しかし、ビュツという羽ばたきが美信の耳を掠めたので素早く反応すると、その瞳はヒバリが飛び立った場所を確認していた。喜び勇んで、畝を飛び越え、その場に駆け寄った。すると、麦の根方に設えられた巣のなかに思いの外ちんまりとした卵が三個ひっそりと息づいていた。美信は冷静な彼に似ず、興奮気味に「見つけたぞ！」と叫んだ。それから、がやがやと寄って来た連中の好奇に満ちた眼差しが小さな巣を取り囲んだ。彼らはあたかも産まれ立ての赤ん坊を覗き込む時のような優しい笑みを満面にほころばせていた。

「わああ。あとどのくらいで雛にかえるのかな。二週間くらいかな。それとも三週間くらいかな」

「鳩がおよそ十八日だから、それより短い気がするな。ねえ、そう思わない？」

「じゃあ、あと何日で雛に孵るんだろう？」

「そんなことは分からないさ。いつ卵が産み付けられたか分からないんだから」

「でも、早く見たいね。きっとおもしろいよ」

「おもしろい？　何がおもしろいんだよ。可愛いくらいが適当さ」

「だって、ピイピイ鳴く雛を見るのはおもしろいじゃないのさ。ねえ、吉男ちゃん、吉男ちゃん家のヒヨコを見てたらおもしろかったよね」

「うん、まあ、おもしろかったな。でも、それほどでもなかったな」

「嘘ばッかり言ってらあ。ヒヨコを逆さにしたり、手で握りしめたりするのはおもしろいッて言ってたじゃないか」

「そんなことを言った覚えはない。高、それは自分で勝手に思い込んだだけだろう？」

「そうかなあ。……でも、やっぱり、僕はおもしろいと思うな」

「まあ、そんなことはどうでもいいさ。それに、ヒバリの子はヒヨコのようには泣かないよ。……ともかく、この卵はこのままにしとくんだからな。盗ったりしたら、親鳥がかわいそうだから。それに盗ったってどうしようもないんだし」

「それじゃ、どうするのさ、これ。ただ、見とくだけ？」

「そりゃあ、それだけのことさ。馬鹿だなあ、高は」

「馬鹿だよ、高は」

宏の口調を真似て、泰斗が言った。それから皆は、代わる代わる卵を覗き込んでその場を立ち去った。


ちょうど夕焼けが真っ赤に西の空を染め抜く時間帯であった。子供たちは、その茜色の空にノスタルジックな感興をそそられた。家では夕餉の支度が整う頃であろう。そしてその夕餉の食卓は彼らの帰りを待っているであろう。そう想像すると、一斉に腹の虫が騒ぎ立てた。

徐々に暮れ始めた夕影のなかで、家路を急ぐ子供たちの姿は自然と人間とが溶け合った一幅の絵のようであった。しかも一日の疲れを癒やす家の灯りは、安息に満ちた幸福の光のように思いなされたのである。

三

春休みが終わり、新学期の晴れがましい気分と慌しさを抜け出た頃から、精一は落ち着いて来た。何処がどう変わったというのではないが、精一自身驚くほど色んなことに動揺しなくなった。それまでは漠然と感じていた自身の心の動きを、この頃は意識的に省みることが出来るようになった。それは精一がみずからの生をある程度自覚的に把握できるようになったということであり、日々の生活のなかで自分の意思を出来るだけ通そうとする努力を惜しまなくなったということである。

たとえば、そういう意識を育むきっかけになったのは、言うまでもなく邦彦との心理的な葛藤であった。精一はこれによって自意識の洗礼を受けたのである。邦彦の暴力に精一の肉体が脅かされることによって、精一は邦彦の暴力を克服するための精神力や認識力を獲得する必要に迫られた。それは邦彦の力の限界を見抜くことであり、同時に精一の限界を突き付きつけもしたが、結果的に絶対者としての邦彦像が揺らぎ始めたことは否定できなかった。邦彦の力はあくまでも子供の世界でしか通用しないという発見は、精一の眼前から子供の世界という小世界のとばりを払いのける重要な働きをした。この頃の精一は、それ以前の精一のように、ただ漫然と生きられなくなっていたのである。

新学期が始まって一ヶ月ほど経った頃、こんなことがあった。それは体育の時間で、運動面にかけては何でもこなせる精一が、得意中の得意の跳び箱を易々とは跳べなくなる出来事にぶつかったのである。

準備運動を終えて、先生の指図で順繰りに跳んでいた間は何事も起きなかった。いつものように、すいすいと、重ねられた箱を余裕で跳んでいたのである。そしてその状態は、跳び箱が四段、五段と積み重ねられた時でも同じであった。

ところが、教師が跳び箱の高さを上げるのではなく、踏み切り板を箱から離して飛ばせる競技に移行した時、それまでとはまるで異なる景色が現れたのである。精一の胸ほどの高さにある六段の箱の踏切板が箱から三〜四十センチほどずらされた時点で、精一のほかに跳べそうな者はすでに二〜三人しか残っていなかった。それに女子は別の場所で男子とは異なるメニューをこなしており、女子の眼を意識したから生じた現象ではなかった。

精一はそれまでよりも助走を長くして挑戦した。飛び超えねばならない。そう思って、踏切板を強く踏み切ると、幸い軀が宙に浮いて成功した。残りの数人も、うまく跳んだ。さらに踏切板が離された。精一は必死に挑戦し何とか跳んだ。この時ひとりが脱落し、残りは三人になった。

そんなことが繰り返されているうちに、踏切板と跳び箱の間には、一メートル以上の間隔が生まれていた。精一の背丈は百五十センチほどなので、自分が窮屈に寝転がったくらいの幅である。よほど慎重にならないかぎり跳べない怖れを直覚した。精一は何度か近づき、その距離を肉体的に測り、克服しようと努めた。残ったふたりの身長は、百六十センチ前後で精一より十センチも高かった。

客観的に眺めれば眺めるほど、不可能の念が萌す。それはさっきまで跳んでいた自分が何の疑問もなく跳んでいたことを疑う気分であり、ひいてはどうしてそんなことが可能だったのだろうかと、一切の行為を否定する疑惑の念に絡み付かれていた。こういう原初的な疑問をあらゆる行為に抱くようになると、人は指一本動かせなくなる。自意識過剰の弊害で、精神的な退行現象に陥ってしまうのである。この時点までの精一は、跳ぶこと自体に疑問を感じたことはなかったし、跳べない可能性など考えた例《ためし》さえなかった。すべては無意識の行為の連続にほかならず、そこに懐疑の念などまったく存在しなかった。

ところが、そうした自信に思いも寄らない亀裂が入った結果、精一は何も出来なくなってしまったのである。単純と言ってしまえばそれまでだが、精一を見舞った危機は、そうした自意識に付着した疑心暗鬼の衣を纏って出現したらしかった。

精一は何度も逡巡した挙句、とうとう跳べない事実を自分に納得させねばならなかった。残りのふたりは何とか跳んだが、しかしそれもひとつの限界点であることは間違いなかった。教師はふたたび跳び箱を旧《もと》に戻させ、簡単な講評と説明を加えてから、練習を再開させた。精一は元のように賑やかになった級友たちに混じっても、自分ひとりだけが取り残されたような寂しさを味わっていた。

子供の世界を支配する無邪気・無自覚・無意識などの「無」の付く文字とは異なる「有」の字が、邦彦を離れた次元にも出現する最初の兆候であった。このような自分の相対化と自意識の変容過程が進行して行く以上、精一がいつまでも同じ世界に停滞していることは不可能に近かった。精一は子供の世界を卒業し、新たな世界へ飛翔しなければならない時期に差し掛かっていたのかも知れない。

四

実に久し振りに邦彦から召集がかかった。もしかすると、こば焼き以後にも召集がかけられていたのかも知れないが、精一は故意に邦彦から離れている向きがあったから、事実上この召集は三ヶ月ぶりであった。

集落の公民館に着くと、いつものことながら、駆り集められた子供たちが三々五々と散らばっていた。美信と宏が眼に入ったので、さっそく近寄った。ふたりは何やらひそひそ話をしていた。

――邦彦さんの召集は今日が最後かも知れない。

美信が囁いている。「どうして」と宏。「それは」と受けて、ちょっと周囲を窺った拍子に精一と眼が合った。そこで話は中断したが、精一がふたりの輪に加わるとまた喋り始めた。その話を要約すると、次のようになる。

いくら邦彦でも、中学三年生ともなると、いつまでも遊んでばかりもいられない。進学する、しないの別にかかわらず、子供たち相手の遊びが見場《みば》のいい話とは言えない。今までだって、邦彦のような例は稀れであって、他の集落の中学生は邦彦とはまるで違っていた。それが許されていたのは、邦彦の性格にもよるけれど、ひとつにはまわりの制約がなさ過ぎたためだ。ところが、四月から三年生になった邦彦も、やはり高校へ進学することに決めたらしい。そうなると、当然、受験勉強しなければならなくなる。それほど成績が良くない邦彦だから、なおさらそうかも知れない。その上、邦彦自身、以前と比べ少し変わって来たところがある。あまり小さいものを相手にしたがらなくなった。中学校に入って分かったことだが、邦彦は上級生に押さえつけられ、苛められていたという話である。その反動が学校から帰った後の行動に現れていたようだ。けれども、三年生になって、そういう状況がなくなり、学校生活が面白くなって来た。これまではクラブ活動にしたってフラフラしていたが、今ではテニス部で幅を利かせている。学校での生活が忙しく、僕ら中学一年生や小学生相手の時間が足りなくなった。おそらく今日の召集は、邦彦自身これが最後という腹づもりかも知れない。昨日学校からの帰りにそれとなく耳にしたのだが、「明日を最後にうちの集落は健一に任すかな」と裕さんに言っていた。あの健一に取り仕切れるかどうかは分からないけど、僕はどうもそうなる可能性が高いと睨んでいる。だから、今日が最後の打ち上げになるに違いないと思う。

——本当にそうだったらいいけどなあ。そう言えば、このごろ召集が少なくなっていたよね。ふうん、そういうことなのか。そうだったら、嬉しいなあ。この召集は頭痛の種だったものね。

宏は瞳を輝かせ期待感を顕わにしたが、精一は半ば頷きながら、邦彦も誰(何)かに制約を受け子供の世界を離れて行かざるを得ないのだ、と思った。それはひとつの解放感をもたらすと同時に、一抹の淋しさを感じさせる点で、精一には意外な感興を強いるものだった。さらに言葉を継ぐように、美信は言った。

——三年生は月ごとに試験が行われるから、おそらく、絶対に、今日の召集が最後になるはずだ。クラブ活動にしたって、夏休み前までの郡体と、それに勝ち抜いた後に行われる県体で事実上終わりさ。三年生はやりたくてもやらなくなるんだ。まわりの環境が以前とは大きく変化している。そんな状態で、彦さんだけがいつまでもこんな召集をかけられるはずがない。彦さんにとって、唯一の息抜きは、たまのクラブ活動くらいが関の山になると思うよ。こば焼きの一件以来、彦さんに対するおっさん達の眼も厳しくなっていることだし、やはりぼちぼち手を引く時期に来ている気がするよ。

宏に、美信のこの推論には直接つながらないながら、いかにも感に堪えないという面持ちで言った。

——でも、あの彦さんが上級生から苛められていたなんて、信じられないな。あんなにでかい軀なのに。中学校ッて、怖ろしいところだね。

——そりゃそうさ。彦さんくらいの体格の者は結構いるよ。ヒゲの生えた、おっさんみたいな上級生がいるからなあ。

——ふうん。でも、そんなことはどうでもいいや。まだ中学生じゃないから。僕にとって一番大切なことは、彦さんが今日あたりで手を引くかどうかッていうことなんだ。そうなれば、万々歳なんだけどな。

——まあ、じきに分かることだよ。……たぶん、ね。

美信は最後を含みのある言葉で結んだ。精一は最初から最後まで無言で聞いていたが、ともすると宏の願望がすぐさま身裡に飛び火することを抑え切れないのも事実であった。そして、精一の精神的な変化と軌を一にする現象の背後に、邦彦の子供離れが進行していることも興味深かった。

このような秘密の会話からもたらされる心の波紋が三人の頭を占領する時間が流れ、精一が美信と宏の間に割り込んでからも半時間ばかり過ぎた頃であった。突然、邦彦が裕と健一と一緒に現れたので、後見人つきの政権交代の儀式が行われるに違いないと三人は直感した。わけても精一は、先ほど宏のように直接口に出しては言わなかったものの、そのことが皆の前で宣言されることを誰よりも深く望んでいるひとりであったから、期待で胸が大きく膨らんでいた。もちろんそう願っているのは精一だけでなく、ここに召集をかけられている子供たちの大半はそうであったろうが、精一ほど邦彦的な集団行動の束縛を厭悪している者は少なかった。政権が禅譲されてもこうした集団行動がなくなることはないとしても、健一の権力行使の仕方が邦彦のそれと本質的に異なっていることは間違いなかった。邦彦が精一から徹底的に嫌われた理由は、力で押さえつける方法そのものではなく、目下の者たちに対する思いやりの情がまったく欠如していることにほかならなかった。邦彦は自分さえ楽しければいいという典型的なエゴイストであり、皆の思惑を顧慮することなど一片も持ち合わせていなかった。邦彦はただ恐怖の連鎖や圧力だけで集団を仕切っている暴君に過ぎなかったのである。

公民館の広場に現れた邦彦は、皆を集めると思いきや、そのまま裕や健一と雑談しながら歩き始めた。何らかの達しがあると期待していた精一は、まったく当てが外れて心から落胆した。それが余りにも予想外だったので、思わず「話が違うじゃないか」と美信に抗議したくなるほどだった。大ッぴらに声を出すわけに行かないので黙っていたが、この意外さは美信や宏にとってもショックだったようで、その顔つきから読み取ることが出来た。精一としては、邦彦は邦彦、自分は自分。邦彦がどうあろうと、自分は邦彦的な世界を超克する以外にないのだと胸を張って主張すべきだったのだが、宏が落胆したとなればそれ以上に落胆し、美信にしても自分の判断は間違っていたのかと悲観せざるを得なかったのである。そうした意気消沈ぶりはお互いの冴えない表情に顕れていた。どう見たって、邦彦の歩きぶりには、みずからの権力をあっさりと捨て去る気配など微塵も感じられなかったのである。

　集団は、邦彦を先頭に天降川《あもりがわ》の川堤を遡《さかのぼ》って行く。集落の墓地を過ぎ、太鼓橋を渡り、隣集落を遠巻きに見晴るかしながら、どんどん先に進んで行く。やがてこば焼きのとき休んだ堰《せき》も過ぎ、さらに上流を目指した。このまま進めば、そのうち小高い山の麓に辿り着く。ただ、そこに達するまでにはまだ二～三時間は歩かねばならないが、とにかく今日の遊びの舞台が、線路を中心に、天降川の川堤に密生した前後二キロの竹藪らしいことが明らかになって来た。

　そこは、寒竹が密生した入会地《いりあいち》のような場所だった。畑の作物に竹が必要な時は誰でも自由に採ることが出来る。誰が植えたのでもない自生の寒竹が足の踏み場もないくらいに繁茂しており、天降川はこの竹藪を貫流している。そして竹藪はその両岸をこんもりと蔽う形で、周囲の田んぼや畑よりも一段高くなっている。毎年、梅雨時には上流から流れ下る濁流で氾濫することがある。川床は山から運ばれて来る大量の土砂で浅くなっており、水田地帯を流れる川にしては泥土ではなく砂地である。冬の時期にはほとんど川床は干上がっているので、子供たちは向こう岸に歩いて渡れる。しかし、ふだん子供たちはこの場所に滅多にひとりで出かけることはない。それは竹藪の中を獣道めいた道が走ってはいるものの、人が通る本道から外れた竹藪の中央部は昼間でも暗いし、大人たちも必要がないかぎり滅多に通らない。八幡《やわた》の藪知らずではないが、何かに化かされそうな凄みのある一帯となっている。集団心理としては、こうした雰囲気が逆に子供たちの好奇心を煽る結果、ひとりでは踏み込めない遊び場所として好まれるのかも知れなかった。

精一はかつてこんな話を聞いたことがある。夏の盛りにふとそこに足を踏み入れると、蠅が黒々とたかっている。全体に生臭いにおいが漂って来るので、恐る怖る覗き込むと、湯呑茶碗ほどの頭を持った蛇がとぐろを巻いていた。あまりの大きさに腰が抜けそうになったが、やっとのことで逃げ帰った。この話は、精一が小学校に上がるか上がらない頃に親戚の伯母さん家で、母の二番目の姉さんが披露した茶飲み話であった。子供がするならいざ知らず、大人が大真面目でする話を横で聞いていた精一の想像力は刺激され、その蛇のイメージからもたられる恐怖で身の毛がよだつほど怖かった。そのとき一緒にいた母親は、あそこには何がいるか分からないと相槌を打っていたので、決して駄法螺ではないと精一は信じたし、またそこにいる他の小母さんたちもその信憑性《しんぴょうせい》に疑問を呈することはなかった。

　樹から樹に跳び移るひらくちに咬まれそうになったとか、大蛇が鼾をかいて寝ている姿を見たとか、名も知れぬ不気味な生きものに追いかけられたとか、平均すれば蛇を中心とするうつつとも作り話とも断定できない神秘的な話材に事欠かない空間であった。夜が更けてから、この竹藪の近くを通らなければならない時など、黒々と蛇行する竹藪の塊が魔物を棲まわせているような凄みを感じさせ、出来るだけそちらに視線を走らせないように家路を急いだものである。

　幸い、季節は五月の半ば。六月の蒸し暑い日盛りのじめじめした草むらを歩けば、きっと一匹や二匹の蛇に出くわさずに済むことはないだろう。あの背筋をカッと熱くさせる恐怖と嫌悪の対象が出没する時期にはまだ早い。初夏のさわやかな風が竹の葉を靡かせ、今年になって新たに芽吹いた雑草や雑木の新芽が一斉に黄緑の衣をまとい、それらの中に分け入ると頭がくらくらするほど自然のいきれが発酵している陽気であった。

　そういう緑の横溢している世界に、子供たちは三々五々突き進んで行く。そして次第に歩いて来た道が竹や雑木に遮られて見えなくなり、ここまで来ればもうひとりでは帰れないという不安がおのずと連帯感を生み、寄りそう肩と肩の間にも恐怖心を共有する弱者の心理が搦みつく。先頭を行く邦彦たちはそうでもないのだろうが、後方、とりわけ最後尾の吉男や明は気が気でない。何度も前の方にやって来てはまた追い越されてしまうその繰り返しから想像すると、よほど後ろに誰もいないのが怖いのだろう。とうとう精一や宏に対して「怖いから間に挟んでほしい」と申し出た。ぼんやりして歩くと、前方の人影がくねった道や竹林に紛れて見えなくなることがある。悪戯好きの連中が小道に生い茂った草と草を結び合わせて仕掛けた「バッタリ」という罠に足を取られて前につんのめることもある。さらには、不意に物陰からワッと声を浴びせられて脅かされたり。それやこれやで、明と吉男は従いて行くのがやっとで、正直にふたりの間に挟んでほしいと頼まざるを得なかったのだ。

一方、精一や宏は美信が傍らにいることもあって、外見は平然とした様子で歩いていた。精一ひとりだけだったら自信はないが、周囲に仲間がいれば怖いことはなく、ごく自然に振る舞っていたのだが、実を言うと、宏の方は秘かに仲間が増えることを喜んでいた。

それが美信になると、精一から見ても勇敢である。どんな時でも泰然と構えている。大船に乗った気持ちというのは美信の傍にいる時のような安心感を指すのだろう。たとえ切羽詰まった状況になっても呑気になれるから不思議だ。美信の内面に立ち入ることが出来ないから分からないけれど、美信は人を安心させる雰囲気を持っている。そしてそれが美信の最大の長所なのだ、と。

——そんなに怖がらなくてもいいさ。

と美信が言う。すると、実際に怖いものなどない気がして来るのだ。小学生の時もそうだったが、中学生になってさらに磨きがかかったようだ。胆力が据わっているという言葉どおりの胆力の持主はきっと美信のような人間を指すのだろう。精一は日頃から自分も早く美信のようになりたいと憧れていた。

ずいぶん竹藪の奥に入り込んだようだ。この竹藪に入る前に脇道がある。その脇道は、隣集落に伸びていて、精一たちはいま集落を右手に眺める形で歩いている。天降川を南北に横切る道からおよそ一キロばかり上流に遡っている勘定になる。もう一キロ進めば線路に突き当たり、そこには鉄橋が懸かっている。

鉄橋は天降川の川幅に照らすと十四〜五メートルは

あるだろう。まわりは鬱蒼とした竹藪で占められているが、鉄橋部分だけは見晴らしが利く。ここに立って周囲を眺めると、天降川の川筋一帯はもちろん、隣集落やそれを取り巻く田園風景、さらには別の集落の佇まいまで一望できる。田んぼの間を走る小さなクリークに寄り添うように植わっている柳の瑞々しい枝ぶりや雑草の柔らかい緑など、しっとりとした自然の息吹《いぶき》が心を和ませる。

精一たちはそんな光景を竹藪の隙間から散見しつつ鉄橋の方へ歩いて行く。天降川は両岸に竹藪の自生する、いま精一たちが歩いている側にはでこぼこ道が付いているが、対岸は密生した自生の寒竹で埋められており、冬場の水量は多くない。上流の山から運ばれる砂が川床を埋める砂川と言ってよく、水の涸れた場所は土手を下りて自由に渡れるのだ。ただ、梅雨時にはこの川は増水し、あちこちで決壊する。実際、過去に氾濫した箇所は石垣で補強してあり、そこに消防団員が土嚢を積むことも珍しくない。ものものしいサイレンが激しい土砂降りの雨を突き破り、刺子《さしこ》の消防服で身を固めた大人たちが天降川の土手沿いを警戒して回ることもあった。

例年よりも雨が少ないためか、砂地の川床は水深が浅くきれいに澄んでいる。寒竹のさみどりと五月中旬の空の青さが澄明な水面《みなも》に溶け込んで、さわやかな気分をいっそう引き立てた。

突然、前方で声がした。精一たちは声に引かれ走り出し、視界が一気に開ける場所に躍り出た。そこに出現したのは、天降川を断ち切るようにまっすぐに伸びた線路と鉄橋であった。

今まで竹藪で遮られていたので、自分たちがどの辺を歩いているのかまるで見当がつかなかったが、こんな近くに目的地があろうとは予想外であった。多くの現実が不意打ちを食らわすその例に洩れず、線路と鉄橋は天から降って湧いたように全貌を顕した。おそらくさっきの声もそうした驚きの素朴な表明であったに違いない。そしてその驚きの延長上には、精一の心に戦慄を覚えさせずにはおかない何かが隠されていた。

それは黒煙を吐いて驀進《ばくしん》する蒸気機関車を線路伝いに見送る時の無気味さが人間に与える潜在的な恐怖

心そのものであっただろう。ちっぽけな人間の肉体に較べると、機関車の膨大な鉄の威圧感は圧倒的であった。警笛を鳴らしながら轟然と通過する機関車の風圧は、精一の心を引き千切らんばかりに戦かせた。鉄の塊そのものから押し寄せる膨大な重圧感！　それは精一の存在性を否定するとともに、文明の利器に対する生理的な反発をもたらした。精一にとって機関車は、有機的な生きものとは根本的に異なる、自然の生命体を脅かし畏怖させる象徴にほかならなかった。

　線路と鉄橋を目にした精一は、理屈ではうまく説明できない不安が徐々に身裡に拡がって行く感覚に捉われ始めていた。

五

　精一と美信たちは、鉄橋近くで疎らになり始めた竹藪を透かして土手下の田んぼを見晴るかした。すでにレンゲは枯れていて、花の部分が黒く焼け焦げたようになっていた。なかには収穫後一度も鋤き返されていない田んぼもあるようで、すがれた稲株が規則正しく並ぶ間から、雑草が地肌を潤すように生い出している。そうした田んぼのまんなかを健一たちが歩いている。そしてその後を邦彦や裕たちが続き、さらに泰斗や祐二や高が追いかけている。どうやら当面の目的地は、鉄橋ではなく、天降川の支流らしい。

　この天降川の支流は、集落内の田んぼや畑を潤しながら個々の家々を巡るように流れている。大抵の家の炊事場はこの川に接しており、自家製の野菜や汚れものはまずこの小川の水で洗うのである。澄んだ流れに身を任せる藻をはぐると、数センチの川エビの二〜三匹は必ずそこに張り付いており、周囲には小鮒やドンコが目視できるのであった。

　先頭からかなり遅れている精一たちは、小川が流れ込んでいる線路下を目指して歩いて行った。そこは淀みになっており、川幅もある。なぜそこを目指しているのか分からないが、みんな気分次第に行動しているのだから、理由など詮索したって始まらない。視界の狭い竹藪から、周囲が一望できる平坦な田んぼや畑に出ただけで、気分は一気に解放されたのである。じかに土を踏む感触が心地よい。明や吉男は声を上げて先頭に追い付こうと駆け出していた。宏や美信も足早に歩いている。精一だけが彼らと距離を置いて、ゆっくり歩を進めて行った。

やがて邦彦たちとの距離がつまって来、両者の間隔がほぼなくなりかけた頃合いであった。ひと足はやく川べりを歩いていた連中が色めき出し、何かを発見した気配が周囲の空気を震わせた。何かを言い合いながら、散ったり集まったりする活発な動きが最後尾の精一にも伝わって来た。どうやら蛇がいたらしい。この季節にはまだ早過ぎる蛇の出現であるが、棒を手にした健一がさかんに掬い上げようとしてするすると逃げられている様子が手に取るように分かる。精一の背中にはヒヤリとした悪感が走った。が、その精一の気分とは裏腹に、集団は、思わぬ蛇の出現に小気味のよい活気を呈し始めた。

棒を持った健一の周囲には泰斗や高や祐二がいる。あいにく三人は武器を持っていないので、投げつける土をこねくり出そうと必死だが、田んぼが耕されていないのでうまく行かない。健一はひとりで叩きのめす気はないらしい。何とか全員で攻撃しあえる地点に引き摺り出したいのであろう。棒きれを蛇の軀に巻き付けて川べりから田んぼのなかに追い込もうとしている。どうせ殺《あや》めるのならひとりで罪悪感を背負い込むより、皆で分かち合った方が気楽というものだ。そのためにはどうしたらよいか。

田んぼの泥がほじくり出せないなら、手ごろな石が敷き詰められている線路ぎわまで追い立てればよい。しかし、そこまでの距離はかなりある。追い立てて行くにしたって、蛇には蛇の論理があろう。蛇にとっては、川に辷り込むことが唯一の生き延びる手立てだろうし、それを本能的に知っているのか、必死に川岸に頭を向けようとする。健一はそうさせまいと、進行方向に棒を突き立てる。泰斗や高がそれを遠巻きに見守る。邦彦や裕が興味深そうな顔を揃えた頃には、明や吉男もその輪に加わり、精一も美信や宏の背後から覗き込む状況になっていた。

それは俗にカラス蛇という真っ黒い奴だった。長さは一メートル、大人の拇指くらいの丸味を持っていた。大きくない代わりに、猛々しく攻撃的で、ちょっかいを出し過ぎると鎌首をもたげて反抗する。それを子供たちも知っているから、ひとりでは滅多に手を出さない。しかし、蛇にとって不運だったのは、人間——とりわけ、子供たちに今年最初の獲物として遭遇してしまったことである。およそ七ヶ月ぶりの邂逅は子供たちの嗜虐性を掻き立てるに十分な効果を持っていた。その上さらに気の毒だったのは、この場に裕がいたことだ。裕は蛇とみると殺してしまわねば気がすまない性格で、尻尾を掴んで振り回す芸当から、足があるかないかを調べるために黒焼きにしてしまうほどの残虐性を専売特許にしている中学生であった。蛇をいたぶる子供たちの心理は、蛇が怖いゆえの逆説にほかならなかったが、裕においては蛇を怖がる要素など微塵も存在しなかった。

裕の登場によってカラス蛇の命数は尽きたかに思われた。健一から棒を受け取った裕が蛇の前に立ちはだかり、要領よく蛇を棒に絡ませ、誰もが地面に叩きつけると思いきや、まったく予想外に中途で止め、空高く放り投げた。子供たちは呆気に取られ、全員がくるくる回りながら放物線を描いて落下して行くカラス蛇を凝視した。青空に浮かんだ白い雲と対照的な、蛇の黒い肢体。子供たちは、鮮やかな水色と白を穢すグロテスクな黒色の映像を追視しながら、喚声を上げた。

ところが、蛇にとって幸いだったのは、落下した地点が田んぼに水を引く側溝近くだったことである。その溝はほんの一メートル足らずの幅だが、水量はたっぷりあって、するりと頭から辷り込むと、鎌首をもたげて蛇行する泳ぎ方で本流の小川の方へ脱出した。子供たちは慌てて蛇の落ちた地点へ駆け寄ったが、鎌首を擡げた蛇の蛇行が一瞬子供たちの士気を怯ませた。この一瞬が蛇にとっては永劫で、あれよあれよと見る間に小川に辿り着き、流れに任せ線路の方へ身をくねらせて行ったのである。

が、運命とは皮肉であった。このとき蛇が対岸に這い上がっていれば事なきを得たろうに、逃れて行く先が線路ぎわという最悪の選択をしてしまったのである。子供たちにしても取り逃がしたと思った矢先、蛇みずから仕組まれた罠に陥るふうである。一時の落胆はかえって二倍の活気をもたらした。裕を先頭に、一同は眼をキラキラ輝かせ、あそこにいるぞと叫びながら、線路の方へ駆け出した。

　精一は、極端な蛇嫌いということもあって、仲間と行動を共にする気になれなかった。もちろん、蛇好きの者はいなかったはずだし、嫌いだからこそ、そのおぞましさを払拭するために、あえて蛇殺しの儀式に参加するのでもあったが、この日の精一は一向に気が乗らなかった。その理由は先刻の不安がまだ持続している反面、一方で他者の行為を傍観視する作用からもたらされているようでもあった。何故か分からないが、精一はそれまで面白かったことが急に馬鹿げたことのように思われ始めていた。自分自身の行為も含めて、他者を傍観的に眺めると、いろんな事が興味半減の色合いに染められて来るのであった。無自覚な行為を自覚的な行為に変容させた結果というわけではない。しかし、精一が皆の行動に従いて行けない気分に捉えられていたことは間違いないし、それがここ数ヶ月の間に醸成された事態であったことは精一自身おのずと気づいていたことであった。

　けれども、蛇を擒《とら》えようとするこの場の稚気は最高潮に達していたのである。精一の気分などとはお構いなしに盛り上がる奔流《ほんりゅう》であった。裕が駆ける。健一が駆ける。高や明や吉男や泰斗が駆ける。宏や美信も後を追う。邦彦は悠然と構えながら指図する。ここに存在するのは、一匹の哀れな獲物を狙う動物的な本能の氾濫に違いなかった。

　小川の両岸と五～六メートル高みにある線路側から攻撃する態勢が整えられた。線路伝いには手頃な石がふんだんにある。子供たちは自分の居場所に小石を積み上げ、蛇が現れるのを待った。ここは位置的に川幅が広く流れが緩やかで、蛇を仕留める絶好の場所であった。ただ難点は、線路の下を潜る流れのために、蛇がそこまで泳ぎ着けば取り逃がすおそれがあった。暗渠《あんきょ》を潜った線路の向こう側は崖になっており、裕や邦彦たちのような機敏な中学生であっても追跡できそうにない。子供たちにとって絶好の場所という利点は、蛇にとっても唯一残された延命地点でもあったのである。

　待てばよい。待ってさえいれば……と、線路側で待ち構える泰斗や健一たちの「来た、来た」とはしゃぐ声が響き渡った。その嬉々と弾む声は律動的であり、緊張したこの場の空気を熱っぽく巻き上げる効果があった。

蛇は悠々となめらかな肢体を川面に浮かべて辷って来た。あたかも油の上をするすると軀をくねらせるように、流れに身を任せて泳いでいた。その蛇行運動は、精一にとっては身の毛をよだたせる気色《けしき》であった。

蛇は水面から十センチほど鎌首をもたげて淀みに向かって進んで来た。その進行方向にみずからの生命の危険が迫っているとは予想もしないで。

機は熟していた。が、邦彦と裕が壺にはまるまで待つように指示していた。三方向からの攻撃が交叉する地点に至るまでにはもう少し間があった。手に握りしめた小石が汗で湿る。蛇の運命が死という一点に収斂する胸苦しさがこの掌の湿りに表れていた。精一は、何かを無残に踏み躙る快感と嫌悪とをこの場の空気に感じた。

裕の投げた小石が風を切りつつ水面を抉った瞬間に、蛇殺しの幕が切って落とされたのである。子供たちは気違いじみた嬌声を発しながら小石を投げた。その唇は蒼ざめ、あたかもすべての憎しみの対象が蛇そのものに具現されているかのように、蛇に具現された恐怖そのものを超克するためには眼前の蛇を抹殺するしかないと思い詰めているかのように、必死な形相で小石を投げ続けた。そしてこのような尋常な世界と一線を画した狂態は、蛇の生命が失われるまで続く興奮の坩堝《るつぼ》を象徴していた。

小石は初め当たらなかった。掠りもしないという形容がぴったりで、小川の両岸から投げる石ころは、水面と蛇の腹部との間に吸収されて行くのかまるで手応えがなかった。水しぶきはさかんに上がっているが、命中しているのではなく、蛇の肢体をただ上下に揺さぶっているに過ぎなかった。波に翻弄される木の葉のように揺れているとしか見えない。蛇は小石の攻撃を掻い潜り、とにかく軀を隠す場所を探している。線路を潜る暗渠に向かえば助かるのだが、子供たちの思惑は絶対それはノーなので、線路側からはとりわけ集中砲火が浴びせかけられた。鎌首がちょっとでもそちらに向くと、たちまち眼前に水しぶきが上がる。不意に膚を掠める危険が固い何かの感触とともに通過する。前進しようにも、右か左へ避けようにも、小石の追撃から逃れられない蛇は、むなしく軀をよじらせるほかなかった。

これだけの数の小石が投げつけられて一発も命中しないとは不思議ではなかったろうか。にもかかわらず、線路側から投げられた小石のひとつが蛇の頭部を擦過した。が、誰もそれが蛇の急所を捉えているとは思わなかった。が、蛇の肢体はキリキリッと水面で回転するや、ぐんなりと伸び切ったのである。蛇の生命がたった一発の小石の命中で葬り去られることがあるだろうか？　けれども、蛇の肢体は弛緩してしまって、たった今まで水面で繰り返されていた律動的な動きは静止していたのである。

——本当に死んだのか？　死んだふりをしているのではないか？

蛇は水の中では蘇生する確率が高い。半殺しにした奴を水に漬けておくと、そのうちに息を吹き返すことがある。それと同じ状態ではないのか？

邦彦は自分と反対側にいる健一たちに小石を投げさせ、波動で蛇がこちら側に流れ着くように仕向けさせた。と同時に、裕が宏に適当な木切れを探して来いと命じ、徐々に川岸に打ち寄せられて行く蛇を掬い上げる準備にかかった。

裕は宏から柳の枝を受け取ると、蛇の胴体に慎重に搦め、一気に掬い上げた。そしてひょいと吉男や宏の鼻先に突き付けた。吉男はワっと跳び退き、宏も後ずさった。さすがの邦彦もこの時ばかりは進んで近寄ろうとはしなかった。裕ひとりがうす笑いを浮かべ、だらりと伸び切った蛇に顔を近づけ点検した。ほんのわずかに頭部が擦傷されているに過ぎなかった。しかし、カミソリの刃で傷つけたとしか見えないその小さな傷が蛇の最も大事な急所を抉り取ったのかも知れなかった。水で光った黒色の軀や頭部とは異質で可憐な赤い舌がちょろりと口から食み出していた。

それは舌を噛んで息絶えた生きものの弛緩を端的に顕《あらわ》していた。水から引き揚げられたばかりの肢体は瑞々しく生気に溢れて見えても、蛇はやはり死んでいた。損傷の少ない肉体がかえって残酷な死を刻印していた。裕はもはや用済みのむくろを後方の田んぼに高々と放り投げた。柳の枝と蛇の肢体に纏わり付いていた水滴が飛沫となって周囲の子供たちに降りかかり、かかった者の頬や首筋や腕をヒヤリと震わせ戦《おのの》かせた。が、次の瞬間、集団のアンテナはさらなる充足感が得られる新たな獲物に向かって張り巡らされつつあった。

興奮の覚めやらぬ一部の者を残して、裕や邦彦たちは線路伝いに鉄橋を目指して歩き始めた。精一は、吉男や明と一緒に、だらだらと流される者のように従いて行った。その憂鬱そうな視線の先には、鬱蒼と生い繁る竹藪と赤いペンキで塗られた鉄橋が厳然と蟠《わだかま》っていた。

六

レールの上に耳をくっ付け車輪の響きに心を澄ませている吉男は、汽車が来る、と明に言った。明は、ほんとう？　とさっそく自分でも試してみたが、そんな音は聞こえなかった。何も聞こえないよ、吉男君。聞こえるってば。ほら、カタッ、カタッタッタ、カタッ、カタッタッタ、っていう規則的な響きが聞こえて来るじゃないか。もうじき汽車が来るんだよ。そうかなあ、そうは思えないけどなあ。明はまさかという顔色で前後を見た。機関車らしい影はない。見えないよ、吉男君。嘘ばかり言ってるよ。こう反問すると、もう一度レールに耳をくっ付けた。すると今度は聞こえるような気がする。幽かに、遠くの方で、カタッ、カタッと音がするようなのだ。そこでふたたび前後を確認したが、やはり何も見えなかった。ところが、吉男はますます執拗に、熱心に、レールに耳を澄ませている。そして今や片手に小石をつまんでカチカチとレールを敲いていた。

何をしているの？　そうすると何か聞こえるの？　明は吉男の顔を覗き込みながら尋ねた。すると吉男は、こうやると、叩いた音が向こうに伝わって、それがはね返って来ることがあるのだと言う。機関車から生まれる震動と吉男が敲く小石の震動とが交叉し合って微妙な反響が聞こえるのだそうだ。明はまさかと疑ったが、それでも試しにやってみた。――案の定、その期待は裏切られ、カチッ、カチッという音が耳元でするだけだ。とうとう馬鹿らしくなって、明は鉄橋の方へ歩き出した。鉄橋の周辺にはすでに邦彦たちが集まり、何か楽しそうに活動している様子であった。

明が鉄橋に辿り着いた時、邦彦が「汽車が来たら、この橋げたにぶら下がるからな」と指示していた。邦彦や裕は鉄橋を走るレールの隙間から下を覗き込み、健一たちは乾いた川床に立って聞いていた。両者は鉄橋に懸かるレールの枕木の隙間を通して言葉を交わしていた。

鉄橋といっても十四～五メートルの長さで、しかも川床からもっとも高い部分で三メートルほどしかない。川岸の土台から枕木を乗せた鉄の横枠に掴まってぶら下がることは十分に可能なのである。最近雨が降っておらず、川床は乾いていた。涸《か》れた天降川に落っこちても濡れる心配がないから、少し危険な遊びを思い付いたのかも知れない。

「おもしろいぞ。スリル満点だ。ガタン、ガタンと震動する手応えがたまらないんだぞ。分かったか。汽車が来たら、ぶら下がるんだからな」

「でも、出来るかなあ。手が上まで届かないよ」

泰斗が果敢に言った。確かに川床からジャンプして鉄橋に跳びつくのは背が低いので無理のようだ。高学年用の高い鉄棒にぶら下がれなければ、とても自力でぶら下がることは難しい。精一や宏などは、橋脚部分から雲梯《うんてい》に懸垂でぶら下がる要領で挑戦すれば可能だが、それにはある程度の技術と体力が必要である。全員でぶら下がることを指示した邦彦も、小さい連中のことが了解いったらしく、「ぶら下がれない者は鉄橋の土台のところに隙間があるだろう？　地面と鉄橋の接ぎ目のセメントで固められた空洞だ。あの中に潜り込め。泰斗や明はあっちの方へ。高や祐二は反対側だ。いいか、その中だったら、頭さえ出さなかったら大丈夫だし、絶対に怪我することはない」

邦彦はその場を指さしながら説明した。なるほど、二～三人は潜れそうな隙間があって、潰れる心配はないが、居心地がよいとは言えそうにない。橋桁にぶら下がるよりもっと直接的に震動が伝わって来そうな箇所である。セメントの防壁で固められているので頑丈だろうが、かなり激しい震動が感じられるに違いない。にもかかわらず、小さい者ほどそんなことには無頓着なのか、今にもそこに潜り込もうとしているから見上げたものだ。怖いもの知らずとはこのことだろう。

困ったのは精一たちの方だ。邦彦の命令とはいえ、機関車が轟音を響かせて通過する真下を、それも車輪との距離が二〜三十センチしかない所にぶら下がらねばならないなんて、誰が考えたって尋常の沙汰ではない。しかし、尋常であろうがなかろうが、邦彦は実行するつもりなのだ。薄気味悪さで身震いせざるを得ないのは、これまで未知の体験だからだろう。予測がつかない体験というのは無気味であり、それは精一や宏だけでなく、美信や健一にしたって表面《うわべ》からは判断できない不安に包まれているようであった。

そんな時、邦彦や裕はひとり遊びをしていた吉男の方角に小さな黒点を認めたのである。まだ蝿の頭ほどの大きさに過ぎないので、到着まで数分はかかろうが、吉男にそのことを教えてやらねばならない。おーい、吉男。早くこっちに来い！　汽車が近づいているぞ。裕が大声で吉男を呼んでいる。すると吉男はゆっくり立ち上がり、機関車の方に眼をやり小走りに駆けて来た。それから泰斗たちに手招きされて空洞に潜り込んだ。

その間、黒点がだんだん大きく、距離も縮まり、膨大な鉄の塊が驀進する気配が感じられ出した。黒煙を吐いている雄姿も彷彿とする。時速七十キロのスピードで鉄橋を駆け抜ける機関車がもう僅かな距離に迫っている。二度ほど警笛が鳴った。眼のいい機関士なら、鉄橋の傍らに先ほどまで立っていた邦彦や裕や健一たちの姿を捉えたはずである。二度目の警笛を聞いた時、邦彦と裕は戦慄に似た快感に震えながら、川床に駆け下りた。

すでに健一や美信、精一や宏は並んで鉄橋にぶら下がっている。気のせいか、車輪の響きが直接伝わって来るようだ。邦彦と裕は勢いをつけて橋桁にジャンプした。

カタカタと規則正しく線路が鳴り始めている。五人は思い思いに鉄橋にぶら下がりながら、頭上を機関車が驀進し駆け抜けるのを待った。ゴーッという地響きに似た震動で橋桁を掴んだ指先が慄えた。もう来る。一、二、三！

七〜八秒間は、すさまじい車輪の響きが轟いて、激しい揺れと風圧が思いのほか強く、生きた心地がしない気分であった。

機関車は予想以上の重量感を残して疾駆した。怖い、太刀打ち出来る相手ではない、というのが彼らの一致した感想だった。まだ行き過ぎないのかと思う間には、ワアッと大声を張り上げて恐怖感を葬り去りたい衝動に駆り立てられた。それを必死に怺える間際の切迫感や張りつめた神経がやっとのことで持ち堪《こた》えた心境は、胸が塞がれた思いに通じるものであった。

しかし、その苦患《くげん》もどうにか遣り過ごした。最後尾の客車が鉄橋を疾駆し終え、次第に遠ざかる音響が静かに心に満ち広がり、深い安堵にすり変わった。カタン、カタン。カタン、カタンという車輪の響きが遠く幽かに弱まって行く。橋桁から手を放した五人は一様に緊張をほぐし、かつてない興奮がお互いの表情に顕れているのを認め合った。そして橋脚の付け根の空隙に身を潜めていた連中も眼を輝かせながら躍り出た。そして口々にいま体験したばかりの恐怖感を喋り始めたが、そこには一難去った後の弾む心が明らかに浮かび出ていた。度外れて甲高い声や、大げさな身振り・手振りはその端的な徴《しるし》と言ってよかった。

ただ、精一だけはこの場を支配する空気とは異質な窖《あなぐら》に陥ろうとしていた。鉄橋の橋桁にぶら下がる直前までの冷めた気分がふたたび戻って来たのである。機関車を遣り過ごす間に味わった緊張と興奮はこれまで経験したことのないものであった。だが、済んでしまえばそれだけのことではなかったか。精一自身、みずから進んでこれらの行為に熱中しているわけではなかったから、緊張と興奮に充ちたスリルが冷めればふたたび傍観者の態度に復帰する運命なのかも知れなかった。今日のスタート時点から現時点に至るまで、ひとつとして真に楽しみかつ騒いだ事象はなかった。そういう精一にとって、この感情の推移はむしろ自然であった。どうしてあのように我を忘れて熱中できるのであろうか？　その根本には何があるのだろうか？　精一の胸中にはこのような疑問が去来していた。

しかし振り返ってみると、かつての精一がこうした疑問と無縁であったことも事実であった。現在と過去の精一の違いは意識の変容過程に帰することが可能である。それは無意識に行動する時期が去って、個々の行為の背後に自意識が介在することを意味している。精一は、意識と無意識の、他者と自己の境界領域に立ち始めていた。分岐点であるゆえに、吉男や泰斗のように愉快になれず、邦彦や裕のように傍若無人に振る舞えない気がした。精一の性向として、邦彦に象徴される暴力的人格を標榜することは嫌悪すべきであったから、なおさら精一の違和感は深まった。

今や精一の周囲には一種の真空地帯が現出した。精一以外の子供たちは結構楽しくやっており、その楽しみ方に肉体と精神の齟齬や乖離は存在しなかった。が、精一は行為の背後にそれに従いていけない自分を感じる心理――つまりは、意識と行為が分裂する現象を見出すようになった。一切の行為を楽しむことが出来ず、しかもその楽しめない自分を分析しなければならない不快感。精一は、もはや子供の世界の住人には相応しくなくなっていた。そしてそれは、周囲の子供たちがもう一度同じ行為を繰り返そうとしている現実にぶつかったとき一気に顕在化した。

「おい、もう一度やろうじゃないか。今度の汽車は逆の方から来るはずだ。さっきの要領でやるから、いいな、そのつもりでいろよ」

「わあぁ、またやるのか。怖いなあ」

泰斗はこう言いながら、言葉とは裏腹な喜びを全身で表現した。そしてこれは泰斗だけでなく、精一以外の子供たち全員の代弁になっていた。さっきまで気乗りがしていないように見えた宏が、一度味わったスリルの再現を期待し、思わず紅潮させた頬や瞳の輝きに端的に示していた。精一は同輩の変化を目の当たりにするにつけ、改めて自分が異質の存在であることを再認識した。ひとりこの場を離れ、逃亡したい欲求が勃然と湧いて来た。それが不可能であればあるほど、ひたすら欲望する自我の渇きを感じずにいられなかった。

もしこのとき精一の心にまざまざと跳び箱の記憶が想起されたとしたなら、それは天啓にほかならなかったであろう。しかし、その天啓が精一の心体に舞い下りて来たのであった。それは自意識過剰からもたらされる心的現象であり、ここに子供離れの志向を付加すれば、精一の心理の一斑は解剖されたと見なしてよかった。少なくとも精一は、この時点で子供の世界から別の世界に自己変容しようとしていたのである。

ふたたび精一の脳裡に機関車が轟然と通過する感覚が呼び醒まされた瞬間、先に感じたものとは別の感情が内部に沸き立って来るのを痛烈に意識した。恐怖を意識する自意識の恐怖と名づけられる二重の自縄自縛であった。精一にはその一瞬がありありと想像できた。その自意識に立ち会う精一の内部の核は未来の精一にとって極めて重要な意味を持つ予感が全身を貫いた。その時は必ず来るのであり、また絶対に来なければならなかった。精一はみずからの行為を自意識によって統御する新たな自分を試されようとしていた。

精一は、他の子供たちの無邪気なさまを傍観しながら、今まさに羽化しようとしている新たな自己に立ち会おうと決意した。五月の光が麗らかに降り注ぐ午後のことである。

空、高く

一

精一は「はと」という作文を書いた記憶がある。作文だから、国語の時間だったに違いない。新学期の初々しい気分が周囲に立ち込めていた、小学校二年生の春であったろう。午前中の早い時間帯で、朝礼がすんだばかりの教室で書いたような気がする。受け持ちの先生は女教師だったかどうか。小学校二年生ということに誤りがなければ、ほっそりと痩せて、病気がちの、優しい先生だったはずである。しかし、そこらへんの記憶が曖昧で、突き詰めると学年の問題もあやふやになる。ただし、自分が書いた作文の内容に関してはあらかた想い返すことが出来るので、それが精一にとってひとつの事件だったことは間違いない。文章を綴ることが決して得意だったわけではないのにすらすら書けたこと。しかもその内容が先生に褒められ、みんなの前で披露することになったことなどは、内気で無口な精一にとっては晴れがましいトピックであった。

その朝、精一は納屋に置いた段ボール箱で飼っている一羽の鳩に餌をやろうとしていた。段ボール箱で飼っていたということは、その鳩が鳩小屋を作ってもらうほどには家に居ついていなかった証拠だろう。その雄の伝書鳩は、隣町に住む従兄から貰ったもので、犬や猫と違い、生きものを飼うという緊張感を初めて与えられた代物であった。

犬や猫はどこにでもいるペットで取り立てて珍しくない。事実、精一の家には鼠捕りと余りものを始末するための雌の三毛猫が飼われていた。あえて雌と限定するのは、祖母が口癖のように「このタマが雄の三毛猫であれば、そりゃあ値打ちがあるのにねぇ。雄の三毛猫はめったにいないし、船乗りさんにしか、あてがわれないから仕方がないね。でも、うちのタマは鼠を捕るから感心、感心」と、膝に抱いては褒めるのをよく耳にしていたからである。

なぜ雄の三毛猫が船乗りさんに重宝がられるのか、またなぜ雄の三毛猫の数が極端に少ないのか、祖母の話を聞いていても呑み込めなかったが、自分ちの三毛猫が雄であろうが雌であろうが、さして問題ではなかった。タマが段ボール箱で飼われている鳩を食べさえしなければよかったからだ。

精一がフタを開けると、鳩はクリクリした眼を上向きにして顔を見た。首をかしげ、箱の隅に身を寄せるその仕草は、よちよち歩きの幼児のようであった。水を入れた欠け茶碗を取ろうとすると、鳩は精一の手を避けようと身をかわす。精一は茶碗を取り上げ、新しい水を足すのだが、その間、鳩は精一の手もとを不思議そうに眺めていた。そうして、トウモロコシと雑穀の混じった配合飼料をアルマイトのボールに入れるため、もう少しフタを押し広げた時、精一と鳩の小さな目がカチ合った。

鳩のつぶらな瞳は静止したようであったが、精一はあまり気にせず、餌の入った紙袋から手づかみでボールに餌を注ぎ入れることにかまけ、鳩がジャンプしようとしている気配を見過ごしてしまった。ザラザラという音を耳にしながら配合飼料をボールに移すのに気を取られていた精一は、次の瞬間、思いも寄らない羽ばたきを聞いた。あれっと思った直後には、鳩は空いていたフタからひょいと外に飛び出していたのである。高さが七十センチ前後の箱だから、たとえ大きく羽ばたけないように主要な羽は抜いてあったとしても、子供のスキを見て跳び出すくらいは可能であった。しかし、精一にとっては今まで箱の隅に縮こまっていた鳩が逃げ出すことなど予想もしていなかったから、戸惑うやらビックリするやら、思わず、片手に掴んでいた餌の紙袋を落としてしまった。その上、いちはやく鳩を捕まえようとした両手がうまく動かせないばかりか、明らかによたよたしている鳩をしばらくは呆然と眺めているばかりであった。

鳩にしても、段ボール箱での生活が数日続いていたせいか、外界の空気に慣れるのにある程度の時間が必要だったのかも知れない。外に跳ね出したものの、精一の動静を窺うように、貌《かお》を上向かせたまま佇《た》っていた。鳩独特の、頭部を斜めに傾げ、精一の瞳を上目使いに眺める仕草で、きょとんとしているのであった。

箱が置かれている場所は、自転車やスコップや鍬や笊など、さまざまな道具類やガラクタが転がされている納屋だった。しかも、入り口の引き戸は開けたままであり、そこから午前七時前の朝日が静かに差し込んでいた。鳩はその朝の爽やかな光に気づいたらしく、ボーっとしている精一から関心をほかに移したように出口に向かって歩き始めた。大空を自由に飛べないように、主要な親羽は従兄が抜いてくれていたので、羽ばたいても鶏のようにしか跳ね回れないが、精一だって二年生だ。鳩よりも敏捷《びんしょう》な動きが出来るとは言いかねた。腰を屈め、入り口に向かってちょこちょこ動き出した鳩を捕まえようとする精一の両手が、触れそうになるたびに左右に小さく飛び跳ねる鳩を取り押さえるのは至難の業であった。

鳩は難なく納屋の外に逃走した。納屋のなかで捕まえなければ面倒なことになると気を揉んでいた精一は、あっけなく身をかわされ、取り逃がしてしまった。そしてあれよあれよという間に、鳩は玄関に続く小道を、尻尾を左右に揺すぶりながら、逃げて行くのであった。精一は慌てて両手を前に突き出し、小腰を屈め鳩の後ろからブザマに従いて行くしかなかった。

何故そのとき大人に声をかけなかったのだろうか？　いま振り返っても不思議な気がする。父親は仕事に出かけていなかったとしても、母親や祖母は家内にいたはずだ。しかしこの時間帯は意外に忙しいと無意識のうちに判断した節もある。あるいは、十分に気をつけていれば逃げられることもなく片付けていた仕事を、単なる不注意からしくじってしまった恥ずかしさが心の片隅に萌したゆえでもあったのだろうか？

鳩はすでに玄関を通りこし、砂利道の県道を横断しようとしていた。昭和四十年代の県道はまだ舗装されておらず、道幅も五～六メートルぐらいしかなかった。鳩はでこぼこの砂利道をよたよた斜めに横切り、向かいの節ちゃん家《ち》の方へ行く。同級生の「節ちゃんはもう学校へ行く準備を終えているだろうか？」という思いが脳裏を掠めたが、次の瞬間には、必死に鳩を追いかけざるを得なくなっていた。鳩は今にも玄関脇の床下に潜り込もうとしていたのだった。

大抵の田舎の家の床下は、五十センチ以上の高さがあった。四つんばいになれば、子供は十分に潜り込める。大きなお寺の床下などは、低学年の子供が小腰を屈めれば歩いて通れるほどの高さがあった。鳩にとっては、当面の追っ手である精一から身を隠す格好の逃げ場所であったろうが、精一の体はまだ小さく、節ちゃんちの床下に潜り込む芸当が出来ないわけではなかった。

その時の正直な気持ちは、朝っぱらから床下に潜り込まねばならない自分の失態に対する情けなさ以外になかっただろう。その一方で、飛べない鳩だから、きっと捕まえられるという自信があったことも確かである。追い詰めさえすればどうにかなる。狭い場所に追い込めさえすれば、時間はかかってもうまく行くだろうと考えていた。だから、鳩が床下に逃げ込む姿を目撃した瞬間のありようは、情けない気分が大勢を占めていたとはいえ、「しめしめ、これで何とかなりそうだ」と安堵したことも否めなかった。

しかし、床下に潜って分かったことだが、床下はやはり窮屈で、決して動きやすい場所ではなかった。至るところに蜘蛛の巣がかかっており、そのため、顔や頭に絡みつくねばねばした網を被せられたような不快感は格別だった。地面についた両手はふさがれており、自由に払いのけることも出来ない。もたもたしていると、鳩の行方を見失ってしまいそうだ。実際、小さな鳩の動きに比べると、精一の動作はのろく、いったん頭から入った向きを変えようにも、そう簡単には反転することもままならなかった。しかも、湿ってはいないものの、うす暗く、でこぼこの土がむき出しで、半ズボンの膝がしらに固い泥がこつんと当たると、身をよじりたくなるほど痛かった。

精一の視界は、朝の光の中から床下に這い込んだ当座は十分に開けておらず、鳩がどの方向に逃げ込んだのかさえ覚束なかった。大体の見当で捜すしかなかったのだが、眼が暗さに慣れて来ると、鳩は意外に近いところに立ち竦んでいるようだった。「なんだ、こんなところにいたのか」と精一は逆に驚いてしまった。鳩自身も眼が眩んでしまったのだろうか、それとも見慣れない場所に躍り込んではみたものの、さてどうしたものかと思案にくれていたのだろうか？

　精一は慎重に鳩との距離を測り、そおっと膝がしらを滑らせ、接近した。鳩は、気づいているのかいないのか、静かに背を向けている。今や尻尾は眼と鼻の先にある。精一は、息を殺し、念じるように両手を鳩の胴体に忍ばせ、ふわりと上から被せるようにした。温かい鳩のからだが両手のなかにすっぽりとくるみ込まれそうになったのに、両足を揃えた鳩はピョンと前に跳び出すと、ぱたぱたと羽ばたきしながら掌から滑り抜けた。あっと声を上げたのも束の間、一メートルほど先をよたよたと身を揺すりながら逃げて行く。精一はまたもやごそごそと追跡するしかなかった。

　こうしたドタバタが二〜三回繰り返されたところで、精一と鳩の距離はなぜか縮まっていた。自由に行き来できる床下が意外と狭く限定されていたからだ。節ちゃんちはまだ建てて間もない新家で、旧式の田舎造りではなかった。新建材と呼ばれる合板を多用した文化住宅であったから、完全に吹き抜けの床下ではなかった。潜れる箇所と潜れない部分があり、鳩は逃げ場を選び逃走しつつも、いつしか行き止まりの空間にはまり込んでいた。爪先だった格好で壁に阻まれ、かぼそい脚を小刻みに動かしていた。そのさまを目撃した精一は、たちまち力が抜けて行くのが分かった。鳩が可哀そうなような、自分の努力が報われようやく窮地から脱したような、不思議な気分に包まれていた。

　しかし、それは一瞬のこと。精一は、厄介な事態を終息させるべく、顔の眼の前に正対している鳩を追い詰め、逃げられない壁に爪先立ちで背伸びしている鳩を両手でやさしく包み込んだ。このとき鳩は意外に暴れず、精一の両の掌でおとなしく握り締められていた。鳥類特有の、人間よりも高い体温で息づきながら。

精一は、その後、鳩を段ボール箱のなかに仕舞うと厳重にフタをし、何事もなかったように朝食を済まして学校に行った。ついさっき起こった事件の顚末は、家族にも同胞たちにもいっさい語らなかったが、何故か作文に書き綴った点に、これまでとは違った特別な思いがあったようである。

そしてこの日を境に、精一と鳩の距離はぐっと縮まった。鳩は単なる鳩ではなく、シロという名前の大切な生きものに変わっていた。

二

逃げそこなったシロは、やがて父親が作ってくれた鳩小屋に収まり、ひと月も餌を与え続けると、精一の掌からじかに餌をついばむほどに馴れて来た。そして飛べないように切られていた親羽も新たに生え変わる頃には、鳩小屋から放しても家に戻って来る自信が生まれたので、精一は五月のある放課後、友だちの祐介と一緒に鳩小屋の前に立っていた。

精一はシロを放してみる予定だった。精一が従兄から貰ったシロは伝書鳩で、放し飼いが出来ると聞いていた。伝書鳩は主に競技用に飼われていて、どんなに遠い所からでも飼い主の家に帰って来るのだそうだ。このシロが賢い鳩なら、従兄の家に舞い戻るのではないかと思わないでもなかったが、毎日の餌やりと水の取り換えの感触から、シロが精一に馴れていることは間違いないことのように思われた。

つい先日、精一は「ばあちゃん、シロを放しても戻って来るだろうか？」と訊いてみた。祖母は「もう大丈夫かもしれないねぇ」と言ってくれた。「母さん、ばあちゃんは大丈夫と言うんだけれど、本当に大丈夫かなあ」と聞いてみた。すると、母親も同じように頷いたのだ。

昨夜は、父親にまた「父さん、あした天気がよかったら、シロを放してみようと思うのだけれど、大丈夫だろうか？」と聞いたのだが、そのとき「あのシロが来てからもうふた月は経ったね。ひと月餌をやったのなら、大丈夫だろう。犬は三日餌をやると一生恩を忘れないと言うが、犬ほど忠義ものではないにしても、まあ、心配ないだろう。貰った家に帰ったら帰ったで、また貰いに行けばいいさ」と、いとも簡単に精一のためらいに決着をつけてくれた。

　そこで、祐介とふたり、鳩小屋の前に立っている精一だったが、シロはふたりに気づくと、鳩小屋の奥に羽を畳んでいた身を起こし、精一たちの前に近づいて来た。シロのつぶらな瞳にふたりの姿がどのように映っているのか知るよしもないが、心なしか、精一を見る目と祐介に見せる動作とには違いが存在するように思われた。戸口の横に張られた金網に嘴を入れ、指を伸ばした精一の爪をちょんちょんと突っつく動作などに、祐介には見せない親愛の情が吐露されているように見受けられたりする。生きものが、毎日接している者とそうでない者とに同じ態度を取らないことに一種の感動を覚える反面、それが単なる欲目に過ぎないかも知れないと、自制する気持ちもあった。

「いいなあ。この鳩、精一ちゃんにずいぶん馴れてるねえ。ぼくも欲しいなあ。子供が生まれたら、分けてくれない？」

「そうだね。でも、まだ一羽で、メスがいないから、子供は生まれないよ。メスが手に入ったら、子供が生まれるから、その時は考えてもいいよ」

　精一は、祐介にそう答えたものの、まったく当てなどなかった。それよりも、今からシロを放す儀式を実行しなければならない。

　鳩小屋は納屋の横にあった。風通しをよくするために高さ一メートルほどの台座が設けられ、その上に鳩小屋が作りつけてあった。台座は四隅に柱を建て、その上に縦・横二メートルばかりの床板を張ったものである。そして、その台座よりも一回り小さい鳩小屋は、縦・横・高さ一メートルほどの四角の箱であった。一羽の鳩を飼うのに不足はなかったが、鳩みずから自由に飛び回ることは不可能であった。初めから、馴れたら放し飼いにする予定で作られたと言ってよかった。そのため、中からは出られないが、外からは自由に出入りできるトラップという器具が入り口の横に付いていた。シロが鳩小屋に帰って来たら、トラップに身体を預ければ自動的に入っていける仕掛けである。

精一は、トウモロコシの入ったアルマイト容器を手にすると、静かに入り口の取っ手を外した。そしてその容器を右手で中に差し入れ、中身をいつもの餌箱に移した。それは板きれで作られており、精一の手製かどうか祐介には分からなかったが、ちょうどいい大きさの箱だと思った。鳩は精一の手が差し入れられると、いったん鳩小屋の隅に逃れたが、餌を貰えるのだと分かるとすぐに餌箱の方にすり寄った。精一は徐々にそれを入り口の方に近寄せ、シロが出やすいようにするらしかった。

祐介が見ていると、シロはもう少しで入り口から全貌を現しそうだった。餌箱に首を突っ込み、それが動くのも構わず、嘴と連動した頭部を前後に突き動かしながら、開かれた入り口に導かれつつあった。精一はよしよしとでも呟いているのか、何かぶつぶつ言っていた。精一の緊張が自分にも伝染して来るように思われる祐介は、掌にうっすらと汗を掻いていた。

そして、入り口から餌箱が引き出され、それと一緒にシロも外に出て来たのだが、それでもシロはまだ餌を突っついていた。精一は、餌箱を入り口から少し離れた台座の隅に置き、ゆっくりと手を離し、シロの動きを注視した。祐介もまたそうした一連の動きを、精一の背後から熱心に眺めていた。

外に現れたシロは餌に夢中で、最初はいま自分がどういう状況に置かれているのか気づかない様子であった。従兄の家から段ボール箱に入れられ精一のところに来てから約二ヶ月。その間、歩くことはあっても羽を自由に使うことはなかった。飛びたくても飛ぶ空間がなく、飛ぶ力そのものが削がれた状態だったのだ。歩かなければ足が萎えるように、飛ばなければ羽も弱るだろう。——精一がそう思ったわけではない。しかし、シロは戸外の空気に触れても、あの朝、段ボール箱から飛び出した時のようには飛び出さなかった。

精一と祐介はじっとシロの動作を見守った。今か今かと羽ばたく一瞬を見逃すまいと注視した。やがて、腹がふくれたのか、シロはひょいと顔を上げた。そして周囲の景色がいつもと違うと感じたのか、小首を傾げるように精一たちの方を見た。「何か変だぞ」という相貌に見えた。と、シロはぐっと羽を引き締め、身体全体を前のめりに押し出すように、一気に羽を打ち振るった。ぱた、ぱた、ぱたと羽音が耳元を掠め、たちどころにシロは青空に吸い込まれて行った。

それはあっという間もない出来事だった。精一はシロが帰って来るだろうかと急に不安になった。鳩小屋の前に立っているだけではシロの飛翔が分からないので、精一は隣家と自家に挟まった田んぼに飛び出した。祐介も精一の後を追った。

シロは精一の家の上空を舞っていた。一回、二回、三回と弧を描きながら翔《かけ》ていた。三度旋回すると、鳩は飼い主の家の方角を認識するという。精一は鳩が三度目の旋回に入った時、胸がどきどきと高鳴り、固唾《かたず》を飲んで注視した。従兄の家の方角に行きやしないかと気が気でなかったのだ。祐介が横に立って「飛んだ、飛んだ」と声を上げても、鳩の本意が確認できるまでは喜びを表す気になれなかった。そして上空を旋回するシロが、一方向になびく飛び方でないことに安心するとともに、一時もはやく自分ちの屋根に舞い降りてくれないかと願わずにいられなかった。

ふたりはしばらく顔を仰向けて、シロの旋回を見続けた。空は美しく晴れ渡っていた。曇りのない大空を、純白のシロが光を浴びて元気よく舞っていた。五～六回旋回した頃だろうか、シロは少しずつ高度を下げて来た。明らかに精一の家の屋根を目指して降りて来る感じだった。精一の表情が、まさに喜色満面というふうに輝いたのと、シロがふわっと母屋の瓦に着地したのとは同時であった。そしてさらにそこから、納屋の横に置かれた鳩小屋を窺うようであった。シロはそれほど間をおかず、ふたたび羽ばたいて下に降りて来た。精一と祐介が鳩小屋に舞い戻ってみると、シロは自分のねぐらの屋根に羽を休めて止まっていた。

祐介は少しずつ鳩の習性に関心が向いて行くようで、餌の種類や与え方、鳩小屋の掃除の回数などを質問した。精一にとっては、鳩を飼う仲間が増えることは都合のいいことなので、知っていることは隠さずに話した。祐介は近所に住む同級生なので、いつも会って情報交換が出来る。しかし、祐介は両親が鳩を飼うのを許してくれるかどうか心配だと言った。祐介の家族はあまり生きものを飼いたがらない。精一の家のように、猫もいないし、婆ちゃんもいない。田舎では少ない核家族のはしりと言える家族構成だったから、生きものを飼うとなると、その世話をしっかりしないかぎり駄目らしかった。

精一は、シロがトラップを理解してくれるかどうかを確認しようと考え、入り口の扉を閉じた。そして、トラップの取り付けられた、出窓のように突き出た桟の前に好物のトウモロコシを撒いてみた。シロは餌に釣られて近づいて来るのではないか。——案の上、シロは軽く羽ばたき桟に乗ると、餌をついばみ始めた。シロはもう精一を怖がることはなかったから、精一は両手でそっとトラップの方に押しやった。シロはのれんを潜るように鳩小屋に入った。上々の出来であった。精一と祐介は、シロの様子を眺めながら、今後の相談をした。シロが逃げないという確信が得られた今日の出来事は、これまで以上に鳩を飼う楽しみが増えたことを意味していた。

三

放し飼いをするようになってから、シロは夕方には帰る習慣がついた。鳥目だから夜は視界が利かないのかと思ったりもしたが、むしろ帰巣本能とでもいうのか、学校から帰って見えない時でも、夕方遊び疲れて帰宅し、ふたたび鳩小屋の前に立つと、間違いなく鳩小屋の隅に羽を休めていた。精一はそういう時、水を換えたり、餌箱に餌を足したりしたが、以前のようには頻繁に与えなくてもよくなっていた。鳩は自分で餌を探すようになっていたからだ。自給自足とまではいかなくても、周囲には田んぼや畑が広がっており、いろいろ餌になりそうなものが転がっていた。

だいぶ後のことになるが、精一は水田の稲穂をついばむ雀の様子を眺めたことがある。雀たちがたわわに実った米をどうやって食べるのか気になったからだが、彼らはチマチマとひと粒ずつではなく、豪快に、重みで垂れた稲穂の上部を嘴でくわえ、みずからの重さでこそぎ落とす技を本能的に身に付けていた。そして腹が満ちるまで、何度も稲穂にぶら下がり、こそぎ落としたモミを拾って食べ続けた。一羽の雀なら大した量ではないが、十羽、二十羽……数百羽の数になればたまったものではないと思ったものだ。雀にさえこんな芸当が出来るのだから、鳩にはもっとすごい知恵が備わっていても不思議ではないと考えられた。

鳩は、餌が貰いたい時には、鳩小屋の周りを鳴きながら動き回った。精一が近くにいれば、足許のまわりを行ったり来たりしながら、餌をねだる仕草をする。精一はそうされると嬉しくなり、納屋に蔵ってある餌袋からトウモロコシの屑や雑穀などの混合飼料を手づかみで取り出し、パラパラと地面に撒く。鳩はひとしきり撒かれた餌をついばむ行為に熱中し、精一はその様子を眺めてから、学校や友だちの家に出かけた。

六月の日曜日の午後、精一は友だちの家から帰る途中、たまたま薄曇りの空を見上げた。眩しい光は射していないが、それでも光の圧迫を受け、眼を開けているのが辛いような羞明を感じた。そして眼には見えない光の重さがあふれている空間を、ちょうど二羽の鳩が翔け巡っている光景を目撃した。それは方角からすると、精一の家の上空に当たっていた。いつもは一羽のはずなのに、どうしたことだろうと不思議に思ったが、もしかしたら雌を連れて来たのだろうかと思わず胸が高鳴った。飼い鳩が野生の鳩を家に連れ帰ることは間々あるという話を聞いたことがあったからだ。この集落で野生の群れを見ることはなかったが、迷い鳩がいることは十分あり得た。そういう鳩はドバトといって伝書鳩とは区別していた。軀の大きさはあまり変わらないが、小鼻のわきの平べったい瘤が伝書鳩のように盛り上がっていない。ドバトの風貌を貧相に見せる卑小な瘤が特徴であった。

上空を舞っている二羽の鳩が精一の鳩か野生の鳩かはまだ決められなかった。彼らが精一の家の屋根に下りて来ないかぎり、確定できない。精一は小手をかざし、じっと青空を飛び続ける鳩を見やった。二羽の鳩は何が楽しいのか、青空に吸い込まれて行くように、少しずつ高度を高めて行くのであった。鳩があんなにも高い空を羽ばたく様子は見たことがなかった。せいぜい二〜三十メートルの高さを飛翔するのが鳩ではないのか。しかし、二羽の鳩は、四〜五十メートルの空の高みを悠々と舞っていた。ごまを撒いたようにと形容するのが相応しいくらい、精一の視覚は小指ぐらいの鳩の像しか認識できなくなっていた。精一はもっとよく見るために一心に自宅を目指して駆け出した。そして自家の敷地内に駆け込んだが、二羽の鳩が高度を下げる気配はまったくなかった。

精一はひとまず自宅に引っ込んだ。一羽がシロなら必ず戻って来るはずだ。その時すべては明らかになる。ばあちゃんや母さんに相談してもよいし、暇つぶしの遊びならいくらでもある。精一はワクワクする気分でその時を待った。

精一の胸は期待に膨らみ、その後何度も鳩小屋に確認に行ったが、一度も帰った形跡がなかった。

じりじりする時間が過ぎて行ったが、とうとう鳩は帰って来なかった。夜、夕飯を食べながら、精一は鳩が帰って来ない理由を何度も尋ねたが、家族から、はかばかしい返事は得られなかった。父や母やばあちゃんも、精一のように毎日餌をやったり、水を入れ換えたり、糞の掃除をしたりしながら観察しているわけでないから、鳩の習性を知り尽くしているのはむしろ精一ではないか。

「まあ、明日の朝まで待ってみるさ。お前が寝ているうちに戻っているかもしれないぞ。嫁さんを連れてね」と父親が慰めると、「きっとそうなるから。心配しなくてもいいよ」と母親が励ますように口を添えた。

精一は寝る前にもう一度と思い、下駄を突っかけ、鳩小屋の様子を見に行った。星のない庭先は真っ暗で、庭木の黒い影が昼間の様子とは異なる相貌で迫って来た。納屋まではわずかな距離だが、小走りに駆け、その脇にある鳩小屋に近づき、金網の張られた三方を慎重に見回した。暗くても、眼が慣れて来ると、物体としての鳩の塊を見逃すはずはない。気を鎮め、精一はじっと覗き込んだ。やっぱり鳩小屋の中は空っぽだった。

落胆し、そのまま寝間に入った。しかし現金なもので、釣られた蚊帳に潜り込み、ごろごろと寝返りを打つ数分後には、安らかな寝息が隣の茶の間に聞こえ始めた。

「よほど気になんるだな」

「初めて自分で飼い始めた鳩だから、一生懸命なのよ」

「そうだな。戻って来るといいが」

「生きものはね、大事にされる家のことは忘れないものだよ。きっと帰って来るとあたしは思うがね」

「そうあってくれるといいのですが、ね」

　翌朝、精一の眼はパチンと開いた。そして一目散に鳩小屋に駆け込んだ。この時間帯にいつもは見かけない父親が、歯ブラシをくわえて立っていた。精一は鳩の存在を確信した。

　まさに二羽の鳩が鳩小屋の中に休んでいた。一羽は純白な伝書鳩のシロ。もう一羽は、全体が真っ黒なドバト。俗にカラス鳩と呼ばれている種類で、こんなにも軀や羽が黒いのは珍しかった。精一が眼を輝かせ、嬉しそうに口許を緩めると、横に並んだ父親が大きな掌を頭の上に載せた。言葉は発せられなかったが、精一はその思いを汲み取ることが出来た。

　記念すべき朝であった。と同時に、新たな未知の領域が顕現する始まりでもあった。たとえ連れ合いが伝書鳩ではないドバトだったとしても。

四

　三年の月日が流れた。

　精一の家にも大きな変化があった。ひとつは七十歳を越えていた祖母が亡くなったこと。そしてその後、父親が仕事の都合で出稼ぎに行くことになり、母親も昼間は仕事を始めたこと。五年生になった精一は、放課後、誰もいない家に帰るより、母親の帰宅時間に合わせ、夕方までは級友と校庭で遊んだり、友だちの家に立ち寄っては暇つぶしをしたりして帰ることが多くなった。

　ある日、十月に入って間もない秋の午後であったが、学校が退けて、いったんランドセルを置きに帰った精一は、鳩小屋の周辺がいつもとは異なる空気に包まれているのを感じた。玄関の鍵を開け、ランドセルを上がり框《がまち》に下ろすと、胸騒ぎを覚え、鳩小屋の確認に行った。すると、五～六人の少年たちが熱心に鳩小屋の中を覗きながら言葉を交わしていた。精一はドキリとしたが、何くわぬ顔をして少年たちの側に歩み寄った。誰だろうと目視しながらその風姿を正確に把握しようと努めたが、少なくとも見知った顔ではなかった。この集落の少年たちではないし、同じ小学校にもこんな雰囲気の同類はいない。精一は一気に緊張した。

なめられてはいけないと気を張りながら、こちらからは何も言葉を発することが出来ずに、少年たちの前に立った。相手は精一のことを無視したまま、先刻からの話を続けていた。精一には、よそ者が自宅の屋敷内に入り、堂々と鳩論議を交わしていることが理不尽で腹立たしかったが、多勢に無勢の圧迫を受けて何も言えなかった。

その中でもっとも年嵩な少年が、「この鳩はお前が飼っているのか」と訊いた。白の伝書鳩に眼を付け、それから眼を離さず、ぶっきらぼうに尋ねたのである。小学生というより、中学生の貫禄があった。精一はその態度が明らかに横柄だと思ったが、じかに胸元に踏み込まれた感じで、素直に頷くことしか出来なかった。そして今まさに少年たちから注目されているシロは、クロに求愛しているのか、首の周りの羽毛を膨らませ「グルッグ、グルッグ」と鳴きながら、弧を描くように回転しつつ迫っていた。秋の日差しを受けた毛並みがきらきらと輝くその有様は、確かに人目を惹かずにはおかない美しさであった。シロはわが家で飼われるようになって三年が経ち、外見的にはもっとも充実した時期を過ごしつつあった。胸の白い羽毛は、光の反射によっては蒼く見えるくらいに、艶のある白色に輝いていた。少年たちも羽の色艶に心を奪われているようであった。

「もう何歳になるのか？」と先の少年が質問した。

「家で飼うようになって三年になる」と素直に答えた。

「じゃあ、四歳ぐらいかな」と仲間に同意を求めるように呟いた。

事は相手のペースで進んだ。鳩好きが高じ、かっこよく空を飛んでいたり、畑などで餌を啄んでいたりする、珍しい鳩が眼につけば、こうして飼い主の家を探して見て回るらしかった。少年たちは、特に精一を気にするふうでもなく、三十分ほど小屋の周りで仲間うちの立ち話をした後、ちょっと目線を動かす挨拶をして立ち去った。

精一は、彼らが消えると、どっと疲れが押し寄せて来た。そして冷静に振り返り、この少年たちがふだん交流のない隣村の連中であることに思い当たった。精一は「いつ、うちのシロのことが分かったのだろう。何か魂胆があれば気をつけないといけないぞ」と身構えるように考えたが、身構えるそばから、ひとりではどうすることも出来ないことが分かった。休日以外の昼間は誰もいないことが多いので、盗ろうと思えばいつでも取れるのだ。空を飛んでいるシロなら滅多に捕まえられることはないとしても、今日のように鳩小屋に入っていれば自由に盗んで行ける。要は、四六時ちゅう監視していることは不可能だし、たとえ気をつけたとしても、相手の行動次第でどうにでもなる。さらによくよく省みると、少年たちの顔の表情や物腰はよくなかったが、典型的なワルでもないと判断された。

空気銃で雀や鳩を打って遊ぶことが流行していた時代である。カスミ網で大量に鳥を捕獲することも行われていた。子供たちは集団で行動し、中学二〜三年生が、小学校低学年から高学年までを統率し、さまざまな遊びを通して集落ごとの結束を固めていた。精一のように鳩を飼う趣味は、そういう共同体の慣習においては個人的な嗜好に属したが、家に空気銃を持っている中学生が興味本位に雀や鳩を撃ち落とすことも十分にあり得た。

むろん、同じ集落内の飼い鳩を狙うことはなかったから、そういう不文律を侵す者がいるとしたら、それは他集落の悪ガキだったろうが。

精一は、結局これ以上の取り越し苦労は無駄で益にならないと結論づけた。そしてその一方では、自分のシロが鳩好きには堪らないほどの逸物として眼を付けられたことの方がこの上もない喜びとして膨れ上がった。

シロがクロと番《つがい》になってから、鳩小屋はこれまでとは違った活気を呈するようになっていた。餌を与えたりネグラを整えたりする手間は一羽の時よりもかかった。精一は、その時間を短縮するために、天気のいい日はシロを鳩小屋から出して地面に餌を撒いたが、クロも馴れると、精一にじかに餌をねだるようになった。シロが精一の掌の餌をついばむ動作をまねて、自分も羽を広げて精一の肩や頭の近くを跳びはねたりすることが多くなったのである。そうなると、精一の方でもシロだけでなくクロにも愛情を注ぐのが当たり前となり、次第に色分けで名前を呼ぶようになっていた。

シロは初めから家鳩として躾けられた伝書鳩であった

ので、こせこせせず、鷹揚で、もの怖じしない性質であった。それに対しクロは、野生の性《さが》からか、細心の注意を払い、馴れるまではとても警戒心が強かった。鳩小屋から外に出、母屋の屋根に止まっているシロが、精一の呼びかけや手招きに応じて舞い下りても、クロは軒端の屋根から下を窺いながらも、即座には地面に下りない期間がかなり続いた。しかし、毎日シロと行動を共にするに従い、精一の安全性が担保されたのか、それまでとは逆に急速に親愛の情を示し始めた。掌に餌を載せ頭上に掲げた精一の頭にクロが止まってはバランスを取りながら餌をついばむ芸当をするようになったのである。

鳩小屋に巣づくりを始めたのもその頃だった。戸外に飛んで行っては、枯れ枝の類いを嘴にくわえて戻って来る日が続いた。数日後には、円形の巣がうずたかく盛り上がっていた。そしてそこにクロが坐っているのが認められた。卵を温めていると推測されたが、クロが巣を離れた時に覗き込んだ円形の中心部には二個の卵が産み落とされていた。人差し指と親指で楕円形を作ったくらいの大きさであった。鶏の卵よりも一回り小さく、クリーム色に近い白。二週間もすれば孵るだろう。

図鑑で調べた知識を頼りに、精一はその日から日数を数えながら待ちに待った。そして十日以上経ったある日、巣のなかには、鼠の子よりは大きい、皮膚がいかにも柔かそうで透き徹った雛が生まれていた。殻の半分が割れて巣の外に押し出されており、もう一個の卵はまだ巣の中で原型を保っていた。明日になればこの卵からも雛が出現するだろう。精一にとって、雛の成長を疑う余地はなかった。

翌日、巣の中には二羽の雛が出揃い、シロとクロが交互に餌を与えていた。いったん胃袋に収めた食物をドロドロに融かし、ふたたびそれを絞り出しては、雛の嘴をくわえて分け与えていた。その全身的な運動は、見ている精一の方が思わず力まされるとともに、しょっぱい涙がツバに混じって口から零れ出そうな、まさに息詰まる苦行に思われた。それが毎朝餌やりの時に繰り返される。しかし、そうした苦行に見える行為が雛たちにとっては最大の恩典で、無毛ですべすべしていた皮膚に、もやしの芽のような産毛が生え始め、それは日一日と伸びて行った。

そしてそれと一緒に、身体も少しずつ大きくなり、卵から孵って一週間もすると、ヒヨ子よりも逞しい羽や脚が形成され始めていた。

しかし、そういう時期が雛にとってはもっとも危険な落とし穴になるのかも知れなかった。徐々に大きくなるにつれ、脚や腰や羽の重さの比率がまだ十分に安定しない雛たちはお互いにぶつかり合い、バランスを崩す動作が頻繁に起こるようになった。特に餌を貰う朝方は、親も子も必死に動き回り、それほど広くない鳩小屋のなかは戦場のように踏みしだかれるのだった。親の脚が雛の軀を踏んづけたり、突き飛ばしたり、悪意がなくてもそうならざるを得ない時間帯があった。精一はそうした光景を眺めては何とかしたいと思いながらも、その間ずっと見守っているわけにも行かず、洗面や歯磨きやトイレを済ませ、母親が卓袱台に並べた朝ごはんを掻き込むや否や、一目散に集団登校の集合場所に駆け出していた。

雛が孵ってから二週間ほど経った頃、学校から帰った精一はいつものように鳩小屋を覗いた。午後の時間はシロもクロも戸外にいることが多く、巣の中には雛たちがゆったりと寛いでいた。今朝確認した時点では、二羽とも問題がないように見えた。後で産まれた方の成長がいくぶん遅く、親鳥に突き飛ばされる回数が多い気がするが、まあ、そんなに心配する必要もないだろう。そう思っていた精一が慎重に見詰めると、巣の中に収まっている一羽の雛はずいぶん太っているが、もう一方はそれほどでもない。「おや、そんなことはないはずだが」と何度も角度を変えて見比べるのだが、やはり両者の成長の度合いには差があった。気をつけないとまずいのではないかと不安になったが、さてどうするかと思案しても、具体的な対策など思い付かなかった。一方を親鳥から離し、別々に育てたら。そんなことは不可能だ。ただ、二羽の雛が眼をつむって呼吸する、胸から腹にかけて膨らんだり縮んだりする動作が平穏無事の徴候と感じられる唯一の気休めだった。

にもかかわらず、事態は急変した。翌朝、餌を与えるために鳩小屋を覗いた精一の眼に飛び込んで来たのは、親子で一羽の雛を虐める光景であった。何故か、一羽だけが巣から排除されるとともに、親鳥の嘴でツツかれているのだ。どうにか巣のなかに戻り、傷めた軀を落ち着かせようとしても、今度はもう一羽の雛に嘴の攻撃を受けている。二親から餌を貰った形跡もない。何故？ どうして？ 精一にはワケが分からなかった。早く産まれた命が優先される理不尽がこの限定された鳩小屋の空間で展開されているのだろうか？

　精一はどうにかして手を差し伸べたかったが、具体的にはなす術がなかった。じっと、衰弱して行く様子を傍観することしか出来ず、「仕方がない」という諦めの気持ちで納得するしかなかった。

　翌朝、鳩小屋を覗くと、昨日まで生きていた幼鳥の息は絶え、糞や小枝や藁くずや羽毛などのゴミと一緒に、鳩小屋の隅に転がっていた。黙って死骸を取り出す精一の手先には、温もりを拒絶する、水よりも冷たい物体の凍みが否応なく伝わって来た。精一はむくろにじかに触れた指先に何とも言えない不快感を覚えたが、だからといって、その触感がシロやクロを憎悪する感情に膨らんで行くことはなかった。

　残された雛は肥え太り、ひと月もすると戸外に出、やがて大空に羽ばたいた。シロもクロも、我が子と行動を共にし、かつてもう一羽の雛がいたことなど忘れたように遊んでいた。精一はすくすくと成長して行く子鳩を、その羽や体軀の色合いからマダラと呼ぶことにした。

五

　精一と母親だけの生活が始まってしばらくの間は、家の中にはぽっかりと穴が開いたような淋しさが漂っていた。精一は「やっぱり父さんやお祖母ちゃんがいないと淋しいね」と洩らす母親に同感する一方で、それほど痛切に淋しがっていない自分に意外であった。実際、母親のほかにシロもいれば三毛猫のタマもいて、精一にはこうした小動物の存在が心強い支えとなっていた。夜はタマを母親との間に抱いて眠り、朝起きればシロの餌やり。昼間は学校で過ごしていれば、それほど孤独を感じない。ただ、日脚が短くなる季節、家に帰っていつもより帰りの遅い母親を待ち、次第に暗くなる茶の間でひとり電灯をつける時などはさすがに心細かったが、それでも独りきりの夜が永遠に続くことはなかったし、たとえ食卓を囲む時間にそれほど多くの言葉が交わされなくても、精一の精神はすこぶる安定していると言ってよかった。

精一がシロを飼い始めた頃、近所の小父さんが「鳩は放し飼いにするのか」と尋ねたそうである。当時、祖母も父親もいたから、精一以外の三人は最初その小父さんの真意を測り兼ねたらしい。要するに、農作物に被害が出ないようにしてくれという注文だろうと親たちは判断したが、大きな農家の主人が小家の住人に注文を付けることは珍しいことではなかった。この集落では、それはごく普通のことと思われていた。農業が田舎の生活を支える重要な産業であって、周囲には発言力を持った豊かな農家が多かった。

マダラが一人前になり、鳩小屋から自由に飛び立つ頃には、精一が飼っている三羽の親子の行動は少なからず目立った。シロとクロの掛け合わせから、子鳩は両翼に黒い差し毛が混じり、首の周りにも白と黒の斑点が散っていた。色合いから言えば、地味というより派手で、三羽が揃って飛んでいる様子は人眼に付くほどであった。また、クロはシロよりも親分肌のところがあり、徐々に野生のドバト達を率いて行動するようになっていた。時には十羽前後の群れが母屋の屋根に止まっていることもあった。

すでに六年生になっていた精一は、材木を割いた木切れを使い、父親が作った鳩小屋の修理や新たな鳩小屋の建て増しなど、ちょっとした細工なら自分ひとりで出来るようになっていた。親子三羽がひとつの箱に収まるのは手狭であったから、精一は父親が作ってくれた鳩小屋の上にもう一段建て増して、二段重ねの住まいにした。シロとクロはこれまでどおり一階に、マダラは二階を新たなネグラにするようになっていた。そして餌は、これまでどおり学校に出かける前に与えていた。

それと前後して、従兄が鳩を飼うのを止めるというので、欲しかったら取りに来ないかと持ちかけて来た。増加しつつある羽数がこれ以上増えたら困るような気もしたが、かつて従兄が自慢していたボスを見て、並大抵の貫禄ではなかった印象が鮮明に残っていた。ボスが貰えるなら行く甲斐があると思い、精一はさっそく土曜日の午後から、自転車を駆って泊まりがけで出かけて行った。

従兄の飼い方は、取り立てて精一のそれと変わるところはなかった。本体の鳩小屋が一階の縁側の戸袋近くに据え付けてあるため、ボスたちは鳩小屋と戸袋の周りをネグラにしていた。大半の鳩は、近所の子供たちに貰われて行ったり、小鳥屋に売られたりしたということで、精一が貰う手はずのボス以外はほとんど残っていなかった。そしてその夜、夕食を済ましたあと一緒に風呂に入り、さっぱりとしてから従兄に促され鳩小屋を覗いてみたが、懐中電灯で照らされた鳩小屋の中には、シロやクロよりも一回り大きい灰色の伝書鳩が悠然と休らっていた。

従兄によれば、明日の早朝にボスを段ボール箱に入れ換えるとのこと。精一より一歳年上の従兄には、五つ離れた兄がいたが、もう社会人で家にはいなかった。元もと鳩はこの兄から譲り受け、永年面倒を見て来たのであった。今では鳩の習性に精通し、精一自身この中学一年生の従兄から色んなことを教わっていた。

翌朝目覚めると、すでにボスは段ボール箱に収まっていた。縄をかけて玄関の隅に置かれ、後は自転車の荷台に載せるだけの準備が整えてあった。早起きをした従兄がこれだけの作業をしたのかと吃驚したが、どうやら伯父さんや伯母さんが手伝ってくれたらしい。

それにしても、鳩は非常に利口な生きものであった。精一はボスを貰い受け、馴れるまではトラップの付いた仮小屋で一時的に飼うことにした。そんなある日、ボスの様子を観察するために鳩小屋に行った精一は、立派な風采のボスをほれぼれと眺めていた。

ボスは精一から見詰められているのを意識しているのか知らないが、トラップの隙間から戸外を窺うようにしていた。嘴をトラップの格子に付けたり、その隙間に突っ込んだり、何の目的かよく分からない動作を繰り返していた。トラップは鳩小屋の内側には靡くが、外側には押し出せない仕組みになっている。ボスが逃げることは不可能なはずであった。

ボスはトラップの先端を何度も嘴でくわえ、何かに引っかけようとしていた。精一に言わせれば、そうした取っ掛かりが鳩小屋の内側にあるようには見えなかった。鳩小屋はあり合わせの材木で作られており、小さな節穴があちこちに空いていた。ボスはそれをうまく利用し、ほんの一瞬でもトラップの開いた状態が生まれれば、そこに軀を滑り込ませ、戸外に逃げられると踏んでいるのかも知れなかった。

「本当に逃げるつもりかしら？　決して逃げられるわけがない」

　強い視線で精一はボスの動作を注視した。すると、何度目かにトラップの先端が板戸のでっぱりに引っかかり、ほんの一瞬、開いたままの状態が現出した。ボスは静止したような真空状態を見逃さず、するりと軀を潜らせ、またたく間に飛び去ったのだ。「決して逃げられるわけがない」と力んだ時から、ぱたぱたと羽が打ち鳴らされるまでに、一体どれくらいの時間が流れていたろうか。目《もく》睫《しょう》の間という言葉があるが、それはまさに煙に巻かれる瞬時の空白だったように思われる。

　精一は、ボスが従兄の家に還ったことは疑いないが、おそらく鳩小屋は撤去されていたろうし、自分の仲間もいなくなっていたはずだから、鳩本来の野生に戻り、賢い伝書鳩として生きるだろうと想像したのだった。

六

ボスを手に入れ、ボスを取り逃がすという間奏曲めいた出来事があってから、突然、家主が借家を処分することになり、精一と母親は否応なく転居させられる破目に陥った。現在の住まいからかなり離れた集落に慌ただしく引っ越しを終えたのは、まだ暑さの残った九月末だった。

　今度の家移りは、精一にとっては、寝耳に水の出来事だった。自分のこともだが、鳩をどうすればいいのかという難題が重く心に伸し掛かり、しばらくは憂鬱な日が続いた。鳩を上手に連れて行く算段がつかず、困惑せざるを得なかった。野生の仲間を加えると、鳩はすでに十羽近くに増えており、新しい借家に連れて行くにしても全部は無理であった。鳩が自由に飛び回っている現状よりもましな環境がそんなに容易く手に入るとは思えなかった。これまでのように、田んぼや畑に自由に舞い下り、舞い上がる理想的な新天地が得られるまでには、それなりの時間を要するだろう。鳩を飼い始めたとき精一は二年生で、まだほんの子供だった。しかし、いま十一歳になり、母親とのふたり暮らし。父親は出稼ぎで一年の大半は不在。そして母親も昼間は働いている。そういう家庭の子供が十羽近くの鳩を従えて越して来れば、周囲の住人はどう思うだろうか。集落ごとに人気《じんき》が違うのは普通だから、彼らが自分たちを認めてくれるまではおとなしく行動した方がよいのではないか。——迷いに迷ったあげく、精一はシロ以外の仲間はすべて見捨て、シロ一羽だけをこっそりと段ボール箱に忍ばせ引っ越すという大胆な挙に出たのだった。

精一の突発的な行動は、単純に、引っ越しの慌ただしさに由来する軽率な判断だったように思われる。慣れない土地に十羽以上の鳩を根づかせるよりは、住み慣れた場所に自由に暮らさせた方が幸せに違いないと解釈した結果であった。しかしそうした思い込みは、一羽だけ仲間から引き離されるシロのことを棚上げにしただけでなく、精一自身の良心にも蓋をすることになった。大事に飼っていた鳩たちを遺棄することは、これまで精一が注いだ情熱をみずから否定することであった。精一は母親とともに、後ろ髪を引かれるというよりは、いろいろな雑事や精神的なストレスからただ逃げ出したい心境に追い込まれていたのかも知れなかった。

引っ越しの後片づけや、諸々の雑事に一段落ついたのは、十月の中旬だった。精一は必死に鳩小屋を作ろうと焦っていた。近所の金物屋で金網を買い、材木を集め、学校から帰ると一心に金槌を叩いて、鳩小屋作りに専念した。シロ一羽だけを同道し、残りはすべて見捨てたということにかなりの悔いを感じていたので、それは格闘というに相応しい頑張りようであった。母親は何も言わなかったが、精一の現金さに呆れる表情を見せたことは隠し切れなかった。かといって、自分では具体的には何も援助できないのだから、あからさまな非難はしなかったが。

今度の鳩小屋は、精一が立って入れるだけの高さと奥行きがあった。放し飼いが不可能なら、せめて罪滅ぼしの気持ちから、シロが鳩小屋の中を羽ばたける空間を確保したかった。しかし、急ピッチで完成された鳩小屋は、その二〜三日後に吹いた大風で、あっけなく薙ぎ倒された。小さな棒杭を四隅に埋め、北向きの壁だけを板切れでふさぐ構造だったことも、全体の強度を弱めた理由であったろう。さらには、他の三方は金網で囲い、屋根はトタンでなく板切れで葺いた、ちゃちな作りであったことも。強風を伴った低気圧に対し、骨組みじたいがしっかりしていないので一溜りもなかった。そうして、倒れた残骸のなかにシロの姿はなかった。

　ここ数日、段ボール箱での生活だったこともあり、完成した鳩小屋に放たれたシロの様子には落ち着きがなかった。ぱたぱたと羽を搏《う》つ広さはあるものの、おどおどとしており、地面の隅に縮こまっている様子は哀れだった。精一が中に入って行っても、積極的に近寄って来ない。以前なら、肩や頭に乗ろうとするはずなのに、そばに寄ると、むしろ精一を避けるように隅に逃げて行く。仲間が見当たらないことにかなりの違和感を覚えているらしかった。シロにとっては、鳩小屋の倒壊は不幸中の幸いだったかも知れない。

　このとき精一は、シロが現在の借家に戻って来るのを願いつつも、一方では、以前の住み処に逃げ帰った方がいいとも考えていた。多くの鳩を見捨てて来た薄情さや後ろめたさを感じずにはいられなかったからである。しかし、シロがどうなったのか、まったく分からなかった。さすがに、かつて住んだ家の近くまで、のこのこと確かめに行く厚かましさはなかったから、シロに関する消息は杳《よう》として知れなかった。そしてそれと軌を一にするように、精一の懐に抱かれて引っ越して来たタマが、忽然と姿を消した。

　タマは祖母が言っていたように、非常に賢いと同時に、人なつこい猫であった。昼間は誰もいないので、精一が帰宅すると大喜びし、足手まといになるくらい精一の歩行に合わせて従いて来たものだ。餌をねだったり、抱っこされたがったり、スキンシップに満足するまでは離れようとしなかった。朝出かける際には精一を見送ってくれたのに、帰宅した時にはいなくなっていた。普段は何処からともなく擦り寄って来るタマが、その日の夕方には繰り返し呼んでもついに姿を現さなかった。何か嫌な予感がする失踪であった。

　精一の脳裏には、かつて空気銃を肩に当て、空き瓶に狙いをつけて撃っていた中学生の姿が思い浮かんでは消えた。ピシッ、ピシッと空気を割いて小さな鉛玉が発射され、畑の隅に立てられた空き瓶の割れる音を耳にした時の感触がまざまざと蘇った。シロが空気銃で撃たれることはないだろうが、そうしたイメージが浮かんだことじたい不吉であった。

ところが、それから数日経ち、学校から帰宅した精一は、屋根に一羽の鳩が止まっているのを目撃した。——シロではないか。屋根との距離を縮めながら注視すると、確かにシロであった。先の懸念は杞憂に終わった。今まで何処にいたのか不明だが、新しい借家に舞い戻ってくれたのだ。精一は喜び勇んで餌を手に取り、庭にばら撒いた。シロはそれに気づくと素早く屋根から舞い降り、餌をついばみ始めた。少し痩せたような気はするが、その活力に変わった様子は見られなかった。鳩小屋をすぐに準備することは出来ないので、精一はしばらく屋外で飼おうと思った。

その夜、精一と母親の会話は久し振りに弾んだ。タマがいなくなってから、家内の雰囲気は湿りがちであった。しかし、シロが舞い戻ったことで、その暗さは吹き払われたように明るくなった。

やがて新たな鳩小屋が完成し、屋根の庇で夜を明かすようになっていたシロも順当にそこに収まった。前の鳩小屋よりは小さいが、シロ一羽が寝泊まりするには十分の広さがあった。そして、不思議なことは、突然いなくなったタマが還って来たことだった。ひどく瘠せてはいたが、台所の入り口から、にゃあと鳴きながら這い上がって来たのである。ちょうど日曜の午後で、精一と母親は昼食を済ませ、台所と一続きの茶の間で寛いでいた。後片づけをするために流しに立った母親が何を思ったか入り口の扉を押し開けると、そこにタマが蹲《うずくま》っていた。「あら、タマ」と母親が声を上げたのと、よたつきながらも家のなかに入ろうとするタマの動作は同時であった。茶の間に入ったタマを精一はすぐに抱き上げ、余り物をかき集めて食べさせた。タマはうなり声を上げながら茶碗に口を擦りつけていたが、落ち着くと、安心したように精一の膝の上で丸くなった。こうして、シロとタマの踵《きびす》を接する帰還によって、ゴタついていた精一と母親の生活は平常に復した。

それからひと月が経った頃、精一はシロを鳩小屋から出し、かつてのように、昼間は放し飼いをすることに決めた。一羽だけの放し飼いであるから、そう目立たないし、近所づき合いもそれほど煩わしそうではなかった。シロは、天気のいい日は大空を羽ばたき、屋根で羽を休め、自由な生活を満喫していた。そしてある日ふと屋根を見上げた精一の眼に飛び込んで来たのは、シロのかたわらに、クロとマダラの親子が並んで憩っている光景であった。

空は縦横につながっている。とすれば、シロがクロとマダラを迎えに行ったのだろうか？　先にシロが一時的にいなくなったのは、親子同士でお互いに連絡を取り合っていたためなのだろうか？

精一は、屋根を見上げながら、この三羽の親子だけは絶対に手放してはならないと固く心に誓った。クロが引き連れていたドバトたちは野生に還ったに違いない。しかし、シロは野生ではない。自分が小さい時から、家族のように一緒に暮らした仲間なのだ。――改めて念を押すようにそう思い、もう一度強い視線を屋根に向けた時、シロとクロとマダラは、大空に向かって雄々しく飛び立った。

三羽の親子は、凛と張り詰めた初冬の青空に吸い込まれるように、高く、高く、舞い上がったのである。

案山子

片山精一は何処にでもいそうな、平凡で、はにかみ屋の中学一年生であった。自分なりの考えを持ってはいるが、だからと言って、極端に自己主張をするわけでもなかった。

そんな精一が入部したクラブが剣道部であった。剣道部を選んだ理由は、入学して間もない放課後、何気なく体育館に行くと、練習風景が鮮やかに目に入り、初めて見る防具や袴や竹刀がとても珍しく、精一の心を鷲づかみにしてしまったからである。衝動的に入部するのは控えたが、同じクラスに竹刀を教室に持ち込んでいる生徒がいて、それとなく探りを入れると、やはり精一の好みに合いそうなクラブであった。そこで、その級友に口添えしてもらい入部したが、最初のうちはそうではなかったものの、徐々に内幕が知られるにつれ、見た目ほど快適なクラブでないことが明らかになって来た。

颯爽と竹刀を振り回し、威勢よく聞こえる気合とは裏腹の、先輩と後輩の関係がやかましく、個人の意思や自由までもが極端に制約されている事実が判明したのである。とりわけ、練習時間が長いことは苦痛だった。平日は放課後の四時〜六時半まで、土曜日は一時〜五時まで、ごく普通に行われる。とっくに他のクラブは帰る時間なのに、いつまでも先輩が下級生を解放しないのである。また日曜日にも必ず練習があるために、はなはだ制約される。精一は取り立てて個人的な人間ではなかったが、クラブに振り回される機会が多くなるにつれ、自由というものが侵害されているような錯覚に捉えられ、集団行動に嫌気が差して来るのであった。他の同輩たちが休日を楽しそうに過ごしている時でも、剣道部は練習に行かなければならない。一週間の始まりも終わりも、日曜日がクラブの練習に当てられるというだけで、気分は灰色に染められてしまうのであった。結局クラブのためにすべての楽しみが潰され、放課後や日曜日もまったく解放感が得られなかった。

では、何故そんなクラブをやめなかったのか。

まずは、中学生としてのメンツ。入部早々脱落するのは、周囲の者に対して恥ずかしい。もう一つは、いったん入部すれば正当な理由がないかぎり退部は許されない決まりになっていた。軀が練習について行けないほど弱かったり、長期入院を余儀なくされたりする以外は、正当な理由とは認められなかった。練習が嫌いとか、面白くないというのは、もっとも説得力のある理由になりそうなのに、それはやめる側の論理であって、退部を認める側のそれではなかった。

不幸なことに、精一の肉体は平凡以上に頑健で、入院しなければならない健康状態に陥ったことは一度もなかったから、思えばこの時期ほど、大病を願ったことはない。風邪さえ滅多に引いたことがない健康体を呪ったこともない。しかも、精神的なストレスで病気になるほど肉体がヤワくはなかったから、部活動がひとまず終わって一息つけば、空腹で立っていられないほど食欲が増進する毎日であった。

だが、それも、入部してふた月くらいまでは、まだましな方であったと言える。稽古着を身につけ竹刀を握り、すり足や素振りの練習をするだけで済んだからだ。素振りを二百回も繰り返せば腕が痺れてヘトヘトになる。が、その後には小休止があり、小休止の間は正座し、先輩の練習風景を眺めていればよかった。しかし、十人ほどの同輩と温順しく坐り、いつの間にか過ぎて行く、呑気で気楽な猶予期間も、素振りのコツを覚え、先輩の癖や性格が呑み込めるようになる頃から、徐々に怪しくなり始めた。

主将は高木と言った。剣道部では、腕の立つ者が主将になる慣らわしで、三年生の高木も一番強いということだった。部員が二十数人の所帯で、高木や井上副将を中心に、先輩・後輩の序列関係が出来上がっていた。

放課後、高木が颯爽と体育館に姿を見せると、それまでぶらぶらしていた部員の行動が急に引き締まる。一年生が上級生に挨拶するのは当然としても、この時ばかりは二年生も一年生と同じように大声で挨拶しなければならない。柔道部はオッスであったが、剣道部は「こんにちは！」が通例だった。やがて高木が稽古着に着替え、胴と垂れを着けた格好で定位置につく。他の部員も所定の場所に正座し、副将の「上座、礼！」の声を待つわけだ。その前後、もの音ひとつでも立てようものなら、たちまち一喝が飛ぶ。始まりと終わりは水を打ったように静粛にするのが、クラブ発足以来の規範で、これはどんな時でも破られることはなかった。

その後、二年生以上はかかり稽古の準備に入った。籠手や面をつけ、竹刀を持って正列する。三年生が上手に、二年生が下手に構え、最初に切り返しから始める。この切り返しは重要で、少なくとも三人は相手を替えなければならなかった。ペアを組んだ双方は、打ち込む方も受ける方も姿勢を正して真剣に向き合う。正眼に構えた竹刀を上段に振りかざし、思い切り、踏み込み面を打つ。それから左右に「メン、メン、メン、メン」と六～七回切り返す。受け手は前半の三～四本は後ろに引き、残りは本の位置に押し返す。ふたたび間合いを取って踏み込み面を打ち、同じ動作を繰り返す。最後に呼吸を正して、面を打ち込み右側に抜けて行く。この動作をお互い三回もやれば、どんな時でもうっすらと汗が滲んだ。

そうした掛かり稽古の間、新入部員は何をしていたか。

六月頃までは、竹刀を正眼に構えて背筋を伸ばし、前後左右にすり足で動き回る基本動作の習得にいそしんだ。マネージャーが練習の段取りをつけ、手の空いた二年生が教えてくれた。その要領がだいたい飲み込めた頃から、素振りやリズミカルに足を動かすフットワークの練習に入った。やがて案山子に似た稽古台を相手に、打ち込み面や打ち込み胴に汗を流す練習に移って行った。

七月になると、数人の部員が竹刀を構えて並んで立ち、その竹刀を一年生がひとりずつ払って打ち込み面の連続技を練習するようになった。一年生に対する指導の厳しさが増したのはその頃からであった。

吉田という一年生は精一の隣のクラスで、小柄で丸味を帯びた少年であった。鈍いわけではないが、コツを覚えるのに手間がかかるタイプで、それが周囲に鈍重な印象を与えた。精一の場合、幸いにも面打ちだけは何とかなっていたが、ある突発的な出来事から、吉田は徹底的にしごかれる災難に遭ったのである。

滅多にないことだが、この日はちょうどマネージャーが不在であった。そのため高木が指導することになったのだが、それは全体の基本練習を終えてからであった。

一年生は、これから起こることなど予想もせずに、気ままに段取りをつけて練習していた。のびのびと大らかな気分を満喫しながら、素振りや打ち込み面に時間を潰していた。

が、そうした弛んだ空気が高木の癇に障ったのだろうか。突然「お前たちのその練習の仕方は何だ！」と怒鳴ったかと思うと、一番近くにいた吉田の竹刀を激しい手つきで叩き落としたのである。あまりの唐突さに、竹刀を没義道《もぎどう》に叩き落とされた吉田があっけに取られたのは言うまでもなく、他の同輩たちも何が何だか訳が分からず、ポカンとして、それが次第に不安に染まって行った。

元来、高木は気分屋だった。いったん機嫌を損ねると、それが加速度的に募る性格であった。まして、この場合には権威の侵害という、先輩たちがもっとも神経を高ぶらせる問題と絡み合っていた。嫌な予感がした。案の定、高木は、何故このように怒るのか精一たちには理解できない激しい語気で、一年生に食って掛かったのである。

「みんな一列にならべッ！」

高木は、全体の練習を中断し、二年生以上を集合させ「今から一年生をしごく」と宣言した。その言葉には、精一たちを震え上がらせる威嚇的な響きが込められていた。隠微で残酷な調子が剥き出しになり、面の隙間から覗く高木の瞳が異様な光を湛えているように思えた。

剣道の場合、面を着けているので、外面からその表情を正確に捉えることは難しい。面の鉄格子から透き見える瞳が何を語っているかは、相手に正対し、直近から凝視しないかぎり分からない。だが、この時の高木の怒りは、発せられた声の質や軀の動きから確実に判断できた。

一方、精一たちを取り囲んだ上級生たちは、気楽な表情で、これから練習よりもおもしろい見世物が始まる嬉しさにうす笑いを浮かべているようであった。かつては自分たちがしごかれ苦しい目に合った。それが一年生に移っただけだ。二年生にとっては、来年から自分たちが高木の位置に立つことが分かっている。そういう打算が彼らの脳裡にちらついていることは疑う余地がなく、またそうでなかったとしても、傍観者の立場を謳歌している二年生がいたことは間違いなかった。

高木は整列した一年生を前に「日頃の挨拶の仕方が悪い」などと些末な事象を挙げつらい、しごきの大義名分をでっちあげた。この先どうなるのかと不安と緊張で顔をこわばらせている精一たちにとって、この大義名分はまったくの言いがかりに過ぎなかったが、一切の反駁は許されなかった。甘受することだけが下級生に与えられた最大の防禦《ぼうぎょ》法なら、高木たち上級生は、無辜《むこ》の住民を蹂躙《じゅうりん》する軍隊のような性格を露骨に示した。

手始めは、腕立て伏せに具体化された。軽く二十回ほどやらせ、次に、屈伸の屈の状態で止めさせておくのである。見た目には楽に思えるが、一分、二分と時間が経過するにつれ、手首や腕全体が痺れて来る。軀を床板に預けようものなら、近くにいる上級生から竹刀が飛ぶ。何しろ、一対一の割合で上級生が付いているので、目を盗もうにも盗めない。次第に筋肉の痛みが神経に障るようになり、我慢しようにもし切れなくなる。しばらくすると、必死に怺える苦悶の声が漏れ出した。

精一が睨みつけている床板には、点々と汗の雫が落ちるようになった。床とのにらめっこ状態がどれほど続いているのか分からない。短いようで長い気もするし、その逆のようでもある。ただ、我慢の限界に近づいていることだけは間違いない。滴る汗の量もさることながら、怺えることを怺える、どん詰まりの状態に達しているような感覚に晒されていた。

そんな時、「最後の一人は免除する!」という高木の声が発せられた。

　どういう意味か？　痺れた頭の中で、その声が天啓のように閃いた。最後まで我慢した者は、次の苦しみを味わう必要がないという意味か？

　はなはだ巧妙なこの詐言《さげん》によって、急速に新たな気力が湧いたことは確かだった。これこそが、高木が用意した悪辣《あくらつ》な陥穽にほかならなかった。

　それまで苦痛に歪んでいた皆の顔が、新たな精気で引き締まる気配が伝わって来たのである。誰だって苦しみから逃れたい。人を押しのけてでも自分の苦しみから遁走したい。それが人情なら、この性情を利用した高木の采配は卑劣であった。しごかれる当事者にそのような計算を見抜く余裕などなく、ただ目の前にぶら下がった獲物を砂漠のオアシスのように恋い焦がれるばかりであったから。

　精一は激しい手首の痺れと、腹部の筋肉痛と、足首や首筋の凝りを覚えた。この苦しみを解消するためには、全身の力を抜けばよい。そうすれば、誰も侵すことが出来ない自分だけの快感に身を任すことが出来るだろう。強制された肉体的苦痛の解消と精神の安息！　何をこんなに我慢することがあろうか？　もう止めようか？　誰のために、何のために、こんな意味のない行為に齷齪《あくせく》しなければならないのか。どうせ免除されるのは一人だけじゃないか。そのなかに入らなくたって、仲間は十人いるんだから、それでもいいじゃないか。そうしようか。

　一刻も早く苦しみから逃れたい懦弱《だじゃく》な心は、精一自身を堕落させる手助けを率先して行おうとした。精一は、安逸を貪るための自問自答を繰り返す混迷のなかで、両脇の仲間の表情を窺った。二人がやめるなら、自分も倣おう。ところが、精一の考えは余りにも安易すぎた。自分がこんなに苦しいのだから、仲間もへばっているに違いないとタカを括っていた予想とは裏腹に、彼らは必死な形相で苦しみに耐えていたのである。意外なくらい真剣な顔つきであった。精一は何故か裏切られたような気がした。と同時に、急速に気力が萎えて行くのを自覚した。それはお互いの孤立を深める頑さを示しており、精一の粘りを一瞬のうちに挫く力を秘めていた。

　力を抜いた精一は、むろん抜いた瞬間、甘美な陶酔に支配された。だが、その甘美な気分は長続きしなかった。一時的な快楽の次に、後ろめたさと自己苛責が頭を擡げた。それは苦しみから脱出するために張り巡らされた言い訳まじりの甘えを激しく叱責する悔恨に充ちていた。安逸を貪るための自己逃避は、周囲の一切の事象から快く受け止められなかったからである。

　最初の脱落者となった精一は、慚愧の念に苛まれながら、歯を食いしばって苦痛を凌いでいるライバルたちを眺めていなければならなかった。その後、半数近くは精一と同じように、放心した表情で浮かない顔を晒していたが、気がつくと、ここに奇妙な現象が出来した。それは頑張っている連中と、力つきた者たちとの間に生まれる、奇妙な心のねじれであった。肉体的苦痛と精神的陶酔の混合された磁場が出現したのである。脱落者は肉体的に安楽であるにもかかわらず、その心は激しく苛まれていた。二年生以上が突き刺すような視線で射抜いたからではない。落伍者同士が取り交わす視線のなかに、精一は明らかに、弱者の寄り添いと、お互いに傷を舐め合う馴れ合いの行為から生じる嫌らしさを感じた。それは蜘蛛の巣のようにねばねばと心の弱みに絡み付く不快な残滓だった。

　苦痛に歪んだ顔を必死に床板に押しつけている強者に対して、ある種の羨望と疎ましさの念を打ち消せない落伍者たちも、いつまでも安閑としてはいられなかった。精一たちは弱者に過ぎない。弱者には弱者の宛行扶持《あてがいぶち》がある。副将の井上が精一たちを集め、今度は稽古台の前に整列させたのだ。井上は竹刀を手に持ち、その先で床板を突きながら「今から、これまでの成果を見る」と言った。二年生が呼ばれ、竹刀を構えて間合いを取る役目に当てられた。そして吉田もそのなかに混じっていたのである。

　このしごきは、考えようによっては、単なるしごきではなかったかも知れない。練習の成果を確認する意味は含まれていた。メン自体の打ち込みやコテ・メン・コテ、コテ・メン・ドウ等の連続技がサマになっている者にとっては、腕立て伏せより遥かに凌ぎやすい行為であった。一方には、まだ依然として苦しみに悶え続ける者たちがいた。同時進行するしごきが、精一たちのように竹刀を振ってメンを打つ気楽さを生まれさせるとともに、新たな苦痛を生み出す要素を孕んでいたことになる。

吉田にとって打ち込みメンは容易な技ではなかった。吉田以外の一年生が完全に習得していたとは言えないにしても、何となく手足の動きが釣り合っていたので、傍から見て批難の対象にならなかっただけだ。だが、吉田のそれは誰が見ても調和していなかった。ひょっとすると極度の緊張があのような手足のぎこちなさを招いていた可能性もある。考えるタイプの吉田は、踏み込む瞬間に足が手よりもわずかに遅れてしまうのであった。

原則として、手足は一体なものとして動かさねばならず、しかも足は手よりも少し早目に始動する必要があるのだが、吉田の足は何故かあべこべに手の後を追いかける形になる。そのため、どうしても腰の引けたブザマな格好に見えてしまう。傍らには井上の目が光っている。一人だけ不調和な手足の動きを示している吉田のメン打ちが、のっけから井上を刺激するのは仕方がなかった。二度、三度とメン打ちを繰り返すうちに、とうとう吉田だけが、こっぴどく叱責される羽目に陥ってしまったのである。

「吉田、お前のメン打ちはおかしい。もう一度やり直せ！」と井上が言った。

その瞬間、吉田の顔は途方に暮れた泣きッ面になった。自分で必死に取り繕っていた過《あやま》ちが、衆人環視の前で指摘された恥じらいにまみれて行くようだった。ついに怖れていたことが不意に訪れた驚きや悲しみで、吉田は明らかに戸惑い、面食らっていた。

「メーン！」

「やり直し！」

「メーン！」

「やり直し！」

「メーン！」

井上の「やり直し！」の怒号は収まらなかったのである。

吉田は狼狽し、うまくなるどころか、益々おかしくなった。ぎこちなさがぎこちなさを生み、手足はてんでんばらばらの動きを示した。手が速いと指摘されると、次には足が速くなる。口だけの指導で、その口からは怒鳴り声しか飛び出さないのだから、吉田はどう対処してよいのか、狼狽《うろた》えるばかりであった。日頃からうまく出来ないものを、同級生や先輩が注視しているなかでやってみろというのが無理な話である。もっと懇切丁寧な指導がなされていたら、何度も繰り返すうちに体得する術もあったろうが、この時の吉田には、そんな手助けはおろか、一言の助言さえ与えられなかった。

　吉田は動転し、慌てふためき、泣きたくなるようなみじめさを抱えつつ、ただ命令されるままに、打ち込み面を続けなければならなかった。その間、精一たちは吉田の気持ちを慮《おもんばか》りながらも、じっと見守るしかなかった。結局、吉田ひとりが防波堤となって先輩の血祭りに上げられた格好であった。

　とうとう井上は業を煮やし、吉田に正座を命じた。勝手にしろという合図であり、冷笑や黙殺という非情なやり口であった。吉田は悄然とうなだれ、言われたとおり正座した。面を被った頭部や稽古着がぐっしょりと濡れていた。

　精一たちはコテ・メンの連続技を始めたが、ここではさして問題のある一年生は見つからず、しごきは尻すぼみに終息してしまった。高木の方もケリがつき、最後まで頑張った者も、途中で脱落した者も、一緒くたにまとめられて何の沙汰もなかった。完全なくたびれ損であった。最終的には、主将と副将がお互いに顔を見合わせ、これぐらいにしとくかという黙契を結んだ形で打ち切られた。

　体育館では他のクラブも練習していたが、やっているなという暗黙の了解がその場の空気を支配しているとしか思えなかった。同情の視線は一年生だけから注がれていて、二～三年生は、にやにやしながら、面白そうに眺めているに過ぎなかった。柔道部やバスケット部の連中も、関わり合いになるのを避けている様子で、高木や井上に口出しする者はいなかった。

　吉田は二十分以上も正座から解放されず、ひっそりと隅に畏まっていた。精一は、一刻も早く練習が終わるのを願った。入部してから三ヶ月、少しは正座に慣れたとはいえ、固い床板で三十分も坐らされていると、油汗が出るような苦痛に支配されるものだった。膝から下が痺れ、無感覚になり、坐っているのかどうかさえ覚束なくなる。徐々に膝から下の平衡感覚が失われ、軀全体がフラフラする心許ない感覚に支配される。それを我慢して微動だにしなかった姿勢がいったん崩れると、今度は加速度的に苦痛が増し、左右にちょっとずらしただけでは収まらない激痛が走り、居ても立ってもいられなくなる。痛みそのものが動かした一点に集中し、いっときも我慢できない状態が現出する。到る所に痛点が張り巡らされ、はちきれんばかりの痺れが、下半身全体を飲み込む巨大な生きものへと膨らみ拡大して行くのである。むろん、それは錯覚に過ぎない。痛覚は生成をやめない細胞のごとく観念的に肥大し、その痺れを増殖させるのだ。もはや吉田の我慢は限界点に達しているらしく、なし崩しに崩れ果てそうな苦悶の表情をありありと浮かべているように見えた。

次々と襲う痛みが吉田の張りつめた精神の糸を断ち切ろうとしているのかも知れなかった。もしこんな状況に立たされた時、自分はじっと我慢して正座し続ける忍耐力があるだろうか？　と精一は思った。そこにはかなり危険な分子が含まれていた。その不安は、自分が壊れてしまうのではないかというギリギリの一線を意識することから生まれる恐怖であった。精一は、吉田の核が微塵に砕け、崩壊する直前の恐れに食い潰されそうになっている可能性が十分にあると思わないわけに行かなかった。

高木が集合の号令を掛けたのは、ちょうどこのような機を捉えてであり、吉田にとってそれはまさに僥倖というべき瞬間であっただろう。高木は一年生を整列させ、吉田の方を向いて、お前もこっちに来いというふうに顎をしゃくった。吉田はゆっくりと立ち上がろうとしたが、足が痺れてすぐには立てなかった。二～三度こんにゃくのように転がり、両手を前につき、腰を浮かせ、しばらくそのような状態で痺れが引くのを待つしかなかった。その仕草は、誰が見ても滑稽だったため、さすがの高木も吉田を無視して言った。

「今日はこれでやめるが、もし似たようなことがあったら、何度でもしごくぞ。しごかれて泣いたってオレは知らん。恥をかくのはお前たちだ。いいな、先輩に対する挨拶や練習は真面目にやるんだぞ。よし、正座をして黙祷だ！」

威嚇の調子を含ませ、精一たちの心に重く伸し掛かる効果を狙って申し渡された高木の訓戒が、思いのほか短かったのは不幸中の幸いであった。

それにしても、何という言い草であろう。自分の力を誇示するためにのみ一年生は存在すると言うのか。精一の心に遣り場のない怒りが込み上げて来た。こんなクラブなんて潰れてしまえ！　高木や井上なんか交通事故で死んじまえ！　嫌悪感と同時に、精一は呪いの言葉を吐き捨てた。

雑念を払う黙祷はあらゆる妄想ではちきれんばかりに膨れ上がっていた。思わずそれらの言葉が音声化されて零れそうになるほど激しい怒りを覚えた。そういう怒りが暗い情念に変わろうとした瞬間「やめ！」の号令が掛かり、「礼！」「ありがとうございました！」と威勢よく発せられる声とともに、これらの重層的な憎しみが急速に萎えて行くのが情けなかった。

「今日は、ひどかったなあ。高木や井上はほんとにイヤな野郎だ。あんな奴らは生かしちゃおけない」

途中まで帰り道が一緒の精一は、吉田にぶちまけるように言った。平常、精一は別の部員と帰るのだが、今日は吉田と一緒に帰りたかった。

「あんまり気にすることはないよ。あいつらは馬鹿なんだから」

そういう精一の慰めに、吉田は反応しなかった。精一には、吉田の気持ちが十分過ぎるほど理解できた。誰とも喋りたくないのだ。みじめな時、自分も喋りたくない。

「そうだ、それなら話しかけない方がいいかも知れないなあ」――そう推し量っていると、吉田が静かに語り始めた。

「僕はやめたいと思ってもやめられないんだ。一度、野球部でしくじってるし、今度また剣道部を逃げ出したら、駄目になってしまうものなあ。下手だから、もう少しうまくなりたいし。そうしないと、いつまでたっても皆から馬鹿にされるからなあ」

吉田は、しごきのダメージを噛みしめるように言った。そこには高木たちに対する憎悪や反発より、自分に対する苛責があった。それは精一の予想とは異なる、剣道部での自分の地位を恥じる前向きな反省であった。

「メン打ちは慣れれば出来るようになるよ。踏み込む瞬間の呼吸だから、その呼吸が分かればいいんだ。僕も初めは出来なかったよ。学校の帰りにステップを踏みながら練習していたら、そのうちに格好がつくようになった。吉田だって、そのうち覚えるさ」

「それはそうだけど、僕は軀が覚えるのに時間がかかるんだ。今日だって、頭では分かっているんだけど、手足が動かないんだ。ほんとに情けないなあ。ああ、泣きたくなったよ、ほんとに今日は」

吉田は照れ笑いをしながら言った。そこで精一は、もう大丈夫と思ったのだ。自分を茶化し始めている、少なくとも外面的には。たとえ吉田の心の奥に誰にも言えない鮮血が滴っていても、誰にも明かせない屈辱があろうとも、それは仕方のないことだし、吉田はそれを自分で乗り越えるしかない。もしかしたら吉田は精一が傍にいるから表面に出せず、必死に耐えているだけなのかも知れなかった。

「それじゃあ、また明日」

ふたりは互いに言葉を交わし別れたが、吉田の胸中を想うとやり切れなかった。精一は自分の家に辿り着くまでに、ふたたび高木や井上たちへの憎悪が燃え盛って来るのを止めようがなかった。

クラブ活動に参加している以上、先輩が後輩をしごいたり、蔭に隠れて陰湿に苛めたりする出来事は、たびたび起こっていた。それは表だって伝わって来なかったが、休み時間や掃除の合間に、こっそりと耳打ちされたものである。昨日誰だれが体育館の裏で先輩に撲られた。態度がでかいという理由で、拳骨で二〜三発打たれたから唇が切れて、今日は顔が腫れているそうだ。撲ったのは同じクラブの先輩で、例の勘なしだ、とかいう風に。そしてそういった噂は、事情を知っている者たちが尾鰭をつけて流すので、余すところなく校内じゅうに伝わるのであった。大半の場合、撲る方にも撲られる方にも問題があるため、余程のことがないかぎり、まあ仕方がないという線に落ち着いた。ただ困ったことは、そういう制裁の対象にされるのはたいてい一年生なので、精一たち下級生は不断に上級生に対し心理的な圧迫を感じていた。

　ところで、上級生の下級生に対する剣道部の指導法は、学校全体の風潮からすれば、決して評判の悪いものではなかった。暴力事件が表だって起こっているわけでなく、規律を重んじる傾向が強いだけだと判断されていた。なるほど、剣道部の顧問で体育教師の菅野は、自分が指導するクラブ内で挨拶が励行されていることを常に周囲に自慢していた。菅野は先輩の後輩への日常的な生活指導や後輩の先輩への礼節を重んじる態度を、必ず守るべき義務として強調し、それは生徒の教師への敬いにまで高められるべき筋合いのものだと主張していた。菅野の持論は、クラブでの上下関係は人間教育という面からいっても効果があり、とりわけ礼儀を重んじる剣道部などは理想的なクラブと評価できるのであった。教師の側に立てば、剣道部は少しも問題のあるクラブではなかったことになる。

　にもかかわらず、精一は剣道そのものに嫌悪感を催すようになって行った。稽古着や防具の汗臭さや部室の饐《す》えた臭いに対して生理的な反発を覚えるだけでなく、上級生はそれら一切を纏った象徴的な存在として、反吐の出そうな不快感を抱かせられるようになっていた。実際のところ、精一は退部したくなっていたが、ただちに退部の意向を示さなかったのは、不思議なことに、同級生への連帯感からだった。吉田とはあの日から非常に親しくなっていたし、クラブが終わるといつも一緒に帰っていた。

　ある日、精一は「クラブをやめたいと思うんだが、お前もそうしないか」と持ちかけたことがある。すると「どうしてやめるんだ？　やめることないじゃないか。剣道が嫌いなのか？」と問い返されて、「剣道が嫌いなのじゃなくて、先輩が嫌いなんだ」と答えてしまった自分自身に驚いたものだ。

　剣道が嫌いなのじゃない。――この言い訳は、よく考えてみると、高木や井上やその他二～三の上級生が嫌いなために、剣道部に反発している気持ちの反映であることを逆説的に証明していた。部活でもっとも大事な要素が人間関係なら、精一はその人間関係に躓《つまず》いていたに過ぎない。確かに剣道は嫌いじゃない。竹刀を握って素振りをする時、充実感があるじゃないか。メンを打ち込んで、それがきれいに決まった瞬間、腕じたいに確固とした手応えが伝わって来るじゃないか。もし本当に嫌いなら、そんな感覚は湧いて来ないはずだ。そうだな、自分は剣道そのものを嫌っているわけじゃない。

「中体連がすんで、しばらくしたら三年生は来なくなるよ。野球部の連中が言ってたよ。それまで我慢したらいいんだ。せっかくここまで我慢したんだから、やめるのはもったいないよ」

「でも、剣道部の場合、高木たちはいつまでも練習に来るんじゃないのかな。何だかそんな気がするけど」

「それは分からないけれど、でもどうしても九月過ぎには来なくなるんじゃないかなあ。高校受験があるんだからら」

精一はそうなればどんなにいいだろうかと、その時が来るまで待ってみようという気持ちを奮い立たせることにした。市や郡の中体連は七月下旬に開催され、精一たちの場合、郡大会で優勝すれば八月に県大会がある。もし郡大会で負ければどうなるか。その後に大きな大会はないから、吉田が言うように、高木たち三年生が来なくなる可能性はある。もうしばらく我慢してみるか。吉田もその方がいいと言うし、やめるのはそれからでも遅くない。練習に行くのは苦痛であったが、苦痛に思っているのは自分だけじゃなく、吉田やその他の部員だってそうなんだと思うと、むしろここで踏ん張れない自分が恥ずかしい気がして来た。

精一はその期待だけで剣道部につながり、夏休みが来て剣道部のことを忘れられる日が一日も早く訪れることを心待ちにした。少なくとも、いくら剣道部とはいえ、郡大会の後には若干の休みがあるものと空頼みしていたからである。

稽古は日増しに熱を帯びた。大会前のことで、稽古時間も伸びた。顧問の菅野も毎日姿を見せ、レギュラー選手の指導に当たった。五人のレギュラーは三年生の中から選ばれた。精一たち一年生は、基本練習が終わると、レギュラーを軸に構成された上級生の実践的な地稽古を観戦し、意外に気楽な日々を送り迎えした。

試合の前日、菅野は「実力を発揮すれば優勝できる」と言った。問題は気合い負けをしないことだとも言った。精一はまだ一度も他校の選手を見ていないので、判断のしようがなかった。勝っても負けても大したことはない。むしろ、負けた方が気楽だとしか考えなかった。冷淡といえば冷淡――剣道部にそれほど愛着を覚えていなかった証拠だろう。

前日の思い入れの足りない気分は、当日になると、少しは改まっていた。学校に集合し、自転車で会場まで行くことじたい物珍しかったからである。特に一年生は、はなから出場する心配がなかったので、手ぶらの気安さがあった。精一たちは制服制帽を着用して会場に行くだけでよかった。

精一と吉田は、先輩の防具や竹刀を持ち運ぶ役からも免除されていた。二年生のなかの四～五名は、緊急の場合の補欠として準備を命じられていて、三年生は全員防具持参なので、彼らの荷物を一年生が運ばねばならなかった。精一は自分から運びましょうと申し出る気になれず、密かに指名を受けないことを願っていた。その願いが運よく叶えられた結果、精一と吉田はともに自転車を並べて会場までの道程を楽しんだ。不運にも、高木や井上たちの防具を運ばされる一年生は、少しずつ上級生からその腕を認められ始めている者たちであった。

途中の景色は珍しかった。ふだん平坦な田んぼだけを眺めている精一にとって、山寄りの風景はおのずと起伏に富み、単調でなく面白く感じられた。近頃わだかまりを潜めているとはいえ、平常の精一は陽気な性格だった。自転車競争を真似て田舎道を全速力で疾駆したり、ぺちゃくちゃお喋りしながら会場を目指したりすることは、実に爽快な気分が与えられる運動であった。

会場に着くと、高木たちは稽古着に着替え、軽く素振りを行い、足腰をほぐし始めた。

精一はそういう高木たちを捉える視線で、他校の様子を窺った。初めて目にする他校の部員たちは予想以上に大きかった。むろん大方が二～三年生のせいもあったろうが、ふだん高木や井上たちを大きいと考えていたよりさらに体格のいい選手がいた。いつも心理的な圧迫を受けているので、三年生は精一をはるかに凌駕する存在に見えていたが、こうやって岡目で冷静に眺めると、必ずしも高木たちが群を抜いているとも言えなかった。押し出しの立派さから判断すれば、むしろ平凡だというのが正直な感想であった。

腕はどうなのだろうか。少なからず幻想の一端を崩された精一は「吉田、みんなでっかい軀だなあ」とこっそり耳打ちすると、吉田は精一の底意など知る由もなく、高木たちを弁護する返答をしたのは意外だった。

「軀はでかいけれど、強いとは限らないよ。あれで動きがよけりゃいいけど、高木さんや井上さんの動きは素早いから大丈夫じゃないかなあ。あのチームはそんなに強くない話だよ。むしろ強いのは、あそこの隅にいる連中だよ」

吉田が指さす一角には、俊敏そうな連中が素振りをしていた。粒が揃っており、大柄というわけでもなく、極端に小さい者もいない。いかにも敏捷で強そうな雰囲気を漂わせていた。それにしても、吉田の答えは精一の予想をちくりと射すものを持っていた。他言してはならない考えを見透かされた恥ずかしさとは別に、自分はひねくれていると反省せざるを得なかった。

「あれはどこの中学なんだ？」と精一は尋ねた。

「去年三位の広瀬中学だ」

広瀬中？　そう言えば噂に聞いたことがある。いつも郡大会で競り合っているのはこの中学ではなかったか。去年も一昨年も、我が剣道部はこの中学と鎬《しのぎ》を削ったのではなかったか。単純にも、闘志に似た感情を膨らませる精一がいた。

午前中は一試合と決まった。体育館が狭いので、二試合しか出来ない。昨年の優勝校と準優勝校がシードされて、その中に入ったからである。第二試合の開始は十一時からで、それまで一時間半以上の間があったので、手のすいた者はぶらぶらしても構わないということになった。取り立てて見るべきものはないが、精一たちは体育館周辺をぶらつくことにした。

よその学校は物珍しい。学校の造りは何処も似たり寄ったりでも、周囲の眺めが違うので目新しい。ここは山が近く、傍を川が流れているせいか、周囲にきれいな堀がめぐらされていた。平野のクリークと違って透明度や冷たさが違う。体育館横の堀割を歩きながら、精一は手を浸してみた。冷たくて、色鮮やかな藻がゆらゆら揺れていて、心が洗われるような気分になった。精一は思わず後ろを振り返って「おーい、吉田。鮒がいるぞーッ」と叫んだ。吉田と佐野という一年生が飛んで来て「どこに？」と水面を覗き込んだ。釣ったのだから、いるわけがない。「冗談だよ」と笑うと、「引っかけたな」と吉田が言って、それでもじっくり覗いている。藻の下は柔らかい砂地で、ころころと水の勢いに流されて行く砂礫が川底に見える。軽いので流れに洗われているのだ。小豆大の砂礫がゆっくりゆっくり転がって行く。窪みに突き当たると堰かれて行き悩むように見えるが、いつの間にか転がされてしまう。

突然、佐野が「鮒がいた」と声を潜ませて言った。二〜三メートル横を指差している。近寄ってその方向を注視すると、なるほど二十センチほどの手鮒が流れに逆らって泳いでいた。掻い潜るように、水の勢いに流されぬ程度に泳いでいる。まるでゆらゆらと藻と一緒に揺れているようであった。やがて、鮒は精一たちの騒ぎを感知したのか、シュッと尾鰭を振るうと姿を眩ましてしまった。その逃げ足は迅速で、眼で追おうにも追えなかった。

そうこうするうちに十一時になり、精一たちも所定の場所に集まった。第二試合の組み合わせは、それぞれの勝者が昨年の優勝校や準優勝校と当たることになった。相手は、先ほど吉田が侮れないと言った広瀬中学であった。高木たちが所定の場所に整列した。顧問の注意を受け、主将を中心に円陣を組んで気合いを入れた。

剣道の試合では、先鋒→次鋒→中堅→副将→大将の順番で立ち合うが、試合の流れを作るのは何といっても先鋒だ。先鋒が勝つと、やはり幸先がよく、後に続く選手の気分が引き立ち、力が倍加される。主将よりも実力のある選手を立てるチームが少なくなかった。精一の中学では、副将の井上が先鋒であった。井上は気性が荒く、剣先が鋭かった。物怖じしない性格なので、菅野は井上を決まって先鋒に使っていた。井上がどんな試合運びをするか、興味津々であった。

主審の「始め！」という威勢のいい号令で、試合が始まった。井上がまず鋭い気合を発し、相手もそれに動じない声を振り絞った。体格は相手の方がよかった。井上は竹刀の先端を相手のそれに覆いかぶせるように叩きながら、打ち込みの間合いを計っていた。まだ両者の軀がぶつかる場面はなかったが、竹刀の触れ合う磁場では電流が流れているような緊迫感が醸し出されていた。最終的には一本取ればよいのだから、力が拮抗している場合には、じっくり相手の隙を突いた方が有利である。三十秒が過ぎた頃、井上の激しい打ち込みメンが炸裂した。相手の剣先をパンパンと叩いて右側の横面を狙い打ったのだ。惜しくもそれは相手の竹刀の防御に躱され、一本にはならなかった。そのスピードは周囲の目をそばだたせ、オーッというどよみが観戦者から上がった。いつの間にか精一は、井上の試合に引き込まれていた。

井上の方にやや分があるように見えながらも一進一退の攻防が続いた。残り時間が三十秒ほどになった時、相手の胸元に飛び込んだ井上はどんと体当たりし、その圧力に相手が体勢を崩した。井上はその隙を見逃さず、追い打ちメンを見事に決めたのだった。ぽーんという響きが軽快に聞こえた瞬間、周囲の喚声が場内に沸き返った。さすがに精一は声を上げなかったが、井上の見事なメンに少なからず感動したことは事実だった。

その後の展開は、大将戦の高木が抜き胴で一本勝ちしたものの、三対二の惜敗に終わった。精一の中学は三位決定戦に回り、ここには順当に勝った。

昼食のあと、個人戦が組まれていたが、個人戦には、高木と井上が出場することになっており、精一たちは彼らの出番を待って全員で応援し続けた。団体戦で決勝戦まで進めなかったのが原因したのか、二人の戦いぶりには生彩がなかった。一回戦では敗退しなかったが、二回戦であっけなく敗れた。初めからやる気が失せているような印象を受けた。

精一は、井上が勝利した団体戦を観戦できたことに満足し、郡体会の見学に参加した甲斐があったと思った。今後は、中体連における剣道部の負けなど気にすることなく、上級生の進退だけに注目することに専念し、部活動のさまざまな煩わしさには積極的に関与せず、のらりくらりと過ごそうと決めていた。

中体連が終わっても、高木や井上は剣道部から手を引こうとしなかった。精一にとって最悪な事態であった。

高木や井上が従来どおり我がもの顔で日参して来る

のであれば、いつまでも嫌な空気は払拭されない。今度こそ退部しようと思ったものの、どうしても剣道部のしきたりが精一を縛り、簡単に抜けられなかった。毎日が憂鬱で、放課後になると、同輩の目を盗んで逃げ出したくなったが、さすがに体育館と逆方向へ足を向けることは出来なかった。

そんなある日、またもや嫌な出来事に出くわしてしまった。いつものように練習が始まったが、高木以外の三年生は誰も来ていなかった。たまたま、福田という一年生が高木に呼ばれた。福田はすばしこい少年で、気の強い性格でもあった。高木はすでに防具を身につけており、傍に近づいた福田に何か耳打ちした。福田は竹刀を床に置くと、ボクシングの構えをして高木の前に立った。どうやらボクシングの真似事をするらしかった。

両者は初め楽しそうに籠手を振り回していたので、それに気づいた部員たちが練習を中断して眺め始めた。昭和四十年当時はボクシングやプロレスが流行っており、それが嫌いな男子などほとんどいなかった。当然、この対戦を遠巻きに観戦することになった。

ちょうど福田のストレートが高木のこめかみにヒットしたようであった。たかが一年生の放ったパンチだから、面の上からだと大した衝撃はないはずなのに、不思議にも、高木の頭がぐらっと揺れた。すると、それまで余裕をもって構えていた高木が体勢を立て直し、相手に反撃を加えようと身構えた時には、それまでの和やかな雰囲気は一変していた。高木は猛然と福田の頭部を狙ってパンチを繰り出した。

故意に叩いているのではないかと判断されても仕方がないように、高木は福田の顔面を殴り出したのである。精一たち部員は面を着けているので、籠手で頭部を叩く音がじかに聞こえるわけではない。高木の撲り方は手加減を加えない、重い響きをもって伝わって来た。福田は一方的に撲られながら、壁際に押され、足下から頽《くずお》れてしまった。それから、頭を両手で庇い、大きな泣き声を発していた。その場にいた部員たちは、余りの急変にびっくりし、慌ててふたりの側に近づいたが、そのとき福田は

「約束が違うじゃないか。ただちょっとボクシングの真似をするだけだと言ったのに、何でそんなに本気で撲るん

だ。いくら防具の上からだって、痛くて堪らないじゃないか。ちくしょう、もう許してくれよ」と、振り絞るような哀訴の声で訴え続けていた。

高木はそういう福田を冷然と見下ろし、「お前が最初に撲ったから、俺がそれに応戦しただけじゃないか。馬鹿な奴だな。泣くことがあるか」と歯牙にもかけない様子で言い放った。面を取った福田の顔は涙で濡れ、両頬もいくらか腫れているようだった。ちょうどそこへ菅野が現れたので、精一たちは何事もなかったようにさっと散ったが、当の福田も涙を隠しながら隅に隠れた。誰も顧問に訴え出る者はなかったので、痛い目に合ったのは福田だけであった。

この出来事が、精一の高木への憎悪と剣道部への嫌気とをいっそう募らせる結果になったのは紛れもなかった。

二学期が終わり、剣道部では、冬休み期間中も寒稽古と称して部員を体育館に招集するという現実が精一を愕然とさせた。まさかそこまでやるとは、精一の予想を遙かに超える事態だった。十二月二十五日から一月七日までのたった二週間とはいえ、精一にとって冬休みは何やかやと慌《あわただ》しくも楽しい日程の詰まった休暇だったのだ。

まず、寒鮒を捕る楽しみ。これは近所の従兄が音頭を取って、小さい時から参加する恒例の行事である。夕方、農業を継いでいる本家の従兄が鮒のいるポイントに目星をつけ、そこに網を張る。精一たちは、胸まである長靴を履いて川に入った従兄の指示に従うだけだが、翌朝、凍てついた田んぼ道を歩きながら、鮒が網のなかに蠢いている瞬間の喜びを味わうことが一年を締め括る行事となっていた。当然、中学生になった精一は、昨年よりも従兄の役に立つはずだし、おのずから昨年よりも積極的に寒鮒取りに関与できると期待していた。

それから、新年の七日に行われるどんど焼きに必要な竹を刈り取る作業。田んぼの間を流れる川土手には、農作業に使われる寒竹が密生しており、それを地域の少年たちが手分けして刈り取り、休耕地に櫓のように組み上げる。心棒になる孟宗竹は大人たちが近くの山に出かけ、適当な太さのものを持ち帰り立ててくれる。

それでも、大部分の仕事は、小学校低学年から中学生までの集落の子供たちの参加によって果たされるのだ。完成までには結構な時間と労力を要する。小学生から中学生になった精一は、今年の竹の組み上げは自分が小学生たちを指揮しながら頑張らなければならないと密かに心積もりしていた。

一月十四日のもぐら打ち、風向きがよい日の凧上げや独楽回しなど、年末から年始にかけては、少年にとっては楽しい行事が目白押しで、部活にうつつを抜かす気には到底なれないのであった。そうした事情を心得ている大抵のクラブでは、あえて冬休みの練習はしないというのが慣例になっていたのだ。その目算が見事に外れてしまった。新学期の選択ミスが、ちょっとどころか、とんでもない大誤算を生んだみずからの失態の苦さを、精一は墨汁を飲まされたような渋面で受け止めた。

精一は迷った末、恒例の行事はすべて敢行するという決断を下した。冬休みの部活は無視し、いっさい参加しないという選択である。それがどういう事態を招き寄せるか予測できなかったが、もはやどうにでもなれという自棄クソの気分だった。剣道部に未練を感じる要素はないのだから、退部させられても恥ずかしくない。無断で練習をさぼった部員がどういう制裁を受けたかこれまで耳にしたことがないので、種々の不安材料には目をつぶり、大したことにはならないから安心しろと、何かが蠢く暗くて深い井戸に蓋をしたままやり過ごした。

心のなかにはいつも小さなしこりが蟠っていた。鮒取りの時も、どんど焼きの準備の最中も、十全な喜びに我を忘れる時間を持てなかった。練習をさぼっているという罪悪感や、吉田を初めとする同級生たちはどうしているだろうという想像がひょいと脳裡を掠め、楽しみに熱中している精一に水をかけ、弾まない状態に穽《おと》し入れた。が、今さら、練習にのこのこと出かける気にはならなかった。

そんな暮れの二十八日の午後、恒例の餅搗きが午前中に終わり、精一は近所の友だちの家に遊びに行った。広い庭のある農家である。小学生や中学生がよく集まり、独楽回しや相撲、プロレスの技かけなど、その時々の遊びや話題に興ずる集いの場だった。精一が顔を出した時、珍しく高校生も中学生に混じり、オリンピックの競技種目となった重量挙げの真似事で盛り上がっていた。

三宅兄弟が活躍し、重量挙げの人気が高まった頃である。バーとして使われているのは壊れた農機具の車軸で、その端にひっかけた、適当な大きさのブロックをバーベルになぞらえ重さの調節をしていた。小学生から順番に持ち上げさせ、学年が上がるに従い、徐々にブロックの欠片を増やしながら、力持ちの順番を決めようとしていた。低学年の子供は、鉄の車軸を頭上に持ち上げるだけでも、フウフウ息を弾ませないと差し上げられない重さであった。精一はさっそく参加させて貰った。

すでに小学生では持ち上げられない重さになっていた。精一に声が掛かり、緊張して鉄の軸を握り締めた。握りの太さは体操で使う鉄棒ぐらい。両端にブロックの欠片が一個ぶら下がっている。秤で計ったわけではないから、具体的な重さは分からないが、それでも、見た目では十五キロくらいはありそうだ。精一は息を詰めて足を踏ん張り、鎖骨の高さまで思い切り引き上げた。そしてそこまではうまく行ったが、バーの両端の重さは均等には揃っていないので不安定に揺れており、慎重に踏ん張らないと頭上まで上がりそうにない。そこで周囲が見守るなか呼吸を整え、うっと言う気合とともに一気に二の腕を差し上げた。その瞬間、ふらついたが、挙がったという声が一斉に発せられたので、精一は慎重にバーを下ろした。ふだん使わない胸の筋肉が震えているような感覚を味わったが、その強張りは魅力的な遊びの興奮を存分に伝えるものだった。

順繰りに上げては下ろし、下ろしては上げる遊びが随分長く続き、賑やかな声に誘われた大人たちまでが参加し、とうとう隣近所から手の空いた小母さん達も甲高い声援を送る賑わいようであった。それは年末に相応しい息抜きであり、精一は久し振りに晴れ晴れとした喜びに包まれていた。

遊びがようやく終わりに近づいた頃、思いがけなく、吉田が自転車に乗って現れた。吉田はこっそり耳打ちするように「高木主将が明日の朝練には絶対に出て来いと言ったよ」と伝言したので、瞬時に精一はお先まっくらな気分に突き落とされてしまった。

興覚めした精一はそわそわと浮かない顔で帰宅したが、

どういう事態が待ち受けているのか分からない朝練に出かける気にはなれなかった。これまで保たれていた冬休みの静穏がたちまち陰鬱な相貌に切り替わったのは、必然の成り行きだったかも知れない。

　自宅前に広がる冬枯れの田んぼには、しおたれた人間のような案山子が、浮き浮きした歳末の気分とは裏腹に、ひとりぽつねんと佇っていた。あえて見なくても絶えず脳裡にちらつくその映像は、精一の内奥をぎしぎしと揺り動かし、何かを暗示し予告ているようであった。精一の不安は膨れ上がり、冬休みの間じゅう案山子を目にするたびに増殖し続け、精神的に追い込んで行った。

　袴を穿いた臀《しり》が腫れ上がり、竹刀が軽く触れただけでも飛び上がりそうになるほど、痛みは極限に達している。上級生が十人以上この部室にいるとして、ひとり十発の殴打でも、かるく百発以上は叩かれる勘定になる。いま何発叩かれたのか分からない。初めのうちは数えていたが、途中から痛みを怺えるのに必死で、数える気力が失せてしまった。もっともらしく味付けされた高木の制裁宣言があって、二年生から順繰りに、練習をさぼった日数だけ、竹刀で臀を叩く儀式が始まったのだ。むろん、これが一年生への見せしめであることは言わずと知れていた。気の小さい先輩のなかには、小声でそっと耳打ちするように、こんなことはしたくないが、まあ許してくれと、故意に手加減を加えた殴打をする者もいたが、それがかえって怒りを増幅させた。

　同輩たちは、固唾を飲んで見守るだけで、誰も救いの手を差し伸べてくれない。それはそうだろう。自分が逆の立場だったら、声を上げて仲間を救い出すだけの勇気はない。けれども、悔しい。一人ひとりに割り当てた殴打の数を数える高木のダルな声が憎たらしい。

　痛覚がだんだん麻痺して来る。目の前に赤黒い鉄亜鈴が転がっている。筋力をつけるために、練習の合間に使うトレーニング道具だ。それを見詰めているうちに、徐々にある考えが渦を巻き、ひとつの明確な像に収斂して行く。ただ殴られているだけでいいのか。自分のしたことはそんなに理不尽なことだったのか。出たくない練習をさぼり、近所の仲間と遊んでいただけではないか。部員に迷惑をかけたわけでもないし、レギュラーでもない、たかが一年生の練習への不参加を寄ってたかって制裁する正当な根拠がどこにあるのか。

「お前はみんなが練習していたとき遊んでいたろうが。恒例になっている冬休みの寒稽古は、三十一日の納会が有終の美を飾るもっとも大事な儀式なのだ。あれほど、全員にさぼるなよと達しておいたのに、それを無視するとは太い奴だ。今後、二度とこんなことが起きないように、お前には軀で覚えて貰うことにする。いいか、俺を恨むなよ。これが由緒ある剣道部の伝統というものだから、な」

高木は、冬休み明けの練習に精一を呼びつけ、責任はお前にあると言わんばかりに語気を強め、言い放った。これまで、このような荒療治をした上級生がいたのかどうか知らない。通常、竹刀で臀を叩かれることは少なくないし、一～二発の殴打なら、練習でのヘマを矯正する意味で、家常茶飯に行われている。しかし、この制裁は、十人以上の先輩たち全員から、練習をさぼった日数だけ叩かれるという前代未聞の体罰なのだ。

痛みは一時の猶予も許さず、神経に響く怒りを誘発する。あまりの悔しさから変容した怒りが目の前をぼうっとさせ、その霞んだ視圏に、先の鉄亜鈴が明確な相貌を帯びつつ膨れ上がって見えて来る。臀を突き出し、腰を平行に保つ惨めな姿を傲然と上から見下ろす高木に殴りかかるイメージが徐々に形成され始める。それは正常な意識を侵食し、痛みに耐える拠点として凝固して行く。いつそれを実行するか。果たしてそれは成功するか。

ある沸点を通過した瞬間、ウオーッという獣めいた声が部室に轟き、その直後に何かが振り回される音がした。果たしてそれは何だったのか。誰が最初にそれを引き起こしたのか、実際にそれは起こったことなのか、誰にも正確には把握できなかった。

初版『子供の世界』あとがき

熊本大学大学院を修了してから、およそ三十年間、私は明治以降の日本近代文学研究に取り組んだ。とりわけ、昭和文学の古典と称される「檸檬」の作者・梶井基次郎に時間を費やしたが、いつか齢五十の半ばに達し、大学時代さかんに夢想し、かつ実践していた小説を書くことの欲求がふたたび勃然と湧いて来た。

ここに収めた十一篇は、未発表の三篇を除き、古いものは三十年以上前に構想し、その時どきの感興に任せ『詩と眞実』や『きざはし』に発表したものである。しかし、内容はほぼ同じとしても、文章は大幅に書き換えている。内容即形式の認識に従い、今回の作品を現時点の決定稿とする。

書きたいことをどう書くかは、書かれた作品をどう読むかに通底する。書くことは読むことであり、読むことは書くことにほかならない。そういう意味で、三十年間文学研究に携わったことは決して無駄ではなかったと今にして思う。

偉大な作品は、その書き手にしか書けない言葉の表出に支えられ、その表出された言葉の力によって永遠の光を放ち続ける。私は、私にしか書けない表現(作品)を目指して書き続けたい。

本書の出版に当たっては、詩人・俳人として、鹿児島県のみならず、中央でも確固とした地歩を占めておられる高岡修氏に相談した。氏は、多忙な身であるにもかかわらず、丁寧に原稿を読み、貴重なアドバイスをして下さった。氏の助言がなかったら、本書の出版はまだ先送りされていたかも知れない。氏と、校正作業の任に当たられた山下久代氏に厚くお礼を申し上げたい。

さらに、望外の喜びとして、高岡氏のご尽力により、藤沢周氏の帯文を頂戴することができた。この場を借りて、藤沢氏のご好意に深甚の謝意を表します。

古関　章

二〇一一年八月下旬

郵 便 は が き

料金受取人払郵便

鹿児島東局
承認
300

差出有効期間
2027年2月
4日まで

有効期限が
切れましたら
切手を貼って
お出し下さい

892-8790

168

鹿児島市下田町二九二—一

図書出版
南方新社
行

ふりがな 氏　　名		年齢　　　歳	
住　　所	郵便番号　　　－		
Eメール			
職業又は 学校名		電話（ 自宅 ・ 職場 ） （　　　）	
購入書店名 （所在地）		購入日	月　　日

書名　(　　　　　　　　　　　　　　　　　　　　)愛読者カード

本書についてのご感想をおきかせください。また、今後の企画についてのご意見もおきかせください。

本書購入の動機（○で囲んでください）

A　新聞・雑誌で　（　紙・誌名　　　　　　　　　　　）

B　書店で　C　人にすすめられて　D　ダイレクトメールで

E　その他　（　　　　　　　　　　　　　　　　　　）

購読されている新聞, 雑誌名

新聞　（　　　　　　　　）　雑誌　（　　　　　　　　）

直接購読申込欄

本状でご注文くださいますと、郵便振替用紙と注文書籍をお送りします。内容確認の後、代金を振り込んでください。（送料は無料）

書名		冊
書名		冊
書名		冊
書名		冊

初版『子供の世界』あとがき（別稿）

本書は、十一の独立した作品からなる連作短篇集である。これからも『子供の世界』に編入できそうな作品を書きたいと思っているので作品数が増えないとも限らないが、取りあえず中仕切りとして本書の形で刊行することにした。

熊本大学大学院を修了してから、およそ三十年間、明治以降の日本近代文学の研究に取り組んで来た。とりわけ、昭和文学の古典と称される「檸檬」の作者・梶井基次郎に時間を費やしたが、いつか齢五十の半ばに達し、高校から大学時代にかけて夢想していた小説を書く欲求が勃然と湧き始めた。

恩師で、俳人にしてかつ著名な近代文学研究者の首藤基澄先生は、四十代の半ばから俳句の実作の道に入られ、『己心』（一九九三・十一、角川書店）、『火芯』（一九九六・六、東京四季出版）、『魄飛雨《はこびあめ》』（二〇〇七・一、北溟社）、『阿蘇百韻』（二〇〇八・三、本阿弥書店）と、矢継ぎ早に名句集を刊行されている。

若い頃から先生の謦咳《けいがい》に接し、いつもその背中を見て歩いて来た私にとって、先生の仕事は大いなる目標であり、また、常に研究でも創作でも私の年齢よりも十年早く手を染められ、完成の域に達しておられた先達であったと思わずにいられない。そして今も先生の仕事に刺激を受け続けている私は、そこに先生に巡り合えた幸運と晩学の機縁を感じている。

ここに収めた作品は、古いものは三十年前に構想し、初出一覧に記したように、その時どきの感興に任せて『詩と眞実』や『きざはし』に発表したものである。しかし、今回あらためて単行本として発表する形態をもって決定稿とする。

過去を振り返ると不思議なもので、熊本大学三年時の授業科目に「文章表現」という講義があった。担当教員は今や近世仏教文学の権威・西田耕三先生である。先生は怠け者に単位を与える材料として、創作のレポートも可とされた。そこで、私は毎回ノートに手書きの小説草稿を提出したのだが、先生はきたない字で書かれたノートをきちんと読まれ、講評まで書いて下さった。当時の私にとってその講評を読むことは望外の喜びで、もし「文章表現」という講義を受けていなかったら、ここに発表する作品はこのような形で日の目を見ることはなかったかも知れない。虚仮《こけ》の一念という諺があるが、私の場合、先生に書いて頂いた好意的な批評のなかで、自分に都合のいい褒め言葉を決して忘れなかった愚直な健気さにあったような気がする。

私は、文学研究から完全に足を洗うわけではないが、今後五年間、書きたい小説をただ完成するために全エネルギーを傾注したいと思っている。本書の次には『蒼い月』という短篇集を刊行する予定で、今その作業に邁進中である。

『子供の世界』を出版するに当たっては、詩人・俳人として、鹿児島県のみならず、中央でも確固とした地歩を占めておられる高岡修氏に相談した。氏は、多忙な身であるにもかかわらず、時間を割き、丁寧に原稿を読み、貴重なアドバイスを惜しまれなかった。氏はジャプランという出版社の代表でもあるので、本書の出版はそこにお任せすることにした。氏に相談しなかったら、この出版はまだ先送りされていただろう。校正等の編集事務に携わられた山下久代氏ともども、深甚の謝意を表したい。

三十年間、文学研究に勤しんだことは決して無駄ではなかったと、本書の校正をしながら思っている。書きたいことをどう書くかは、書かれた作品をどう読むかに通じる。書くことは読むことであり、読むことは書くことにほかならない。偉大な作品は、その書き手にしか書けない言葉の表出に支えられるとともに、それらの言語表現によって作品としての光芒を放ち続ける。私は、私にしか書けない表現(作品)を目指して書き続けたい。

少しでも多くの読者に『子供の世界』が届くことを祈

念しつつ。

二〇一一年五月初旬

古関　章

『子供の世界―昭和四十年代記―』始末記

『子供の世界―昭和四十年代記―』を出版してはや六年五ヶ月。奥付の日付を確認すると、二〇一一年十月一日。発行所は、鹿児島市の出版社ジャプラン。目次・本文・あとがき・初出一覧・著者略歴を入れて二三二ページで、定価は一五〇〇円＋消費税であった。

帯の表には、芥川賞作家・藤沢周氏の「秘匿していたあの頃の風景――。／残酷なほど美しく、官能的な／時間が揺れていた。／『子供の世界』という陽炎に、／酔いしれ、惑い、夢を見る。」という詞文が付いている。ジャプランの経営者であり、詩人・俳人の高岡修氏が私の相談に乗る過程で、日頃付き合いのある藤沢氏に依頼し、帯文を頂いたと後日知った。氏の懇切な仲介がなければ、とても実現する話ではなかったと思う。水の流れをイメージした、爽やかで清純な印象を与える表紙カバーも高岡氏が手がけてくれた。

この短篇集に対する私なりの思い入れはあった。高校二年生頃から漱石や芥川を読み始め、小説家という存在に憧れるようになった。どうしたら、彼らのような文章が書けるのか。この世でいちばん魅力的な存在は政治家や実業家ではない。しかも、文学者のなかでも詩人ではなく、小説家が何よりも素晴らしいと思い詰める病気に感染したらしい。その病から解放されたわけでないことは、それから三十年以上経った時点でこの短篇集が編まれた経緯が物語っている。しかし、そこにどんな意味や価値があるのかという点については、私がとやかく言う必要もないし、またその方が、書き手も読み手も気楽である。

ただ、この場を借りて補足しておきたいのは、「昭和四十年代記」というサブタイトルを付けた理由である。評論や研究書なら知らず、副題の付いた創作集はあまり見かけない。しかし、ここに描かれた内容を誤解なく理解してもらうためには、荒々しい息吹が到る所に噴出していた高度経済成長期への視点が欠かせない。大仰な例を引き合いに出せば、スタンダールの「赤と黒」には「一八三〇年年代記」というサブタイトルが副えられていたように記憶する。情熱にまかせて縦横に活躍する「赤と黒」の主人公ジュリアン・ソレルは一八三〇年代のフランス社会を必至とした。それに倣ったわけではないが、敗戦後二十年の片田舎の泥臭くとも活力に充ちた登場人物たちが織りなす物語は、昭和四十年代の衣装を纏ってこそ華やぐ条件のもとに置かれていたのである。

『子供の世界』の少年・少女は、昭和の自然や風土の媒介《なかだち》がなければ、あのように濃密な時間を游泳することは不可能であった。この短篇集で取り扱われている蛇殺しや泥合戦・こば焼き・幼い男女の交友・魚釣り・兄弟愛・ちょっとした出来心・異性への関心・ペットへの愛憎・暴力への恐れ・少年期の自我の目覚めといった、十一の連作の要に据えられたテーマの核心に近づくには、どうしても時代状況への配慮が必要なのである。たとえそれらの心理や行動規制に時空を超えた普遍性が秘められているとしても、そこに漂っていた荒々しい空気は、昭和四十年代をじかに生きた少年だけが知覚しうる一種独特な何かであったと説明する以外ないものであった。

その他のことで特に私に付け足すことはない。いくら自作自解したところで、じかに作品に接し、読んでもらうしか、書き手として打つ手はないからである。出版から六年以上経ったこの時期に、改めて『子供の世界』という短篇集に興味や関心を示してくれる奇特な読者を待望する。

けれども、自著を語るという貴重なスペースを頂いた手前、もう少し語っておきたいこともある。それは初版の「あとがき」についてである。――そしてその「あとがき」で想い出されるのは、梅崎春生の『桜島』(一九四八・三、大地書房)にほかならない。

「『桜島』のこと」(『本の手帖』一九六一・十一)という後年の回想で、梅崎は「最初の作品集なので、威勢のいいあとがきを書いている。気負ったというか、威張っているというか、とにかく大宣言じみた文章で、私は今読むと汗が出る。ところが私のことを書かれる度にこのあとがきの部分が引用されて、たいへん困惑する。私はそれでこりて、その次の作品集からはあとがきをつけないことにした。あとがきや自作解説を書くことは百害あって一利なし。尻尾をつかまれるだけの話である。他人のことは知らないが、私の場合あの文章は若気のあやまちだと思っている」と語っている。確かに『桜島』には「気宇壮大」なる「人間が存在する限りは小説もほろびない。小説とは人間を確認するものであり、だから小説とは人間と共にあるものだ。少くとも私と共に確実にあるという自覚が、私を常に支えて来た。私は現在まで、曲りなりにも一人で歩いて来た。他人の踏みあらした路を、私は絶対に歩かなかった。今から先も一人であるき続ける他はない」という、自作が勝ち得た独創性への自負を高らかに表明している。この箇所を読んだ同業者はおそらく「おやおや、いやに威勢のいい新人が現れたものだね」と思わずにいられなかったのではなかろうか。しかし、それは梅崎春生の自信の証しであるとともに、そう豪語するだけの天分に恵まれていた。そして私が自分の処女短篇集を考えるとき必ずこの「あとがき」が思い浮かぶというのも何故か不思議である。

実を言うと、『子供の世界』の「あとがき」には二種類あった。初めに書いたものを知人に読んで貰い、意見を尋いたところ、あまりにも個人的な内容に立ち入り過ぎているのじゃないかと忠告された。気の弱い性分だから、それじゃあ縮めるかと現行のものに書き改め、差し換えたのである。今回、この文章を草するに当たって浮かんだのは、そのとき没にした「あとがき」の記憶であった。

読み返してみると、お蔵にしたこちらの方が『子供の世界』の来歴を正直に語っている。他人は知らず、今後の私のためには、自著誕生のもうひとつの舞台裏を公開して置く方がいいかも知れないと、厚かましくもここに復活させることにした。

本書は、十一の独立した作品からなる連作短篇集である。これからも『子供の世界』に編入できそうな作品を書きたいと思っているので作品数が増えないとも限らないが、取りあえず中仕切りとして本書の形で刊行することにした。

　熊本大学大学院を修了してから、およそ三十年間、明治以降の日本近代文学の研究に取り組んで来た。とりわけ、昭和文学の古典と称される「檸檬」の作者・梶井基次郎に時間を費やしたが、いつか齢五十の半ばに達し、高校から大学時代にかけて夢想していた小説を書く欲求が勃然と湧き始めた。

　恩師で、俳人にしてかつ著名な近代文学研究者の首藤基澄先生は、四十代の半ばから俳句の実作の道に入られ、『己心』(一九九三・十一、角川書店)、『火芯』(一九九六・六、東京四季出版)、『魄飛雨《はこびあめ》』(二〇〇七・一、北溟社)、『阿蘇百韻』(二〇〇八・三、本阿弥書店)と、矢継ぎ早に名句集を刊行されている。

　若い頃から先生の謦咳《けいがい》に接し、いつもその背中を見て歩いて来た私にとって、先生の仕事は大いなる目標であり、また、常に研究でも創作でも私の年齢よりも十年早く手を染められ、完成の域に達しておられた先達であったと思わずにいられない。そして今も先生の仕事に刺激を受け続けている私は、そこに先生に巡り合えた幸運と晩学の機縁を感じている。

　ここに収めた作品は、古いものは三十年前に構想し、初出一覧に記したように、その時どきの感興に任せて『詩と眞実』や『きざはし』に発表したものである。しかし、今回あらためて単行本として発表する形態をもって決定稿とする。

　過去を振り返ると不思議なもので、熊本大学三年時の授業科目に「文章表現」という講義があった。担当教員は今や近世仏教文学の権威・西田耕三先生である。先生は怠け者に単位を与える材料として、創作のレポートも可とされた。そこで、私は毎回ノートに手書きの小説草稿を提出したのだが、先生はきたない字で書かれたノートをきちんと読まれ、講評まで書いて下さった。当時の私にとってその講評を読むことは望外の喜びで、もし「文章表現」という講義を受けていなかったら、ここに発表する作品はこのような形で日の目を見ることはなかったかも知れない。虚仮《こけ》の一念という諺があるが、私の場合、先生に書いて頂いた好意的な批評のなかで、自分に都合のいい褒め言葉を決して忘れなかった愚直な健気さにあったような気がする。

私は、文学研究から完全に足を洗うわけではないが、今後五年間、書きたい小説をただ完成するために全エネルギーを傾注したいと思っている。本書の次には『蒼い月』という短篇集を刊行する予定で、今その作業に邁進中である。

『子供の世界』を出版するに当たっては、詩人・俳人として、鹿児島県のみならず、中央でも確固とした地歩を占めておられる高岡修氏に相談した。氏は、多忙な身であるにもかかわらず、時間を割き、丁寧に原稿を読み、貴重なアドバイスを惜しまれなかった。氏はジャプランという出版社の代表でもあるので、本書の出版はそこにお任せすることにした。氏に相談しなかったら、この出版はまだ先送りされていただろう。校正等の編集事務に携わられた山下久代氏ともども、深甚の謝意を表したい。

三十年間、文学研究に勤しんだことは決して無駄ではなかったと、本書の校正をしながら思っている。書きたいことをどう書くかは、書かれた作品をどう読むかに通じる。書くことは読むことであり、読むことは書くことにほかならない。偉大な作品は、その書き手にしか書けない言葉の表出に支えられるとともに、それらの言語表現によって作品としての光芒を放ち続ける。私は、私にしか書けない表現(作品)を目指して書き続けたい。

少しでも多くの読者に『子供の世界』が届くことを祈念しつつ。

二〇一一年五月初旬

先の梅崎ではないが、文章の端々に気負いが見受けられる。このエッセイが活字化した暁には、後悔しないとも限らない内容が盛られていそうな躊躇《ためらい》もある。しかし、ここに記した宣言を辿りながら、いまだ実現されていない夢の欠片《かけら》を、忸怩たる思いで反省することで、五年後、十年後の仕事の決意を固める絶好の機会とも思うのである。

我々の寿命は誰にも分からない。そういう宿命を背負った人間は、それでも、残された時間を当てにしながら、どう生きるかという目標や志を見失わないために踏ん張るしかない。糸の切れた凧のように現実に流され、一巻の終わりとならないように、私としては、私にしか書けない作品を書き続けるという愚直さに徹するだけである。

ちなみに、『蒼い月』という短篇集の原稿はほぼ仕上がっているのだが、どこから出版するのか決まっていないので、フラッシュメモリーのなかで休眠状態になっている。それをいつどのよう形で目覚めさせられるか、当面の課題が私を叱咤する。

〔付記〕

この短篇集はすでに絶版に近い状態になっている。著者の手元にも十部ほどしか残っていない。インターネットの書籍検索サイトには何冊かアップされている。熊本県立図書館や熊本大学附属図書館には所蔵されているので、ぜひ活用して頂ければ幸いである。

あとがき

初めに、本書の構成と作品の成り立ちについて記す。巻末の初出一覧に明らかなように、本書の核は八年前に出版された『子供の世界―昭和四十年代記―』(二〇一一・十、ジャプラン)から成っている。その後、「空、高く」と「案山子」が書き下ろされ、『子供の世界』を構成する作品がほぼ出揃った頃から、この二作を収録した増補改訂版を出したいと考えるようになった。その際、「窓」という一作だけが敬体の文末表現で、その他はすべて常体で統一されていたため、初版を出した時から何となく気になっていた。けれども、「窓」の持つ雰囲気が常体を嫌う側面があり、作者としてもなかなか変更できなかった。志賀直哉の初期の作品に「菜の花と小娘」(『金の船』一九二〇・一)という小品があるが、志賀の弛みのない文章規範からすると異質な「です・ます」体の作品と、拙作の「窓」を何故か同じイメージに重ねて解釈して来たようである。しかし、このまま放置しておくわけにも行かないので、今回思い切って文末を常体に改変し処理することにした。それが成功したかどうか分からないけれども、芥川龍之介が「芸術その他」(『新潮』一九一九・十一)で述べている倪雲林《げいうんりん》のエピソードを信じるしかない。

『子供の世界』と決定的に異なる部分は以上である。その他の面では、登場人物名に変更を加えた作品がいくつかあるものの、内容的に大きな異同はない。ただし、個々の文章には手を入れたので、今回のものを現時点での決定稿としたい。また、付録として拙文を三つ掲げた。初版出版時点の書き手の思いを残しておくことも、何かの参考になればと考えた次第である。

次に、本著作集が発刊される経緯について触れておく。

あなたの仕事のことは分かりませんから、それだけはきちんと纏めておいてくださいねと最初に妻に念を押されたのはいつ頃のことであったろうか。もはや十年以上も前だったかも知れない。そして言われた当方も、確かにそのとおりであると痛感した。

これまで日本近代文学研究を生業《なりわい》として来たが、この方面の仕事は専門分野の学会活動等の成果報告として論文や研究書として活字にしておかなければならない必要もあったので、それなりの著作物として残されている。しかし、妻が想定しているのは、明らかに私の表芸とは言えない創作分野のまとめをする作業を意味していることは間違いない。そしてそうした創作活動が、本業にしたかったけれども出来なかった窮極の願望で、私自身、正式の定年も目先にちらつき始めたことだし、ぼちぼち本腰を入れてかからねばすべてが水泡に帰してしまうのは目に見えていると、ここ数年あれこれ試行錯誤している懸案事項なのであった。

実はこうした胎動は、『子供の世界』を出版した頃から始まっていたのだが、すでに還暦を三年もやり過ごした現在、まだ実現していない仕事への切迫感や焦燥感を自覚せざるを得ない機会は増えている。五十代前半には意識しなかった肉体的・精神的な衰えが切実に身に迫って来ている以上、まだ大丈夫という保証はどこにもないと思い知ることが少なくない。頭のはっきりしているうちに、大事な仕事を片付けてしまおうと一念発起した企てが、今回の大それた著作集の刊行だったということになる。

おそらく私の試みを密かに嗤《わら》う方々がおられることは重々承知している。何ほどの業績を残しているわけでもない市井人が、こうした著作集を刊行するなど、まことにもってたわけた振る舞いと罵られても仕方がない。しかし、自分の能力を真にはかれるのは自分しかいないし、たった一度の人生なら、それを試して死にたいと思うのも、当人に課された使命ではなかろうか。

幸い、私の勤務する鹿児島純心女子大学国際文化研究センターの研究叢書『新薩摩学シリーズ』の版元である南方新社の向原祥隆社長に気合で掛け合ったところ、出しましょうということになった。内心は出したくなかった向原氏も、私の血走った眼《まなこ》に怖れをなして渋々承諾したのかも知れない。どうであれ、二十年来の誼《よしみ》に心から感謝している。

このように、今後十年間の人生の目標を担う仕事として、単行本の形にしていない小説や文学時評や評論を手始めに、これまで刊行した研究書等を再編集しながら、だいたい十巻くらいをひとつの目処に頑張りたいと思っている。この「あとがき」を書いている現在、第三巻までの初校ゲラが南方新社から届いている状況である。

ずいぶん書名には悩んだが、「古閑章著作集」と銘打つことにした。初め「古閑章の本」にしようと計画していたが、平凡すぎるようでもあり、最終的に著作集の方が小説・研究・評論・文学時評等を一括りにしうる汎用性を持っているような気がして来た。作品集や全集という命名も考えられるが、一長一短の側面を払拭できない。

なお、当面予定している第一巻から第四巻までの小説の解説を、共立女子大学文芸学部教授の半澤幹一（ペンネーム・はんざわかんいち）氏に依頼した。氏とはある仕事で七年前に知り合い、それ以来の交際である。稀にみる言語感覚の鋭い人で、ユーモアがあり、私にとって畏友と呼ぶに相応しい日本語学者である。拙著を論じた氏の「無邪気の揺らぎ―古閑章『子供の世界―昭和四十年代記―』―」（共立女子大学文芸学部研究促進委員会編『文学芸術―特集「童」―』第42号、二〇一九・二）を通し、自作がまともな評論対象になることはこの上もなく光栄であり、これがひとつの契機となって作品世界の読みの奥行きが広がって行くことを願っている。そして今回、それとは異なる角度から新たな解説に接せられることは、読者ともども、私にとって大きな楽しみのひとつと言わなければならない。

最後になったが、私の好きな言葉は〝後生《こうせい》畏るべし〟と〝嚢中《のうちゅう》の錐〟である。二十代前半に、恩師の首藤基澄先生に教えて頂いた諺である。先生がお亡くなりになって八年、優れた日本近代文学研究者で、かつ俳人でもあられた先生の謦咳《けいがい》に接することの出来た時代が懐かしくてならない。

二〇一九年四月初旬

古閑　章

■初出一覧

蛇　久保田義夫編『詩と眞実』第４８６号（一九八九・十二）
窓　古閑章編『きざはし』第24号（一九九〇・三、国立鹿児島工業高等専門学校文芸部）
硬貨　松元直編『きざはし』第19号（一九八二・十）
子供の日　久保田義夫編『詩と眞実』第５０２号（一九九一・四）
初秋　古閑章編『きざはし』第26号（一九九二・三）
知恵の実　吉村滋編『詩と眞実』第５５７号（九九五・一一）
愛玩　吉村滋編『詩と眞実』第５７２号（一九九七・二）
交尾　吉村滋編『詩と眞実』第５６６号（一九九六・八）
スプリングボード　（未発表）
こば焼き　（未発表）
五月の光　（未発表）

＊以上、十一作品は『子供の世界―昭和四十年代記―』（二〇一一・十、ジャプラン）に収録。その際、未発表の「スプリングボード」「こば焼き」「五月の光」以外の八作に関しては、初出の文章にかなりの手を加えたが、今回ふたたび本書収録に当たり、十一作すべての文章に手を入れ推敲し直したことを付言する。なお、次の「空、高く」「案山子」も同様である。

空、高く　原題「鳩」、ペンネーム：瑛顕。『総合文化誌 KUMAMOTO』第10号（二〇一五・三、NPO法人くまもと文化振興会）

案山子　原題「嗜虐の構図」、ペンネーム：瑛顕。『総合文化誌 KUMAMOTO』第19号〜第20号（二〇一七・六、九、NPO法人くまもと文化振興会）

初版『子供の世界』あとがき『子供の世界―昭和四十年代記―』（二〇一一・十、ジャプラン）

初版『子供の世界』あとがき（別稿）（未発表）

『子供の世界―昭和四十年代記―』始末記『総合文化誌 KUMAMOTO』第22号（二〇一八・三、NPO法人くまもと文化振興会）

解説

はんざわかんいち

1

古関章『子供の世界―昭和四十年代記―』は、二〇一一年十月に、鹿児島県の出版社・ジャプランから出版された短編小説集である。

その「あとがき」には、

熊本大学大学院を修了してから、およそ三十年間、私は日本近代文学研究に取り組んだ。とりわけ、昭和文学の古典と称される「檸檬」の作者・梶井基次郎に時間を費やしたが、いつか齢五十の半ばに達し、大学時代さかんに夢想し、かつ実践していた小説を書くことの欲求がふたたび勃然と湧いてきた。

とある。

この「あとがき」が出版直前に書かれたとすれば、収録された十一編が一気に書かれたようであるが、そうではない。雑誌初出のもっとも古いのが巻頭の「蛇」で一九八九年、最も新しいのが「愛玩」で一九九七年、最後に収録されている三編「スプリングボード」「こば焼き」「五月の光」は未発表(おそらくは一書にするにあたり「勃然と」書き下ろしたか)である。つまり、本業とする近代文学研究のかたわら、三十年ほどにわたって、書き継がれてきたものである。

いきなり余談かつ偏見であるが、文学研究者(とりわけ近代)には、小説家になる夢叶わずに、そうなった(ならざるを得なかった)と思われる人が多い。だからどうというわけではないが、古関の場合には、ともかく双方の成果を世に問うて、両立させたという点において、稀有な存在である。しかも、両者は別個に成り立つのではなく、古閑の唱える「読みの共振運動論」すなわち「書くことは読むことであり、読むことは書くことにほかならない」を、自ら実践してみせたという点でも、貴重である。これは、良くも悪くも、変化のいちじるしい中心地から遠く隔たった環境だったからこそ実現したとも言えよう。

本短編集は、その書名のとおり、どの作品も「子供の世界」を描いたものであるが、それは決して童話つまり子供向けの作品ではなく、大人が大人に向けて書いた「子供の世界」である。

このことは、あくまでも、とうに大人である古閑によって捉えられ、語られる子供の世界であることを意味する。あたかも子供自身の見方・考え方であるようには擬装されていない。言い換えれば、子供とは何かという問題を考える際に陥りやすい欺瞞あるいは隠蔽を免れているということである。

ただし、このことは、そのまま本短編集が、子供をテーマとし、それに関する何らかの主張をしているということでは必ずしもない。もしかしたら、古閑自身にそのような意図はなく、たまたま子供は題材だっただけのことかもしれない。とはいえ、本短編集には、子供を考えるうえで、とくに「子供＝無邪気」という捉え方に関して注目すべき記述が少なからずちりばめられている。

この解説は、それらから、子供に関して、どのような知見が帰納されるかを中心に検討してみようとするものである。その意味では、普通の解説とはやや趣を異にするが、本著に収められた作品の文学的な価値の重要な一端を明らかにするものと考える。

なお、本著所収の、『子供の世界』には収められていない「空、高く」と「案山子」の二編については、言及する程度にとどめ、『子供の世界』の十一編を主対象とする。また、初版本と本著では、本文における、小さいとは言えない異なりが認められる。この解説では、あくまでも初版テクストに拠り、異同については、随時、補足する形で触れたい。ただし、引用の際には、その所在を本著の相当ページ数で示し、論旨に関わる変更がある場合には、その旨を注記する。

2

『子供の世界』は、連作とは謳っていないし、一書とするにあたり、連作化するために手直しした跡もとくには認められない(「あとがき」には、「文章は大幅に書き換えている」とはあるが)。ただ、どの作品の舞台も同一と見られ、同一とおぼしき登場人物も複数の作品に認められるので、結果としては連作的な色合いを帯びている。

この点をふまえて、全体の内容を強引にまとめてみれば、「一郎」という少年の、小学校五年生のほぼ一年間のエピソードを中心として描いた一連の作品と言える。

全十一編の作品における語りの視点を整理すると、「蛇」「窓」「硬貨」という最初の三編が「ぼく」という一人称視点であるのに対して、それ以降はすべて三人称視点である(「空、高く」と「案山子」も)。

一人称の「ぼく」は、「窓」では作中「圭介」と呼ばれているものの、他の作品から推察するに、この三編ではどれも「一郎」と同一人物であろう。三人称視点の作品で「一郎」があきらかに中心人物となっているのは、「初秋」「スプリングボード」「五月の光」の三編のみであるが、「知恵の実」の「信一」、「愛玩」の「誠」、「交尾」の「高志」も、兄弟関係や友人関係から、「一郎」と推定される。また、「子供の日」での中心人物は「勉」であるが、その兄として「一郎」が登場する。「一郎」に相当する人物が表にまったく現れないのは「こば焼き」くらいである(本著では、各編の中心人物名のほとんどは「精一」に変更され、その三人称で統一していて、連作の意図がきわめて明確に示される形になった。なお、「窓」と「硬貨」は「僕」のまま、「こば焼き」にその人物が登場しないのは、初版と同じ)。

以上のような主たる登場人物の重なり以外にも、連作を思わせる、作品相互の関係が明示されるところが二カ所ある。一つは、「こば焼き」という作品の「明はすでに登場ずみだが」(一〇四頁)で、「すでに登場」というのは、直前に位置する「スプリングボード」という作品において、の意である。もう一つは、「五月の光」という結尾の作品の「昨年の六月、友だちと蛇を殺した記憶が脳裡を掠めたのであった。」という一文であり、このエピソードは冒頭作品の「蛇」に描かれているエピソードであろう（ただし本著ではこの一文が削除されている）。

この「こば焼き」と「五月の光」は、おそらくそれほど間を置かずに書かれ、加えて結尾の「五月の光」は本短編集全体をしめくくる位置付けにすることが目されたからと考えられる。

3

じつは、そのような位置付けを裏付けることがもう一つある。それは、書名となった「子供の世界」という表現が最初に出て来るのが「スプリングボード」においてであり、続く「こば焼き」と「五月の光」と合わせた、最後の未発表作品三編にのみ見られることである（以下、引用中の太字は解説者による）。

「子供の世界」という表現は、当初は、「そしてこの遁走によって、新たな**子供の世界**の幕が切って落とされることになったのである。」（「スプリングボード」八一頁）、「一郎は宏が哀れでならなかった。そして、それが自分の運命でなかったことを悦ぶよりは、明日は我が身の感を強くしたのである。吉雄の無邪気な笑いと宏の涙との間には、**子供の世界**の残酷さがナマの形で横たわっているようであった。」（「スプリングボード」九三頁。本著ではさらに「**子供の世界**も、力と欲望の世界にほかならない。」が続く）のように、そのままの意味で了解しても差し支えないと見られる例である。

続く「こば焼き」という作品では、冒頭に「冬が来た。（改行）**子供の世界**にもひとつの変化が訪れる。」（一〇一頁）とあり、それと呼応するように結尾に「親爺の言葉が単なる脅し文句に過ぎないことが判明した後も、**子供の世界**で発揮される邦彦の横着な態度は心なしか減殺されているように見えたものである。」（一一二頁）が来るだけである。

結尾の作品である「五月の光」も前半は同様であり、「こば焼き」に合わせるように、冒頭に「空に雲雀が上がる季節になると、自然も、その内懐に抱かれた**子供たちの世界**にも、冬とは違った伸びやかさが醸し出される。」（一一三頁）とあり、さらに「この集落の**子供の世界**では、兄の権威を笠に着るやり方は好まれない。縦割りの序列のなかで、みずからの力を発揮することが**子供の世界**を生きることなのである。大人の世界でものをいう係累の力はそれほど通用しないのが現実であった。」（ただし本著ではこれを含む一段落が削除されている）と続く。

ところが、「五月の光」も後半になると、「子供の世界」という表現には、次に示すように、その内実を見極めようとする、そして本短編集全体を収斂させようとする、語り手の見解が示される。

1 邦彦の力に一郎の肉体が脅かされることによって、そこから精神的な力を獲得しなければならない状況に追い込まれた結果、一郎は邦彦の暴力を克服するための認識（この言葉を使うには一郎はまだ子供だが）を編み出すほかなかった。それは意識の上で邦彦の力の限界を見抜くことを意味した。むろん、それは一郎の限界を突きつけもしたが、そうした経験によって、絶対者・邦彦の像が揺らぎ出したことは否定できなかった。邦彦の力はあくまでも一郎たちにのみ有効であって、その限られた世界以外に対する邦彦の力が万能ではないという発見は、一郎の眼前から**子供の世界**のとばりを払いのけてくれるに十分な効果があった。というのも、この頃の一郎は、それ以前の一郎のように、ただ漫然と無意識の生を生きることができなくなっていたのである。（一二一頁）

2 それは自分の行為を他者の眼で眺める事態から惹き起こされる結果であった。**子供の世界**を支配する無自覚・無邪気・無意識などの「無」のつく文字とは異なる「有」の字が、邦彦を離れた次元にも出現する最初の徴候であったかもしれない。このような自己の相対化という意識の変容過程が進行している以上、一郎がいつまでも同じ世界に停滞していることは不可能に近い。一郎は**子供の世界**を脱却し、新たな世界へ飛翔しなければならない時期に達

していたのである。（一二二〜一二三頁）

> [3]このとき、一郎の心にまざまざと跳び箱の記憶が想起されたとしたら、それは天啓にほかならなかったかもしれない。しかし、事実はその天啓があの体験を記憶の底から喚び醒ましたのであった。それは自意識過剰からもたらされる心理状態であり、ここに子供離れの志向を付加すれば一郎の心理解剖は果たされたと見なしてよかった。少なくとも一郎は、この時点で**子供の世界**から別の世界に自己変容しようとしていたのである。（一四一頁）

これら三つの引用から指摘できるのは、次の三点である。

第一に、[1]の中の「認識（この言葉を使うには一郎はまだ子供だが）」からも明らかなように、ここに述べられていることは、登場人物の「一郎」少年がみずから考えたことではなく、大人かつ他人である語り手による「一郎」の内面の解釈説明であるということである。「一郎」自身にあるのは、これまでのようには皆との遊びを楽しめなくなってしまっていることに対する戸惑いだけである。

第二に、[1]〜[3]のどれにおいても、このような語り手による内面の解釈説明が施されるのは、登場する子供たちの中で「一郎」に対してのみであるということである。「五月の光」には数多くの子供が登場するが、「一郎」以外の子供の内面に深く立ち入ることはなく、視点人物として「一郎」が他の子供たちの内面を忖度することもほとんどない。自分が「子供の世界」の中に位置するか否かが問題にされるのは、あくまでも外部たる語り手が「一郎」を焦点化することによってであり、他の子供たちにまでは及んでいない。

第三に、「子供の世界」について、子供とはどういう存在かということからではなく、子供でなくなるとはどういうことかという点から、いわば遡及的に考えられているということである。そのことは、[1]の「この頃の一郎は、それ以前の一郎のように、ただ漫然と無意識の生を生きることができなくなっていた」、[2]の「自己の相対化という意識の変容過程が進行している以上、一郎がいつまでも同じ世界に停滞していることは不可能に近い」、そして[3]の「少なくとも一郎は、この時点で子供の世界から別の世界に自己変容しようとしていた」などから、明らかである。

4

それでは、子供そのものを規定する条件として、本短編集を通して設定されているものは何か。その手掛かりとなるのが、先の[1]の引用内にある「子供の世界を支配する無自覚・無邪気・無意識などの「無」のつく文字」である。つまり、何の自覚も邪気も意識もなく行動するのが子供ということであり、中でもその中心に位置付けられる特徴は「無邪気」であろう。事実、本短編集には、この「無邪気」あるいは「邪気の(が)ない」ということばが随所に見られる。

たとえば、「蛇」には、「彼らも同様に、高慢ちきな目許に一瞬**無邪気**な狂気とも呼びたい光を宿らせると、」(九頁。初版では第二節末にあったのが、本著では第三節末に移されている)、「子供の日」には、「すべては行く先ざきでさまざまな形を取り、**無邪気**の心はすべてを忘れさせ、ひとつ所に悩んだり思いあぐねたりするよりは、何かに心を奪われ、自分のまわりに存在する雑多な事象のなかで毎日を送り迎えしていた。」(二九頁)、「初秋」には、「三人の小さな拡声器から発散される**無邪気**という波は、この広い大地に拡がり、舞い上がり、果ては大空の極みに吸い込まれて行くようであった。」(四〇頁)、「知恵の実」には、「信一は無性に悲しかった。自分が獣のように醜い心の持ち主であることに激しい悲しみを覚えた。**邪気のない**彼らに接していると、有邪気の自分が非道に思えた。」(四九頁)、「愛玩」には、「単に機嫌を取るための媚びからでなく、一生懸命の文夫の**無邪気さ**を擽る気配りでもあった。」(五六頁)、「スプリングボード」には、「吉雄はその光景を追想するような表情を満面に浮かべて言った。そこには子供の**邪気のない**残酷さが垣間見えていた。むしろ**邪気がない**だけに、子供特有の酷薄さが深く印象づけられるエピソードに変容していた。」(九三頁)、「五月の光」には、

「今日の召集のスタート時点から現時点に至る心境まで、ひとつも楽しみかつ騒いだ事象はなかった。むしろ、多くは他の子供たちの**無邪気**な行動様式に嘆賞に近い驚きを禁じ得なかった」(ただし本著ではこの一文は削除されている)などという具合に。

もちろん、これらの中には、子供を無邪気と単純に評価するだけではなく、「無邪気な狂気」(「蛇」)や「邪気のない残酷さ」(「スプリングボード」)のように、一種の撞着語法にも見える否定的な評価をしたり、「邪気のない彼らに接していると、有邪気の自分が非道に思えた」(「知恵の実」)や「一生懸命の文夫の無邪気さを操る気配り」(「愛玩」)のように、年齢的には同じくらいであるのに、無邪気とは言い切れない子供もいることを示したりもしてはいる。

日本国語大辞典第二版には、「無邪気」は「①気性などにねじけたところのなく、すなおでなんの悪気もないこと。」「②あどけなく、かわいいこと。」「③深い考えのないこと。考えの単純なこと。」という三つの意味が挙げられている。

ここで留意したいのは、次の三点である。一つは、この語が近代から用いられるようになったということ、二つめには、対象が子供にほぼ特定されるのは、その容姿や様子を表す②だけであるということ、そして三つめは、①をプラス評価とすれば③はマイナス評価に傾くということである。

ちなみに、対義となる「邪気」のほうは古くからあり、内面的な意味合いでは「④ねじけた気風。悪意。」として、江戸時代以降の用例が見られる。

これらから推定できるのは、子供というものを「無邪気」ということばで評価するようになったのは近代になってのことであり、その評価は、③のような、「無自覚」や「無知」とつながる否定性をはらみつつも、とくに①のような肯定性を前景化してきたのではないかということである。

古関の本短編集における「無邪気」の用法も基本的には、このような歴史的かつ一般的な背景をふまえたものであると言えよう。ただし、それだけのことならば、本短編集における子供の捉え方には、格別の新味も独自性も認められないということになる。が、はたしてそうか。

5

古閑は「『子供の世界―昭和四十年代記―』始末記」（総合文化誌『KUMAMOTO』第22号、くまもと文化振興会、二〇一八年三月、本著にも収録）において、書名にあえて「昭和四十年代記」という副題を添えた理由について、次のように語る。

『子供の世界』の少年・少女は、昭和の自然や風土の媒介がなければ、あのように濃密な時間を游泳することは不可能であった。この短篇集で取り扱われている蛇殺しや泥合戦・こば焼き・幼い男女の交友・魚釣り・兄弟愛・ちょっとした出来心・異性への関心・ペットへの愛憎・暴力への恐れ・少年期の自我の目覚めなどといった、十一の連作の要に据えられたテーマの核心に近づくには、どうしても時代状況への配慮が必要なのである。たとえそれらの心理や行動規制に時空を超えた普遍性が秘められているとしても、そこに漂っていた荒々しい空気は、昭和四十年代をじかに生きた少年だけが知覚しうる一種独特な何かであったと説明する以外ないものであった。（一九九頁）

昭和四十年代（一九六五年〜）は、古閑の十代にほぼ重なるのであり、「昭和四十年代をじかに生きた少年だけが知覚しうる一種独特な何か」とは、まさに著者自身も体験し実感したものにちがいない。そのうえで、「十一の連作の要に据えられたテーマの核心」には、「普遍性」以上に、その特別な「時代状況」が重要であることが強調されている。

このことはしかし、それが著者の自伝的な時代記録であることを意味しないし、単なるノスタルジックな、もしくはメルヘン的な作品であることも意味しない。あえて言えば、本短編集は、戦前のもろもろの残滓が一掃されながら、戦後の本格的な高度成長が全国的に急速に進むという、一回的かつ劇的な変化にともなう「荒々しい空気」そのものを、大人よりも敏感に反応してしまう子供の世界を通して、描こうとしたのではないか。

とすれば、当然ながら、「子供の世界」というのは、そのためのモティーフにすぎないのであり、「普遍性」を持ちやすい子供＝無邪気という見方もそのための前提でしかないことになる。まさしく「時代状況」の「荒々しい空気」をありのままに映し出す鏡として。このように本短編集を捉えたとき、子供観として注目すべきことは、その鏡としてのありよう、とくにはその歪みあるいは揺らぎである。

つまり、「荒々しい空気」は、子供を無邪気なだけにはさせておかないほどの暴力性を持つものであって、それが鏡としての子供に異様なまでの興奮や活気をもたらし、無邪気ではありながらも、あるいはそうであるがゆえに、そこに個体差を越えた歪みなり揺らぎなりを生じさせているということである。そういう、鏡としての歪みあるいは揺らぎが当時の空気のありようを如実に示しているのである。

改めて気付くのは、『子供の世界』には、時代状況の激変それ自体が描かれることはなく、また、その影響を現実的・直接的に受ける大人もほとんど登場しないということである。その結果、一読すると、かつてあった農村地帯の牧歌的な子供の世界が描かれた作品のように受け取られがちである。

初版本表紙には、芥川賞作家・藤沢周による、

秘匿していたあの頃の風景——。
残酷なほど美しく、官能的な
時間が揺れていた。
『子供の世界』という陽炎に、
酔いしれ、惑い、夢を見る。

という詩的な帯文が付されているが、これもそのような受け取り方の現れであろう。また、出版時の書評（『南日本新聞』二〇一一年十二月四日付け、タイトル「ガキ大将のいる風景」、立石富生執筆）でも、「牧歌的な四十年代の世界」や「それにしても、このノスタルジー。」などのように評されている。

しかし、本短編集は「『子供の世界』という陽炎」という藤沢の比喩とは違って、同じく揺らぎではあっても、あえかでもはかなくもない、もっと荒々しく生々しいものである。

6

そのような歪みあるいは揺らぎが、成長段階と重ね合せたものとして認められたのが、すでに取り上げた、「五月の光」の「一郎」においてであった。しかし、そのこと自体は、子供から大人へと成長する過程として一般的にも説明されうる現象であろう。

ただ、「五月の光」という作品では、「一郎」自身は周囲に対する違和感としてしか(しかし十分に切実ではあるが)受け止めていないように描かれているのであって、その限りではまだ「一郎」も「子供の世界」に留まっていることになる。その違和感こそが無邪気でありながらの揺らぎなのである。

同様のことは、形や程度を変えながら他の作品にも見出すことができる。

たとえば、動物との関わり方という点では、「蛇」「子供の日」「愛玩」の三編が挙げられる。

「蛇」という作品では、「無邪気な狂気」に駆られ、友だちと見つけた大蛇を理由もなく叩き殺すまでに至るが、それで終わりとはならない。最後は「子供心にも、ぼくは何かに祈っていた。そうしなければ安心できなかった。どうかお許し下さいと何度も心に呟いていた。そうすると、少なくとも心が軽くなるような気がしたのである。」(一四頁。本著ではこの後に二段落が付加されている)でしめくくられる。

「子供の日」という作品では、鶏に餌を与えることを忘れて一日遊びほうけた後に、急に生きているかどうか不安になり、その様子を家族から心配される。その時の子供のありようが、「勉の稚い良心は生きものを愛する心を押し殺すほど横着ではなかったし、まして世話を怠るようになったとはいえ、この動物をかわいがる気持を失くしてはいなかったから。」(三一頁)のように叙述される。

「愛玩」という作品では、友だちから借り出した子犬と遊ぼうとするが、しばらくすると家に帰りたがるのを見て、しだいに邪慳に扱うようになり、ついには子犬を振り回して放り投げてしまう。その過程が「誠はやめようと思ってもやめられない、坂道を転げ落ちる石ころに等しい状態に陥っていた。倒錯した愛憎の火が消えないかぎり、誠の行為は終息しないであろう。それはシロが徹底的に傷つき、火のつくような悲鳴を挙げるまで続くはずであった。」(六〇頁)のように記される。そして、そのあげくには、「烈しい悔いに支配され」、「心の内奥に眠っている狂暴なもの、それ以前には気づくことのなかった醜い感情の渦巻きが誠を激しい憂鬱状態にした。少なくともこれまでそんな感情を味わったことはなかった。たとえ一時的に気の晴れないことはあっても、それが永続することはなかったのだが、今度の場合は何処かが今までと異なっていた。心に残った傷が生々しく、その痕は容易に消えなかった。」(六一頁)となる。

これらに共通に認められるのは、愛憎どちらであれ、動物に対する無邪気な対応であり、「無邪気な狂気」という表現に象徴されるように、無邪気さゆえの、限界も抑制も弁えない徹底ぶりが動物を死に至らしめうることが示されている。

しかし、これらの作品において肝腎なのは、じつはそのことではない。反省なり悔恨なりの心理が、自らの行為結果としての動物の死傷とは別個に働くという事実である。「別個に」というのは、あくまでも自分自身の問題としてであって、影響を及ぼした他者としての動物に対してではない。それも含めて「無邪気」とすれば、そこには通常の、子供＝無邪気という見方からの歪みあるいは揺らぎが認められよう。

なお、本著に収められた「空、高く」という短編も、その初出タイトルが「鳩」であったように、鳩との関わりを描いた作品であるが、ここに挙げた三編とは質が異なっている。あえて言えば、微笑ましい無邪気なエピソードであって、狂気性を帯びた、その歪みが認めがたいのである。

7

また、子供同士の関わりという点で、「硬貨」と「知恵の実」「スプリングボード」の三編が取り上げられる。

「硬貨」という作品はいきなり、こう始まる。

ぼくはとんでもないことを言ってしまった。本当に後悔してるんだ。でも、あの場合、あぁ言うより仕方がなかった。ぼくはもう上級生だし、それにみんなの前であんな言葉を投げかけられるのは、いくら相手にならないくらい小さいからって、やはりはずかしかった。だってあの場には、ぼくよりずっと年上の正一さんも同席してたもの。だからぼくは思わず口走ってしまったのさ。加代ちゃんなんか大嫌いって。その時の加代ちゃんの表情を思い出すと、本当に後悔してるんだ。ああ、ぼくはどうしてもっとやさしい言葉をかけてやれなかったのだろう。（二一三頁）

「知恵の実」という作品では、遊びに行った友人宅で見つけたセロハンテープを盗み出したものの、発覚を恐れて、それをまた戻しに行くというエピソードが描かれるが、発覚の不安を感じた時のことが次のように記される。

信一はみんなから一目置かれているし、そういう役回りを長年演じ続けた関係上、いまさらどうして身の破滅に等しい告白ができようか。正直に名のり出ることは道徳的に正しく、信一がまず実行に移すべき行為だとしても、そういう立場に身を堕とすことはとても羞恥心や慙愧の念に堪えられないのである。軀の芯が熱くなって、とがめるような視線にさらされる自分自身を想像するだけで目まいがする。それは身の毛のよだつ嫌悪感が強いられる想像であり、そんな事態は死んでも回避しなければならないのだ。信一はあらん限りの知恵を絞って考えた。（四七～四八頁）

「スプリングボード」という作品では、子供同士の泥合戦から壮絶な追い駆けっこに展開した後に、次のようなくだりがある。

このような集団行動は、一郎たちの集落では、小学生から中学生までの児童・生徒を縦割りに序列化しながら、あらゆる遊びや儀式の規範として慣習化されていた。たとえその行為に参加したくなくても、召集という形で駆り出され、それを無視すると、後で制裁が加えられるのが常であった。（九三頁）

これら三編に共通するのは、子供は無邪気だから、何をどのようにしても許されるというわけではなく、子供の世界には子供の世界なりに「あらゆる遊びや儀式の規範」があって、それに従わなければ相応の処罰を受けるということである。そのような規範やそれへの服従は、無邪気であるだけに絶対的・盲目的であり、無邪気な行動もそういう制限においてのみ容認される。つまり、子供＝無邪気というのも、無条件・無制限なものではありえないという点における、一種の歪み・揺らぎが見出せるのである。

なお、本著に収められた「案山子」という短編も、子供同士の関係を取り上げた作品と言える。しかし、決定的に異なるのは、主人公の「精一」はすでに中学一年生であり、しかも遊びの世界ではなく、剣道部という部活動組織における先輩・同輩との関係という点である。つまり、すでに「無邪気」という子供のカテゴリーにはくくれない、もはや大人の世界である。

8

さらに、性との関わりでは、「窓」「交尾」そして「五月の光」の三編に認められる。

「窓」という作品では、「硬貨」同様、冒頭に現れる。

> えっちゃんは、ぼくのアイドルです。その餅のようにふっくらした頬には、いつも愛らしい笑くぼがさざ波のように立っています。そしてまだ小学三年生なのですが、もはやれっきとした大人然です。時どきそれでも大失敗をやらかします。それがなおさら愛くるしさをかき立て、決してマイナスの結果などになったりしません。もうお分かりでしょう？ そういう子なのです、えっちゃんは。（一五頁）

「ぼく」にとって、「えっちゃん」はアイドルでありながらも、「もはやれっきとした大人然」であるという。「大人然」なのは、年上の「ぼく」に対して、大人であるかのように、あれこれと用を言い付けるからである。「ぼく」はそれを面倒と感じつつも嬉々として受け入れる。二人に性的な意識はまったく見られず、表面上は無邪気な関係ではあるものの、「ぼく」の中では、女性と男性という性差関係におけるアンビバレントな感情が潜んでいる。

「交尾」という作品はそのタイトルどおり、犬同士の交尾にまつわる話であるが、それに対する子供たちの反応が整理されないままに、さまざまに示される。たとえば、「タロウが牝犬を従えて闊歩している様子に、嫌悪感に似た反発心が湧いたのは事実であった。それは性的なものへの無意識の牽引力が裏返しに表明された現象であったかもしれない。高志は何がなしそのことに不潔感と好奇心の入り混じった感情を抱いていたからである。」(105頁)とあった。また、釣りからの帰り際にその牡犬のタロウの気配を感じて石ころをやみくもに投げつけた後、「高志」は次のように思う。

高志は奇妙な感慨に打たれた。悪いことをしてしまった、済まなかった、という申し訳なさに似た心の揺らぎである。それは悲鳴を上げて逃げ去る犬の姿と重なり、虚しい気分を催させた。(六九頁)

ここで「心の揺らぎ」と評されるのは、単に犬をいじめたことに対する罪悪感からではない。自らの性的な「好奇心」が「反発心」を呼び起こしていることに気付きながらも認めたくないという、無意識下の屈折した思いがあるからである。

「五月の光」という作品では、三角ベースに飽きてプロレスごっこを始めるところで、語り手は次のように言う。

一郎や宏にしたって、明や高たちを相手にプロレスごっこに興じていても、それに飽きればじきに離れてしまうものだ。彼らの肉体はまだ性欲の洗礼を受けていないので、軀の奥から突き上げてくる生理的な本能を感じることはない。だから、揉み合いながらちょっと変な気分に陥った連中でも、「おーい、今から雲雀の巣を探しにいかないか」という美信の声に反応して、それまで熱中していた行為からたちまちその興味や関心は新たな方面に移ることになる。(一一七頁)

ここでは、男の子同士の肉体的な接触がもたらす興奮や快感が「ちょっと変な気分」つまり性欲につながることを予感しながらも、それが、何であれすぐに飽きるという無邪気さの特性によって、おのずと抑制されている。すなわち、無邪気さが欲望を逆に抑制するように機能することが示されている。

9

以上のとおり見てきた、各作品における子供＝無邪気という見方が単純にそのとおりのものとは言えないという指摘だけからでは、当時の時代状況の「荒々しい空気」を映し出していることについての説明としては、不十分であろう。それを補うには、それらが集団としての遊びを基盤として成り立っていることが強調されなければならない。

本短編集においては、どの作品も子供の遊びが中心として描かれている。学校の勉強のことや家での仕事に関することはほとんど出て来ない。しかも留意すべきは、その遊びの大方は一人遊びではなく、仲間との遊びであるという点である。

当時の子供たちにとって、遊ぶということはすなわち仲間と一緒に行動することであった。家の内外を問わず、時間の許すかぎり、仲間の誰かといることが自然であり、それだけで楽しいことなのであった。まさに、「子供にとって、孤独ほど辛くて悲しい仕打ちはない。」(「スプリングボード」九三頁)ことだったのである。

そういう、いわば共同体的な子供のあり方、遊びのあり方が変質せざるをえないという予兆が、本短編集に登場する子供たちの、過剰なまでの無邪気さ、あるいはアンビバレントな無邪気さの中に、あたかも最後の炎のように、一つの歪みあるいは揺らぎとして認められるとすれば、それこそがまさに子供たちを取り囲む「荒々しい空気」を映し出していると考えられる。

もちろん、「予兆」と称しうるのは、昭和四十年代から半世紀を経た現在において、それが現実化しているからに他ならない。変質の結果に関する是非については措くとしても、もはや子供の世界の共同体的な遊びが衰微してしまっていることは否定しようもない現実である。そのような現実をふまえた現在の目で見れば、本短編集に描かれた子供の世界のありようが、その後は成り立たなくなることの「予兆」としてあったと受け取られるのも当然であろう。大人であれ、まして子供ならば、誰もそのような未来を予想・確信できるはずもないことであった。

加えて、先に、本短編集は「一郎」という少年を中心に展開していると述べたが、この少年個人に特化して、その成長過程における、子供の世界からの離脱を描いたのではなく、当時の子供一般を、「一郎」をシンボルとして描いたとすれば、本短編集は、やがて成長につれて時代状況の変化に巻き込まれてしまう子供たちの運命を物語っているとも言える。

もう一つ、子供の普遍性にもつながることとして指摘しておきたいのは、「遊び」に関してである。

十二世紀末に編まれた『梁塵秘抄』に「遊びをせんとや生れけむ、戯れせんとや生れけん。遊ぶ子供の声きけば、我が身さへこそ動がるれ。」という有名な童心歌がある。昔から、子供の本質は遊びにある、あるいは遊びの本質は子供にある、とみなされてきたのである。

「遊び」とは、それ自体以外の目的を持たない行動をいう。ただそれをしたいからするだけであり、しかもそれに熱中することが楽しいというのが「遊び」であり、そうすることが特権的に許されているのが子供であった。そして重要なことは、あくまでも遊びという行為だからこそ、子供は無邪気でいられるということである。

その意味で、「子供の世界」というのは、そのまま「遊びの世界」に置き換えることができる。とすれば、『子供の世界』という短編集が子供の遊びしか取り上げなかったのは、必然的なことであった。

このことが現代の子供たちの現実にも当てはまるかと言えば、疑問とせざるをえない。そのような問題意識を本短編集の著者も抱いていたとしたら、不穏な空気に包まれて孤立化している現代よりも、「荒々しい空気」を感じながらの、かつての子供たちの、無邪気な、活気に満ちた世界に、その本質的なあり方を認め、それを魅力的なものと感じたことが、「勃然」たる創作動機になったとしても不思議ではあるまい。

10

ここまで、「子供」ということばを使うにあたって、とくに年齢範囲も性別も問題にしなかった。取り上げた『子供の世界』には、上は中学生から下は幼児まで登場するが、その中心は小学生の男の子である。それらを「子供」として一括するのに、本短編集の著者もためらいを感じなかったであろうし、解説者も同様である。

とはいえ、小学生が子供の典型かと問われれば、疑問なしとはしない。六歳から十二歳という年齢幅は、成長段階から見て、決して小さいとは言えないからである。本短編集の中心人物と目される「一郎」は五年生であり、すでに見たように、そろそろ子供ではいられなくなりそうな年齢である。少なくとも、そのような自覚が内的にも外的にも求められつつある年頃である。

しかし、だからこそ、本短編集は「子供の世界」を描けたとも言える。何であれ、外部に出て初めて内部のことが分かるのである。つまり、子供ではなくなった時に、子供のことが分かるということである。それでなくても、子供は自覚・自省しない＝無邪気だからこそ子供なのであった。

あるいは、子供の世界の徹底的な外部者である、本短編集の語り手は、じつは大人になった「一郎」かもしれない。外部者とはいえ、描かれた子供の世界に対する知悉感や親和感が、その語り全体にわたって感じられるからである。そのうえで、そのような子供の世界を、良いとも悪いとも評価することなく、淡々と描出あるいは説明している。そこには、子供は無邪気だから良いという、単純かつ凡庸な考え方は、いっさい認められない。

冒頭で、本短編集について、「あたかも子供自身の見方・考え方であるようには擬装されていない。」と記したのは、その謂いである。「子どもの視線に混じって著者が子どもの心を解説している点が惜しまれる。」(『熊本日日新聞』二〇一二年一月二十八日付け、「散文月評」欄、古江研也執筆)などという批評もあるが、こういう捉え方こそ「子供とは何かという問題を考える際に陥りやすい欺瞞あるいは隠蔽」を容認したものと言えよう。

子供は時代を映し出す鏡、とよく言われる。なぜ鏡になりうるかと言えば、子供が無邪気だからである。バイアスなしに物事に反応するからである。ただし、鏡そのものがつねに不変とは言えない。鏡が変質すれば、おのずと映し出し方も変化せざるをえない。

鏡としての子供そのものの変化とは、いっぽうには生物的かつ社会的な意味での成長過程という面もあるが、もういっぽうには時代的・社会的な環境変化という面もある。前者は、いつの時代であれ認められるものであり、その時期に前後はあれ、不可避的に生じる変化である。人はいつまでも子供のままではいられないということである。後者は、たとえば本短編集における「荒々しい空気」を伴う、個別的・偶発的な環境変化である。それは、無邪気さそれ自体に変わりはないものの、そのありようの変質を余儀なくするものである。

その結果、子供という鏡が映し出す時代は、そのままの時代としてではなく、その時代における「空気」という、目に見えないものに、子供だからこそ反応し、反応しながら遊ぶ、まさにその無邪気さのありようとして顕現する。そして、そのことに子供自身は子供であるかぎり、つまり無邪気であるかぎり、気付くことはない。まさに子供が「鏡」たりうる所以である。

【付記】
本解説は、はんざわかんいち「無邪気の揺らぎ—古閑章『子供の世界—昭和四十年代記—』—」(共立女子大学『文學藝術』第四二号、二〇一九年二月、所収)を元にして、解説用に加筆修正したものである。

■著者紹介

古閑　章（こが　あきら）
1956年3月、熊本県生。1980年3月、熊本大学大学院文学研究科修了。鹿児島純心女子大学人間教育学部教授。鹿児島純心女子大学国際文化研究センター所長。博士（文学）。専門は、日本近代文学および鹿児島の近代文学。読みの共振運動論という文学理論。著書として、『梶井基次郎研究』、『梶井基次郎の文学』（以上、おうふう）、『作家論への架橋』（日本図書センター）、『小説の相貌』、『天璋院篤姫と権領司キヲ』（以上、南方新社）、『子供の世界』（ジャプラン）、編著書として『新薩摩学 6・7・10・11・12・13』（以上、南方新社）、『現代鹿児島小説大系 1』（ジャプラン）ほか。

古閑章 著作集 第一巻
小説1 短篇集
子供の世界―昭和四十年代記―

二〇一九年八月二十日　第一刷発行

著　者　古閑　章
発行者　向原祥隆
発行所　株式会社南方新社
〒八九二―〇八七三
鹿児島市下田町二九二―一
電話〇九九―二四八―五四五五
振替口座〇二〇七〇―三―二七九二九

印刷製本　株式会社イースト朝日
定価はカバーに印刷しています
乱丁・落丁はお取替えします
ISBN978-4-86124-404-9 C0093